원본

한용운 시집

김용직 주해

깊은샘

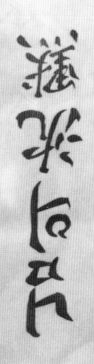

머리말

　내가 처음 만해 한용운(萬海 韓龍雲)의 이름을 알게 된 것은 초등학교 마지막 학년 때였다. 8·15와 함께 일제가 물러가자 우리는 새로 열린 학교에서 오래 금제가 된 우리말과 글을 배웠다. 그 무렵 어느 날 나는 우리집 사랑채 구석에서 한성도서 발행의 조선문학전집 한 권을 발견했다. 표지가 찢겨나간 그 책을 넘기다가 만나게 된 것이 「예술가」, 「나룻배와 행인」, 「알 수 없어요」 등 만해의 시편들이었다.

　당시 내 시 읽기 수준은 가투놀이에서 익힌 시조나 김소월, 김동환의 서정단곡을 흥얼거린 정도였다. 그런 터수에 만해의 시를 읽었으니 그 가락이나 말뜻이 제대로 잡혔을 리가 없다. 그것으로 내 걸음마 단계의 만해시 읽기에는 일단 휴지부가 찍혔다.

　평생 불발로 끝났을지 모르는 나의 만해시(萬海詩) 읽기가 다시 물꼬를 트게 된 것은 내가 학부 생활의 막바지를 맞이했을 때였다. 본래 나는 별 뾰족한 성산도 갖지 못한 채 문학을 지망하여 문과를 택했다. 한 때는 창작의 울타리 너머를 기웃거린 적이 있었다. 그러나 몇 개의 습작 아닌 습작을 만든 다음 나는 그런 천분이 나에게 없음을 깨닫게 되었다. 그 나머지 택한 길이 한국문학을 감으로 한 글쓰기였다. 그 연장선상에서 한국 현대시의 역사 쓰기로 방향을 잡았다.

막상 연구의 방향이 결정 된 다음에도 내 앞에는 반드시 치뤄야 할 절차 같은 것이 있었다. 그 하나가 필요로 하는 작품들과 그에 준하는 정보, 자료들을 수집, 정리하는 일이었고 다른 하나가 본격적인 문학론을 펴기에 앞서 요구되는 비평 이론의 습득이었다. 전자를 위해서 한때 나는 공공 도서관과 개인의 서고들을 찾아다니며 자료들을 얻어보고 베꼈다. 또한 후자를 위해서는 주로 서구 근대의 문예비평이론들을 익히며 공부하지 않을 수 없었다.

1960년대 중반기 부터 나는 문학 연구의 한 방법으로 비교문학을 공부하게 되었다. 이 연구 방법은 잘 알려진 바와 같이 한민족 문학의 형성, 전개를 국경선 넘어 문학과의 상관관계로 설명하고 있다. 그 무렵 나는 한국현대시가 그 자극계열을 자생적(自生的)인 것에서 보다 영·독·불·러시아와 일본 쪽의 것에 더 많이 얻어내지 않았나 생각했다. 그 자취를 추적하는 과정에서 나는 만해 한용운의 이름과 함께 R.타골의 글을 발견했다.

1918년이란 철이른 시기에 만해는 그가 창간한 『유심(惟心)』지를 통해 타골의 Sadhana를 「생(生)의 실현(實現)」이란 제목으로 소개하고 있었다. 그 직전까지 나는 만해가 좁은 의미의 불교도이며 우리말 시 이외에는 한문작품을 읽은 경력밖에 없는 것으로 지레짐작했다. 그런 나에게 그의 「생의 실현」의 번역, 소개는 참으로 뜻밖이었다.

『유심』에서 얻은 충격이 계기가 되어 나는 『님의 침묵』을 다시 검토해 보았다. 그러자 한 때 건성으로 넘긴 이 시집에서 나는 「타골의 시 Gardenisto를 읽고」가 있음을 발견했다. 거기서 만해는 타골을 〈애인의 무덤위에 피어 있는 꽃처럼 나를 울리는 벗〉, 〈적은 새의 자최도 없는 사막의 밤에 문득 만난 님처럼 나를 기쁘게 하는 벗〉으로 노래하고 있었다. 『님의 침묵』을 다시 읽기로 하고 나서 또 하나 지나쳐버릴 수 없었던 것이 시집 마지막에 수록된 「독자에게」였다. 그 내용으로 하여 이 작품은 그대로 타골의 『원정(園丁)』 마지막 작품에 대비될 수 있었다.

만해를 촉매제로 하여 나는 「현대시에 미친 R. 타골의 영향」을 썼다. 그것은 내가 만든 최초의 본격적인 연구 논문이었다. 이 글이 발표되고 나서 얼마뒤에 마침 교환교수로 일분에 체재 중인 R. 타골의 손자가 보낸 편지를 받았다. 영문으로 된 그 문면 가운데는 조부인 R. 타골의 시를 읽고 평가해 주어서 고맙다는 말이 담겨 있었다. 이 따뜻한 사연의 편지를 나는 지금도 소중하게 간직하고 있다.

1970년대 후반부터 나는 본격적으로 한국현대시의 역사를 쓰기 시작했다. 내 작업은 서장(序章)을 문학사의 방법으로 하고 이어 개화기의 시가를 검토하는 순서가 되었다. 그 다음이 「창조」, 「폐허」, 「백조」 등 유파들의 활동을 차례로 검토하는 것으로 이루어졌다. 이때의 연구 보고서는 1980년대 초두에 『한국근대시사』
의 이름을 달고 상 · 하 두 권으로 출간되었다. 거기서 만해의 시
는 제7장 후반부를 이루었는데 그 제목이 「만해 한용운의 시와 그
문학사적 의의」였다. 이 과정에서 나는 좀 색다른 체험을 할 수
있었다. 첫째 그 무렵까지 우리 주변의 만해시 읽기가 전혀 원전
의 확정을 거치지 않은 상태에서 이루어졌음을 발견했다. 이것을
나는 본문비평(本文批評)이 제대로 이루어지지 않은 차원의 시 읽
기와 문학사 쓰기라고 생각했다.

　우리 주변 연구의 이와 같은 과도기적 상태는 1970년대와 그
다음 연대를 거치는 가운데 매우 기능적으로 극복이 되어 갔다.
그 대표적인 보기가 되는 것이 고 송욱교수에 의한 『님의 침묵,
전편해설』(과학사, 1974)이다. 이 책을 통해 송욱 교수는 그 동안
우리 주변에서 유포된 만해의 시집에 나타난 오식과 오류를 모두
바로 잡았다. 그 자신이 말한 대로 『님의 침묵』의 정본화(定本化)
가 이루어진 것이다. 그러나 이 모처럼의 시도에도 불구하고 이
책에는 사실 해석에서 오류를 범한 예가 적지 않게 나타난다. 물
리적 차원과 종교의 차원을 혼동한 예도 드물지 않게 지적될 수
있다.

　그 동안 내가 체험한 바에 의하면 여러 시인과 그들의 작품을
올바로 읽지 않고는 제대로 된 시론과 문학사가 이루어질 수 없다.
또한 그런 기초 작업의 밑받침이 없는 채 진행되는 민족문학의 건
설 시도 역시 한갓 된 잠꼬대에 그친다. 이 책은 그런 인식과 함
께 내가 꽤해 본 『님의 침묵』 올바로 읽기의 한 표현으로 이루어

진 것이다. 지금 우리 출판계는 문자 그대로 일찌기 없었던 불황 (不況)에 처해 있다고 한다. 이 어려운 상황을 무릅쓰고 책을 만들 어내는 〈깊은 샘〉에 감사한다. 이와 아울러 그 동안 내 곁에서 거 친 원고들을 정리하여 책이 되게 한 몇몇 후배들에게 고개를 숙 인다.

2009년 3월
서울대학교 명예교수 연구동 한 자리에서
김 용 직

11

차례

제2부 「님의 침묵」 전편 주석 해설

해 설

만해 한용운 연보

제一부

『님의 침묵』 원본

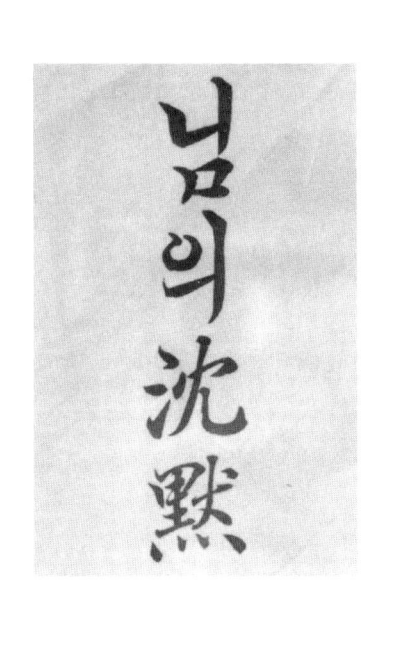

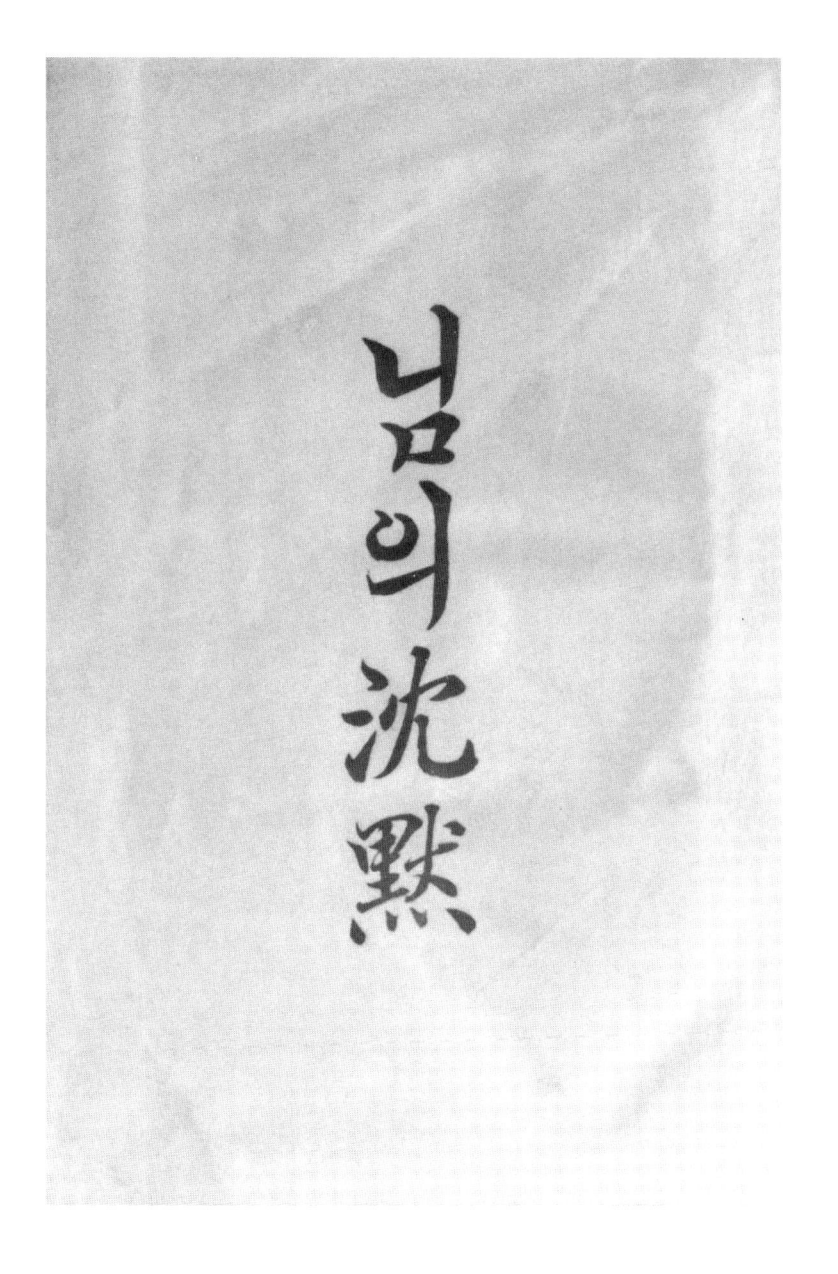

군 말

「님」만 님이아니라 긔룬것은 다 님이다 衆生이 釋迦의님이라면

哲學은 칸트의 님이다 薔薇花의 님이 봄비라면 마시니의님은 伊太

利다 님은 내가사랑할뿐아니라 나를사랑하나니라

戀愛가自由라면 님도自由일것이다 그러나 너희는 이름조은 自

由에 알들한拘束을 밧지안너냐 너에게도 님이잇너냐 잇다면 님

이아니라 너의그림자니라

나는 해저문벌판에서 도러가는길을일코 헤매는 어린羊이 긔루

어서 이詩를쓴다

著　者

차 례

차 례

님의 沈默

님 의 沈 默

님은 갓슴니다 아々 사랑하는나의님은 갓슴니다

푸른산빗을새치고 단풍나무숩흘향하야난 적은길을 거러서 참어떨치고 갓슴니다

黃金의쏫가티 굿고빗나든 옛盟誓는 차듸찬씃글이되야서 한숨의微風에 나러갓슴니다

날카로은 첫「키쓰」의追憶은 나의運命의指針을 돌너노코 뒷스거름처서 사러젓슴니다

나는 향긔로은 님의말소리에 귀먹고 쏫다은 님의얼골에 눈머럿슴니다

사랑도 사람의일이라 맛날째에 미리 떠날것을 염녀하고경계하지 아니다

님 의 沈 默

아니한것은아니지만 티별은 뜻밧거일이되고 놀난가슴은 새로은슯음에

터짐니다

그러나 티별을 쓸데업는 눈물의源泉을만들고 마는것은 스々로 사

랑을쎄치는것인줄 아는까닭에 것잡을수업는 슯음의힘을 옴겨서 새希

望의 정수박이에 드러부엇슴니다

우리는 맛날째에 쩌날것을염녀하는것과가티 쩌날째에 다시맛날것을

밋슴니다

아ᄉ 님은갓지마는 나는 님을보내지 아니하얏슴니다

재곡조를못이기는 사랑의노래는 님의沈默을 휩싸고돔니다

—(2)—

默 沈 의 님

알ㅅ수업서요

바람도업는공중에 垂直의波紋을내이며 고요히써러지는 오동닙은 누

구의발자최임닛가

지리한장마씃헤 서풍에몰녀가는 무서운검은구름의 터진틈으로 언뜻

ㅅㅅ보이는 푸른하늘은 누구의얼골임닛가

쏫도업는 깁흔나무에 푸른이끼를써처서 옛塔위의 고요한하늘을 슬

치는 알ㅅ수업는향긔는 누구의입김임닛가

근원은 알지도못할곳에서나서 돍쌕리를울니고 가늘게흐르는 적은시

내는 구븨ㅅㅅ 누구의노래임닛가

련쏫가튼발꿈치로 갓이업는바다를밟고 옥가튼손으로 쯧업는하늘을만

지면서 써러지는날을 곱게단장하는 저녁놀은 누구의詩임닛가

—(4)—

님 의 沈 黙

타고남은재가 다시기름이됩니다 그칠줄을모르고타는 나의가슴은 누

구의밤을지키는 약한등ㅅ불임닛가

님의 沈默

나는 잇고저

남들은 님을생각한다지만

나는 님을잇고저하야요

잇고저할수록 생각히기로

행혀잇칠가하고 생각하야보앗슴니다

이즈라면 생각히고

생각하면 잇치지아니하니

잇도말고 생각도마러볼싸요

잇든지 생각든지 내버려두어볼싸요

그러나 그리도아니되고

님 의 沈 默

끈임업는 생각々々에 님뿐인데 엇지하야요

귀태여 이즈라면
이즐수가 업는것은 아니지만
잠과죽엄뿐이기로
님두고는 못하야요

아々 잇치지안는 생각보다
잇고저하는 그것이 더욱괴롭습니다

가지마서요

그것은 어머니의가슴에 머리를숙이고 자거ㅅㅅ한사랑을 바드랴고 셰

죽거리는입설로 表情하는 어엽븐아기를 싸안으랴는 사랑의날개가 아

니라 敵의旗발임니다

그것은 慈悲의白毫光明이 아니라 번득거리는 惡魔의눈(眼) 빗임니다

그것은 冕旒冠과 黃金의누리와 축엄과를 본체도아니하고 몸과마음

을 돌ㅅ뭉처서 사랑의바다에 풍당너라는 사랑의女神이아니라 칼의우

슴임니다

아ㅅ 님이어 慰安에목마른 나의님이어 거름을돌니서요 거거를가지

마서요 나는시려요

—(8)—

님 의 沈默

大地의 靑樂은 無窮花그늘에 잠드럿슴니다

光明의 꿈은 검은바다에서 잠약질함니다

무서은沈默은 萬像의속살거림에 서슬이푸른敎訓을 나려고 잇슴니다

아々 님이어 새生命의꼿에 醉하랴는 나의님이어 거룩을돌너서요

거긔을가지마서요 나는시려요

거룩한天使의洗禮를밧은 純潔한靑春을 뚝따서 그속에 自己의生命을

너서 그것을사랑의祭壇에 祭物로드리는 어엽분處女가 어데잇서요

달금하고닭은향긔를 꿀벌에게주고 다른꿀벌에게주지안는 이상한百合

꼿이 어데잇서요

自身의全體를 죽엄의靑山에 장사지내고 호르는빗(光)으로 밤을 두

쪼각에베히는 반듸ㅅ불이 어데잇서요

님 의 沈 默

아々 님이어 情에 殉死하라는 나의님이어 거름을돌니서요 거긔를가

지마서요 나는시려요

그나라에는 虛空이업슴니다

그나라에는 그림자업는사람들이 戰爭을하고잇슴니다

그나라에는 宇宙萬像의 모든生命의쇠ㅅ대를가지고 尺度를超越한 森

嚴한軌律로 進行하는 偉大한時間이 停止되얏슴니다

아々 님이어 죽엄을 芳香이라고하는 나의님이어 거름을돌니서요

거긔를가지마서요 나는시려요

默 沈 의 님

고 적 한 밤

하늘에는 달이업고 따에는 바람이업슴니다

사람들은 소리가업고 나는 마음이업슴니다

宇宙는 죽엄인가요

人生은 잠인가요

한가닭은 눈入섭에걸치고 한가닭은 적은별에걸첫든 님생각의 金실은

살々々것침니다

한손에는 黃金의칼을들고 한손으로 天國의꼿을꺼든 幻想의女王도

그림자를 감추엇슴니다

— (11) —

님 의 沈 默

아々　님생각의金실과　幻想의女王이　두손윤마조잡고　눈물의속에서

情死한줄이야　누가아러요

宇宙는　죽엄안가요

人生은　눈물인가요

人生이　눈물이면

죽엄은　사랑인가요

님 의 沈 默

나의 길

이세상에는 길도 만키도함니다

산에는 돍길이잇슴니다 바다에는 배ㅅ길이잇슴니다 공중에는 달과

별의길이잇슴니다

강ㅅ가에서 낙시질하는사람은 모래위에 발자최를내임이다 들에서 나

물캐는女子는 芳草를밟슴니다

악한사람은 죄의길을조처갑니다

義잇는사람은 올은일을위하야는 칼날을밟슴니다

서산에지는 해는 붉은놀을밟슴니다

봄아츰의 맑은이슬은 꽃머리에서 미소름탐니다

默沈의 님

그러나 나의길은 이세상에 둘밧게업슴니다

하나는 님의품에안기는 길임니다

그러치아니하면 죽엄의품에안기는 길임니다

그것은 만일 님의품에안기지못하면 다른길은 죽엄의길보다 험하고

괴로은싸닭임니다

아々 나의길은 누가내엿슴닛가

아々 이세상에는 님이아니고는 나의길을 내일수가 업슴니다

그런데 나의길을 님이내엿스면 죽엄의길은 웨내섯슬가요

님 의 沈 默

꿈 깨 고 서

님이며는 나를사랑하련마는 밤마다 문밧게와서 발자최소리만내이고

한번도 드러오지아니하고 도로가니 그것이 사랑인가요

그러나 나는 발자최나마 님의문밧게 가본적이업습니다

아마 사랑은 님에게만 잇나버요

아ㅅ 발자최소리나 아니더면 꿈이나 아니쌔엿스런마는

꿈은 님을차저가랴고 구름을탓섯서요

藝術家

나는 서루른 畵家여요

잠아니오는 잠ㅅ자리에 누어서 손ㅅ가락을 가슴에대히고 당신의 코
와 입과 두볼에 새암파지는 것까지 그럿슴니다

그러나 언제든지 적은우슴이떠도는 당신의눈ㅅ자위는 그리다가 백
번이나 지엇슴니다

나는 파겹못한 聲樂家여요

이웃사람도 도러가고 버러지소리도 끈첫는데 당신의가러처주시든 노
래를 부르랴다가 조는고양이가 부쉬러워서 부르지못하얏슴니다

그래서 잔은바람이 문풍지를슬칠때에 가마니合唱하얏슴니다

님 의 沈 默

나는 敍情詩人이되기에는 너머도 素質이업나버요

「질거움」이니 「슯음」이니 「사랑」이니 그런것은 쓰기시려요

당신의 얼골과 소리와 거름거리와를 그대로쓰고십흡니다

그리고 당신의 집과 寢室와 쏫밧헤잇는 적은돍도 쓰것습니다

沈默의 님

리 별

아々 사람은 약한것이다 여린것이다 간사한것이다

이세상에는 진정한 사랑의리별은 잇슬수가 업는것이다

죽엄으로 사랑을바수는 님과님에게야 무슨리별이 잇스랴

리별의눈물은 물거픔의꼿이오 鍍金한金방울이다

칼로베힌 리별의「키쓰」가 어데잇너냐

生命의꼿으로비진 리별의杜鵑酒가 어데잇너냐

피의紅寶石으로만든 리별의紀念반지가 어데잇너냐

리별의눈물은 呪呪의摩尼珠요 거짓의水晶이다

님 의 沈 默

사랑의 리별은 리별의 反面에 반듯이 리별하는사랑보다 더큰사랑이

잇는것이다

혹은 直接의사랑은 아닐지라도 間接의사랑이라도 잇는것이다

다시말하면 리별하는愛人보다 自己를더사랑하는것이다

만일 愛人을 自己의生命보다 더사랑하면 無窮을回轉하는 時間의수

리박휘에 이씨가씨도록 사랑의리별은 업는것이다

아니다々々々 「참」 보다도참인 님의사랑엔 죽엄보다도 리별이 훨씬偉

大하다

죽엄이 한방울의 찬이슬이라면 리별은 일천줄기의 꼿비다

죽엄이 밝은별이라면 리별은 거룩한太陽이다

님 의 沈 默

生命보다사랑하는 愛人을 사랑하기위하야는 죽을수가업는것이다

진정한사랑을위하야는 괴롭게사는것이 죽엄보다도 더큰犧牲이다

리별은 사랑을위하야 죽지못하는 가장큰 苦痛이오 報恩이다

愛人은 리별보다 愛人의죽엄을 더슯어하는싸닭이다

사랑은 붉은초ㅅ불이나 푸른술에만 잇는것이아니라 먼마음을 서로

비치는 無形에도 잇는싸닭이다

그럼으로 사랑하는愛人을 죽엄에서 잇지못하고 리별에서 생각하는

것이다

그럼으로 사랑하는愛人을 죽엄에서 웃지못하고 리별에서 우는것이

다

그럼으로 愛人을위하야는 리별의怨恨을 죽엄의愉快로 갑지못하고 슯

음의苦痛으로 참는것이다

님 의 沈 默

울주는것이다

아々 러별의눈물은 眞이오 善이오 美다

아々 러별의눈물은 釋迦요 모세요 짠다크다

님 의 沈 默

길이 막혀

당신의 얼골은 달도아니언만
산넘고 물넘어 나의마음을 비침니다

나의손ㅅ길은 웨그리썰너서
눈압헤 보이는 당신의가슴을 못만지나요

당신이오기로 못올것이 무엇이며
내가가기로 못갈것이 업지마는

산에는 사다리가업고
물에는 배가업서요

默 沈 의 님

뉘라서 사다리를쎄고 배를쌔트렷슴닛가

나는 보석으로 사다리노코 진주로 배모아요

오시라도 길이막혀서 못오시는 당신이 긔루어요

自由貞操

내가 당신을기다리고잇는것은 기다리고자하는것이아니라 기다려지는

것임니다

말하자면 당신을기다리는것은 貞操보다도 사랑임니다

남들은 나더러 時代에뒤진 낡은女性이라고 비죽거림니다 區々한貞

操를지킨다고

그러나 나는 時代性을 理解하지못하는것도 아님니다

人生과貞操의 深刻한批判을 하야보기도 한두번이 아님니다

自由戀愛의神聖(?)을 덥허노코 否定하는것도 아님니다

大自然을따러서 超然生活을할생각도 하야보앗슴니다

默 沈 의 님

그러나 究竟、萬事가 다 저의조아하는대로 말한것이오 행한것임니다

나는 님을기다리면서 피로음을먹고 살어짐니다 어려움을입고 키가 큼니다

나의貞操는 「自由貞操」임니다

님 의 沈 默

하나가되야주서요

님이어 나의마음을 가저가랴거든 마음을가진나한지 가저가서요 그

리하야 나로하야금 님에게서 하나가되게 하서요

그러치아니하거든 나에게 고통만을주지마시고 님의마음을 다주서요

그리고 마음을가진님한지 나에게주서요 그레서 님으로하야금 나에게

서 하나가되게 하서요

그러치아니하거든 나의마음을 돌녀보내주서요 그러고 나에게 고통

을주서요

그러면 나는 나의마음을가지고 님의주시는고통을 사랑하것슴니다

님 의 沈次 獻

나루入배와行人

나는 나루入배

당신은 行人

당신은 흙발로 나를 짓밟음니다

나는 당신을안入고 물을건너감니다

나는 당신을안으면 깁흐나 엿흐나 급한여울이나 건너감니다

만일 당신이 아니오시면 나는 바람을쐬고 눈비를마지며 밤에서낫

가지 당신을기다리고 잇슴니다

당신은 물만건느면 나를 도러보지도안코 가심니다 그려

님 의 沈 默

그러나 당신이 언제든지 오실줄만은 아러요

나는 당신을기다리면서 날마다날마다 낡어 감니다

나는 나룻배

당신은 行人

차라리

님이어 오서요 오시지아니하랴면 차라리가서요 가랴다오고 오랴다

가는것은 나에게 목숨을빼앗고 죽엄도주지안는것임이다

님이어 나를책망하랴거든 차라리 큰소리로말슴하야주서요 沈默으로

책망하지말고 沈默으로책망하는것은 압흔마음을 어름바늘로 써르는것

임니다

님이어 나를아니보랴거든 차라리 눈을돌녀서 감으서요 흐르는겻눈

으로 흘겨보지마서요 겻눈으로 흘겨보는것은 사랑의보(褓)에 가시의

선물을싸서 주는것임니다

── (30) ──

님 의 沈 默

나의 노래

나의 노래가락의 고저장단은 대중이 업습니다

그레서 세속의 노래곡조와는 조금도 맛지안습니다

그러나 나는 나의 노래가 세속곡조에 맛지안는 것을 조금도 애닯어

하지안슴니다

나의 노래는 세속의 노래와 다르지아니하면 아니되는 까닭임니다

곡조는 노래의 缺陷을 억지로調節하랴는 것임니다

곡조는 不自然한 노래를 사람의 妄想으로 도막처놋는 것임니다

참된 노래에 곡조를부치는 것은 노래의自然에 恥辱임니다

님의얼골에 단장을하는 것이 도로혀 힘이되는 것과가티 나의노래에 곡

조를부치면 도로혀 缺點이됨니다

沈　默　의　님

나의 노래는 사랑의 神을 울닙니다

나의 노래는 處女의 靑春을 칩싸서 보기도어려운 맑은물을 만듭니다

나의 노래는 님의 귀에드러 가서는 天國의 音樂이되고 님의 꿈에드러가서

　는 눈물이 됩니다

나의 노래가 산과들을지나서 멀니게신님에게 들니는줄을 나는암니다

나의 노래가락이 바르々썰다가 소리를 이르지못할때에 나의 노래가 님

　의 눈물겨운 고요한幻想으로 드러가서 사러지는것을 나는 분명히암

니다

나는 나의 노래가 님에게 들니는것을 생각할때에 光榮에 넘치는 나의

적은 가슴은 발々々썰면서 沈默의音譜를 그림니다

默 然 의 님

당신이아니더면

당신이아니더면 포시럽고 맥그럽든 얼골이 웨 주름살이접혀요

당신이긔룹지만 안타면 언제까지라도 나는 늙지아니할테여요

맨츰에 당신에게안기든 그때대로 잇슬테여요

그러나 늙고 병들고 죽기까지라도 당신때문이라면 나는 실치안하여요

나에게 생명을주던지 죽엄을주던지 당신의뜻대로만 하서요

나는 곳당신이여요

님 의 沈 默

잠 업 는 꿈

나는 어늬날밤에 잠업는쑴을 꾸엇습니다

「나의님은 어데잇서요 나는 님을보려 가것습니다 님에게가는길을 가저다가 나에게주서요 검이어」

「너의가랴는길은 너의님의 오랴는길이다 그길을가저다 너에게주면 너의님은 올수가업다」

「내가가기만하면 님은아니와도 관계가업습니다」

「너의님의 오랴는길을 너에게 갓다주면 너의님은 다른길로 오게된 다 내가간대도 너의님을 만날수가업다」

「그러면 그길을가저다가 나의님에게주서요」

「너의님에게주는것이 너에게주는것과 갓다 사람마다 저의길이 각々

님 의 沈 默

잇는것이다」

「그러면 엇지하여야 리별한님을 맛나 보겟슴닛가」

「네가 너를가저다가 너의가라는길에 주어라 그리하고 쉬지말고 가

거라」

「그러할마음은 잇지마는 그길에는 고개도만코 물도만슴니다 갈수가

업슴니다」

검은「그러면 너의님을 너의가슴에 안겨주마」하고 나의님을 나에

게 안겨주엇슴니다

나는 나의님을 힘껏 껴안엇슴니다

나의팔이 나의가슴을 압호도록 다칠쌔에 나의두팔에 배혀진 虛空

은 나의팔을 뒤에두고 이어젓슴니다

默 沈 의 님

生命

땅과 치물일코 거친바다에 漂流된 적은生命의 배는 아즉 發見도 아니된 黃

金의 나라를 꿈꾸는 한줄기 希望이 羅盤針이되고 航路가되고 順風이되

야서 물人결의 한끗은 하늘을치고 다른물人결의 한끗은 싹을치는 무서

은바다에 배질합니다

님이어 님에게 밧치는 이적은生命을 힘껏 쎠안어주서요

이적은生命이 님의품에서 으서진다하야도 歡喜의 靈地에서 殉情한 生

命의破片은 最貴한寶石이되야서 쪼각〉이 適當히이어저서 님의가슴

에 사랑의徽章을 걸것슴니다

님이어 쏫업는沙漠에 한가지의 깃듸일나무도업는 적은새인 나의生

命을 님의가슴에 으서지도록 쎠안어주서요

님 의 沈 默

그러고 부서진 生命의 조각〈에 입마춰주서요

사랑의 測量

즐겁고아름다운일은 量이만할수록 조흔것입니다

그런데 당신의사랑은 量이적을수록 조흔가버요

당신의사랑은 다신과나와 두사람의새이에 잇는것입니다

사랑의量을 알야면 당신과나의距離를 測量할수밧게 업슴니다

그레서 당신과나의距離가멀면 사랑의量이만하고 距離가가까으면 사

랑의量이 적을것임니다

그런데 적은사랑은 나를 웃기더니 만한사랑은 나를 울넘니다

뉘라서 사람이머러지면 사랑도머러진다고 하여요

당신이가신뒤로 사랑이머러젓스면 날마다날마다 나를울니는것은 사

님 의 沈 默

탕이아니고 무엇이여요

님 의 沈 默

眞 珠

언제인지 내가 바다入가에 가서 조개를주섯지요 당신은 나의치마를

거머주섯서요 진흙뭇는다고

집에와서는 나를 어린아기갓다고 하섯지오 조개를주서나가

다고 그러고 나가시머니 금강석을 사다주섯슴니다 당신이

나는 그쌔에 조개속에서 진주를어머서 당신의적은주머니에 너드럿

슴니다

당신이 어듸 그진주를 가지고기서요 잠시라도 쒜 남을빌녀주서요

─── (40) ───

님 의 沈 默

숨음의 三昧

하늘의 푸른빗과 가티 깨끗한 죽엄은 群動을 淨化합니다

虛無의 빗(光)인 고요한밤은 大地에 君臨하얏슴니다

힘업는 초ㅅ불아레에 사럿드리고 외로히누어잇는 오ㅅ 넘이어

눈물의 바다에 씃배를띄엇슴니다

씃배는 님을실ㅅ고 소리도업시 가러안젓슴니다

나는 숨음의三昧에 「我空」이되얏슴니다

씃향긔의 무르녹은안개에 醉하야 靑春의 曠野에 비틀거름치는 美人
이어

죽엄을 기럭이럼보다도 가벼웁게여기고 가슴에서라오르는 불꼿을 어

님 의 沈 默

의심하지마서요

의심하지마서요 당신과 떠러저잇는 나에게 조금도 의심을두지마서

의심을둔대야 나에게는 별로관게가업스나 부지럽시 당신에게 苦痛

의 數字만 더할뿐임니다

나는 당신의 첫사랑의팔에 안길때에 왼갓거짓의옷은 다벗고 세상에

나온그대로의 발게버슨몸을 당신의압해 노앗슴니다 지금까지도 당신

의압헤는 그때에 노아둔몸을 그대로밧들고 잇슴니다

만일 人爲가 잇다면 「엇지하여야 참마음을변치안코 웃스며 거짓업는

님의 沈默

몸을 님에게바칩고」하는 마음뿐임니다

당신의命令이라면 生命의웃까지도 벗것슴니다

나에게 최가잇다면 당신을그리워하는 나의「숨음」임니다

당신이 가실쌔에 나의입설에 수가업시 입마추고「부대 나에게대하야

숨어하지말고 잘잇스라」고한 당신의 간절한부탁에 違反되는까닭임니

다

그러나 그것만은 용서하야주서요

당신을 그리워하는 숨음은 곳나의生命인까닭임니다

만일용서하지아니하면 後□에 그에대한罰을 風雨의봄새벽의 落花의數

만치라도 밧것슴니다

님 의 沈 默

당신의 사랑의동아줄에 휘감기는 體刑도 사양치안컷슴니다

당신의 사랑의 酷法아레에 일만가지로服從하는 自由刑도 밧컷슴니다

그러나 당신이 나에게 의심을두시면 당신의 의심의허물과 나의슯

음의 죄를 맛비기고 말것슴니다

당신에게 써러저잇는 나에게 의심을두지마서요 부지럽시 당신에게

苦痛의數字를 더하지마서요

님의 沈默

당신은

당신은 나를보면 웨늘 웃기만하서요 당신의 웃기는얼굴을 좀보

고십흔데

나는 당신을보고 씽그리기는 시려요 당신은 씽그리는얼골을 보기

시려하실줄을 암니다

그러나 써러진도화가 나러서 당신의입설을 슬칠째에 나는 이마가

씽그려지는줄도 모르고 울고십헛슴니다

그레서 금실로수노은 수건으로 얼골을 가렷슴니다

—(46)—

님 의 沈默

幸 福

나는 당신을사랑하고 당신의행복을 사랑합니다 나는 왼세상사람이 당

신을사랑하고 당신의행복을 사랑하기를 바랍니다

그러나 정말로 당신을사랑하는사람이 잇다면 나는 그사람을 미워

하것습니다 그사람을미워하는것은 당신을사랑하는마음의 한부분임니다

그럼으로 그사람을미워하는고롱도 나에게는 행복임니다

만일 왼세상사람이 당신을미워한다면 나는 그사람을 얼마나미워하

것슴닛가

만일 왼세상사람이 당신을 사랑하지도안코 미워하지도안는다면 그

것은 나의일생에 견딀수업는 불행임니다

默 沈 의 님

만일 왼세상사람이 당신을사랑하고자하야 나를미워한다면 나의행복
은 더쿨수가업슴니다

그것은 모든사람의 나를미워하는 怨恨의豆滿江이 깁흘수록 나의 당
신을사랑하는 幸福의白頭山이 놉허지는 까닭임니다

님 의 沈 默

錯 認

나려오서요 나의마음이 자릿〈〈하여요 곳나려오서요

사랑하는님이어 엇지 그러케놉고간은 나무가지위에서 춤을추서요

두손으로 나무가지를 단스히붓들고 고히〈나려오서요

에그 저나무닙새가 련꽃봉오리가튼 입설을 슬치것네 어서나려오서

요

「네 내 나려가고십흔마음이 잠자거나 죽은것은 아님니다마는 나는

아시는바와가티 여러사람의님인때문이여요 향긔로은 부르심을 거스르

고자하는것은 아님니다」고 버들가지에걸닌 반달은 해쭉〈우스면서

이러케말하는듯 하얏습니다

默 沈 의 님

나는 저은풀닙만치도 가림이업는 발게버슨 부쇠럼을 무손으로 움

켜쥐고 빠른거름으로 잠人자리에 드러가서 눈을감고누엇슴니다

나려오지안는다든 반달이 삽분삽분거러와서 창밧게숨어서 나의눈을

엿봄니다

부ㅅ럽든마음이 갑작히 무서워서 쩔녀짐니다

님 의 沈 默

밤은고요하고

밤은고요하고 방은 물로시친듯합니다

이불은개인채로 엽헤 노아두고 화로ㅅ불을 다듬거리고 안젓슴니다

밤은얼마나되얏는지 화로ㅅ불은써저서 찬재가되얏슴니다

그러나 그를사랑하는 나의마음은 오히려 식지아니하얏슴니다

닭의소리가 채 나기전에 그를맛나서 무슨말을하얏는데 쯤조차 분

명치안슴니다 그려

秘密

秘密임닛가 秘密이라니요 나에게 무슨秘密 이잇것넛가

나는 당신에게대하야 秘密을지키랴고 하얏슴니다마는 秘密은 야속

히도 지켜지지 아니하얏슴니다

나의 秘密은 눈물을것처서 당신의視覺으로 드러갓슴니다

나의 秘密은 한숨을것처서 당신의聽覺으로 드러갓슴니다

나의 秘密은 썰니는가슴을것처서 당신의觸覺으로 드러갓슴니다

그밧겨秘密은 한쪼각붉은마음이 되야서 당신의꿈으로 드러갓슴니다

그러고 마즈막秘密은 하나잇슴니다 그러나 그秘密은 소리업는 매

아리와 가터서 表現할수가 업슴니다

默　沈　의　님

사랑의 存在

사랑을 「사랑」이라고하면 발써 사랑은아닙니다

사랑을 이름지을만한 말이나글이 어데잇슴닛가

微笑에 눌녀서 괴로운듯한 薔薇빗입설인들 그것을 슬칠수가잇슴닛가

눈물의뒤에 숨어서 슯음의黑闇面을 反射하는 가을물ㅅ결의눈인들 그

것을 비칠수가잇슴닛가

그럼자업는구름을 것처서 매아리업는絕壁을 것처서 마음이갈ㅅ수업

는바다를 것처서 存在임니다

그나라는 國境이업슴니다 壽命은 時間이아님니다

사랑의存在는 님의눈과 님의마음도 알지못합니다

사랑의秘密은 다만 님의手巾에繡놋는 바늘과 님의심으신 꼿나무와

—(53)—

默 沈 의 님

님의잠과

詩人의想像과

그들만이 암니다

님 의 沈 默

꿈과근심

밤근심이 하 길기에
꿈도길줄 아럿더니
님을보러 가는길에
반도못가서 쌔엿고나

새벽꿈이 하 써르기에
근심도 싸튤줄 아럿더니
근심에서 근심으로
옷간데롤 모르것다

默 沈 의 님

만일 님에게도

쑴과근심이 잇거든

차라리

근심이 쑴되고 쑴이 근심되여라

님 의 沈 默

葡萄酒

가을바람과 아츰볏에 마치 맛게익은 향긔로은포도를 짜서 술을비젓

슴니다 그술고이는향긔는 가을하늘을 물드럼니다

님이어 그술을 련닙잔에 가득히부어서 님에게 드리것슴니다

님이어 떨니는손을겻처서 타오르는입설을 취기서요

님이어 그술은 한밤을지나면 눈물이됨니다

아아 한밤을지나면 포도주가 눈물이되지마는 쏘한밤을지나면 나의

눈물이 다른포도주가됨니다 오오 님이어

님 의 沈 默

誹 謗

세상은 誹謗도만코 猜忌도만슴니다

당신에게 誹謗과 猜忌가 잇슬지라도 關心치마서요

誹謗을 조아하는사람들은 太陽에 黑點이잇는것도 다행으로 생각함니다

당신에게대하야는 誹謗할것이업는 그것을 誹謗할는지 모르것슴니다

조는獅子를 죽은羊이라고 할지언정 당신이 試鍊을밧기위하야 盜賊에게 捕虜가되얏다고 그것을 卑怯이라고할수는 업슴니다

달빗을 갈옷으로알고 흰모래위에서 갈마기를이웃하야 잠자는 기력이를 음탄하다고할지언정 正直한당신이 狡滑한誘惑에 속혀서 靑樓에

님 의 沈 默

드러갓나고 당신을 持操가업다고할수는 업슴니다

당신에게 誹謗과 猜忌가 잇슬지라도 關心치마서요

沈 默 의 님

「?」

희미한조름이　활발한　님의발자최소리에　놀나깨여　무거운눈섭을　이

기지못하면서　창을열고　내다보앗슴니다

동풍에몰니는　소낙비는　산모롱이를　지나가고　쓸압희　파초닙위에　비

入소리의　남은音波가　그늬를뜁니다

感情과理智가　마조치는　刹那에　人面의惡魔와　獸心의天使가　보이라

다　사러집니다

떠러지는소리에　깨엇슴니다

흔드러깨는　님의노래가락에　첫잠든　어린잔나비의　애처로운꿈이　꼿

죽은밤을지키는　외로운등잔ㅅ불의　구슬꼿이　제무게를　이기지못하야　고

님 의 沈默

요히 떠러짐니다

미친불에 타오르는 불상한 靈은 絶望의 北極에서 新世界를 探險함니다

沙漠의꽃이어 금음밤의滿月이어 님의얼골이어

피랴는 薔薇花는 아니라도 갈지안한白玉인 純潔한나의님설은 微笑

에 沐浴감는 그입설에 채닷치못하얏슴니다

움지기지안는 달빗에 눌니운 창에는 저의털을가다듬는 고양이의 그

림자가 오르락나리락함니다

아아 佛이냐 魔냐 人生이 띄끌이냐 꿈이 黃金이냐

적은새여 바람에흔들는 약한가지에서 잠자는 적은새여

님의 손ㅅ길

默 沈 의 님

님의사랑은 鋼鐵을녹이는불보다도 쓰거은데 님의손ㅅ길은 너머차서

限度가업슴니다

나는 이세상에서 서늘한것도보고 찬것도보앗슴니다 그러나 님의손

ㅅ길가티찬것은 볼수가업슴니다

국화핀 서리아츰에 써러진닙새를 울니고오는 가을바람도 님의손ㅅ

길모다는 차지못함니다

달이적고 별에쓸나는 겨을밤에 어름위에 싸인눈도 님의손ㅅ길보다

는 차지못함니다

甘露와 가티淸凉한 禪師의說法도 님의손ㅅ길보다는 차지못함니다

님 의 沈 默

나의적은가슴에 타오르는불ㅅ꼿은 님의손ㅅ길이아니고는 쓰는수가업슴
니다

님의손ㅅ길의溫度를 測量할만한 寒暖計는 나의가슴밧게는 아모데도
업슴니다

님의사랑은 불보다도 뜨거워서 근심山을 태우고 恨바다를 말니는

대 님의손ㅅ길은 너머도차서 限度가업슴니다

님 의 沈 默

海棠花

당신은 해당화피기전에 오신다고하얏슴니다 봄은벌써 느젓슴니다

봄이오기전에는 어서오기를 바랏더니 봄이오고보니 너머일즉왓나 두려함니다

철모르는아해들은 뒷人동산에 해당화가피엿다고 다투어말하기로 듯

고도 못드른채 하얏더니

야속한 봄바람은 나는꼿을부러서 경대위에노임니다 그려

시름업시 꼿을주어서 입설에대히고 「너는언제피엿늬」하고 무럿슴니다

꼿은 말도업시 나의눈물에비처서 둘도되고 셋도됨니다

님 의 沈 默

당신을보앗슴니다

당신이 가신뒤로 나는 당신을이즐수가 업슴니다

싸닭은 당신을위하나니보다 나를위함이 만슴니다

나는 갈고심을짱이 업슴으로 秋收가업슴니다

저녁거리가업서서 조나감자를꾸러 이웃집에 갓더니 主人은「거지는

人格이업다 人格이업는사람은 生命이업다 너를도아주는것은 罪惡이다」

고 말하얏슴니다

그말을듯고 도러나올때에 쏘머지는눈물속에서 당신을보앗슴니다

나는 집도업고 다른싸닭을겸하야 民籍이업슴니다

님 의 沈默

「民籍업는者는 人權이업다 人權이업는너에게 무슨貞操냐」하고 凌辱

하라는 將軍이 잇섯습니다

그를抗拒한뒤에 남에게대한激憤이 스스로의 숨음으로化하는刹那에 당

신을보앗습니다

아아 왼갓 倫理、道德、法律은 칼과黃金을祭祀지내는 烟氣인줄을 아

럿습니다

永遠의사랑을 바들人가 人間歷史의첫페지에 잉크칠을할人가 술을말

실人가 망서릴때에 당신을보앗습니다

님 의 沈 默

비

비는　가장큰權威를가지고　가장조흔機會를줌니다

비는　해를가리고　하늘을가리고　세상사람의눈을　가림니다

그러나　비는　번개와무지개를　가리지안슴니다

나는　번개가되야　무지개를타고　당신에게가서　사랑의팔에　감기고자
합니다

비오는날　가만히가서　당신의沈默을　가저온대도　당신의主人은　알수
가업슴니다

만일　당신이　비오는날에　오신다면　나는　蓮닙으로　웃옷을지어서　보

님 의 沈默

내것슴니다

당신이 비오는날에 蓮닙옷을입고오시던 이세상에는 알사람이 업슴

너다

당신이 비入가온대로 가만히오서서 나의눈물을 가저가신대도 永遠

한秘密이 될것임니다

비는 가장큰權威를가지고 가장조흔機會를줌니다

服從

남들은 自由를사랑한다지마는 나는 服從을조아하야요

自由를모르는것은 아니지만 당신에게는 服從만하고십허요

服從하고십흔데 服從하는것은 아름다운自由보다도 달금합니다 그것

이 나의幸福입니다

그러나 당신이 나더러 다른사람을服從하라면 그것만은 服從할수가

업슴니다

다른사람을 服從하라면 당신에게 服從할수가업는 까닭임니다

님 의 沈 默

참어주서요

나는 당신을 리별하지아니할수가 업슴니다 님이여 나의리별을 참
어주서요

당신은 고개를넘어갈쌔에 나를도러보지마서요 나의몸은 한적은모래
속으로 드러가랴함니다

님이어 리별을참을수가업거든 나의죽엄을 참어주서요

나의生命의배는 부쯔럼의 쌈의바다에서 스스로爆沈하랴함니다 님이
어 님의입김으로 그것을부러서 속히잠기게 하야주서요 그러고 그것
을 우서주서요

—(70)—

님 의 沈 默

님이어 나의죽엄을 참을수가업거든 나를사랑하지마러주서요 그리하

고 나로하야금 당신을사랑할수가업도록 하야주서요

나의몸은 터럭하나도 빼지아니한채로 당신의품에 사러지겟습니다

님이어 당신과내가 사랑의속에서 하나가되는것을 참어주서요 그리

하야 당신은 나를사랑하지말고 나로하야금 당신을사랑할수가업도록

하야주서요 오오 님이어

님 의 沈 默

情天恨海

가을하늘이　놉다기로
情하늘을　따를소냐
봄바다가　깁다기로
恨바다만　못하리라

놉고놉흔　情하늘이
시른것은　아니지만
손이　나저서
오르지　못하고
깁고깁흔　恨바다가

님 의 沈 默

병된것은 업지마는
다리가 썰녀서
건느지 못한다

손이 자래서 오를수만 잇스면
情하늘은 놉흘수록 아름답고
다리가 기러서 건늘수만 잇스면
恨바다는 깁흘수록 묘하니라

만일 情하늘이 무너지고 恨바다가 마른다면
차라리 情天에 써러지고 恨海에 써지리라

님의沈默

아ㅅ 情하늘이 놉흔줄만 아럿더니
님의이마보다는 낫다

아ㅅ 恨바다가 깁흔줄만 아럿더니
님의무릅보다는 엿다

손이야 낫든지 다리야 쩌르든지
情하늘에 오르고 恨바다를 건느랴면
님에게만 안기리라

禪師의說法

님 의 沈 默

나는 禪師의說法을 드럿슴니다

「너는 사랑의쇠사실에 묵겨서 苦痛을밧지말고 사랑의줄을쓴어라 그
러면 너의마음이 질거우리라」고 禪師는 큰소리로 말하얏슴니다

그 禪師는 어지간히 어리석음니다

사랑의줄에 묵기운것이 압흐기는 압흐지만 사랑의줄을쓴으면 죽는것
보다도 더압흔줄을 모르는말임니다

사랑의束縛은 단々히 얼거매는것이 푸러주는것임니다

그럼으로 大解脫은 束縛에서 엇는것임니다

님이어 나를얽은 님의사랑의줄이 약할가버서 나의 님을사랑하는줄

—(78)—

물
성백결혼하니라

辯 致 이 頓

默 沈 의 님

그를보내며

그는 간다 그가 가고십허서 가는것도 아니오 내가보내고십허서 보내
는것도 아니지만 그는간다

그의 붉은입설 흰니 잔은눈ㅅ섭이 어엽분줄만 아럿더니 구름가튼
뒤ㅅ머리 실버들가튼허리 구슬가튼발쏨치가 보다도 아름답슴니다

거름이 거름보다 머러지며니 보이랴다말고 말랴다보인다

사람이머러질수록 마음은가싸워지고 마음이 가싸워질수록 사람은머러
진다

보이는듯한것이 그의 흔드는수건인가 하얏더니 갈마기보다도 적은
각구룸이난다

金剛山

萬二千峯! 無恙하냐 金剛山아

너는 너의님이 어데서무엇을하는지 아너냐

너의님은 너떠문에 가슴에서타오르는 불꽃에 왼갓 宗敎、哲學、名譽、財産 그외에도 잇스면잇는대로 태여버리는줄을 너는모름니라

너는 옷에붉은것이 너냐

너는 입혜푸른것이 너냐

너는 丹楓에醉한것이 너냐

너는 白雪에쌔인것이 너냐

님 의 沈 默

나는 너의 沈默을 잘안다

너는 철모르는 아해들에게 뜻작업는 讚美를바드면서 신분우슴을참고

요히잇는줄을 나는잘안다

그러나 너는 天堂이나 地獄이나 하나마가지고 잇스려나

움업는잠처럼 깨끗하고 單純하란말이다

나도 써른갈궁이로 江건너의숯을 썩는다고 큰맛하는 미친사람은 아

니다 그레서 沈着하고單純하랴고한다

나는 너의입김에 불녀오는 쏘각구름에 키쓰한다

萬二千峯! 無恙하냐 金剛山아

너는 너의님이 어데서무엇을하는지 모르지

님 의 沈 默

님 의 얼 골

님의얼골을 「어엽부 다고」 하는말은 適當한말이 아닙니다

어엽부다는말은 人間사람의얼골에 대한말이오 님은 人間의것이라고

할수가 업슬만치 어엽분싸닭입니다

自然은 엇지하야 그러케어엽분님을 人間으로보냇는지 아모리생각하야도 알수기업슴니다

알것슴니다 自然의가온대에는 님의짝이될만한무엇이 업는싸닭입니다

님의입설가튼 蓮꼿이 어데잇서요 님의살빗가튼 白玉이 어데잇서요

봄湖水에서 님의눈ㅅ결가튼 잔물ㅅ결을 보앗슴닛가 아츰볏에서 님의

님 의 沈 默

微笑가튼 芳香을 드럿슴닛가

天國의 音樂은 님의 노래의 反響임니다 아름다은별들은 님의 눈빗의 化現

임니다

아々 나는 님의 그림자여요

님은 님의 그림자밧게는 비길만한것이 업슴니다

님의 얼골을 어엽부다고 하는말은 適當한말이아님니다

님 의 沈 默

심 은 버 들

뜰압해 버들을심어

님의말을 매럇드니

님은 가실때에

버들을썻어 말채칙을 하얏슴니다

버들마다 채칙이되야서

님을따르는 나의말도 채칠싸하얏드니

님은가지 千萬絲는

해마다 해마다 보낸恨을 잡어맵니다

默 沈 의 님

樂園은가시덤풀에서

숙은줄아럿든 매화나무가지에 구슬가튼옷 방울을 매처주는 쉬잔한눈

위에 가만히오는 봄긔운은 아름답기도함니다

그러나 그밧게 다른하늘에서 오는 알수업는향긔는、 모든옷의죽엄을 가

시고다니는 쉬잔한눈이 주는줄을 아심닛가

구름은가늘고 시내물은엿고 가을산은 비엿는데 파리한바위새이에 실

컷붉은단풍은 곱기도함니다

그러나 당풍은 노래도부르고 우름도웁니다 그러한 自然의人生은、

가을바람의꿈을따러 사러지고 記憶에만남어잇는 지난여름의 무르녹은

綠陰이 주는줄을 아심닛가

님의 沈默

一莖草가 丈六金身이되고 丈六金身이 一莖草가 됨니다

天地는 한보금자리오 萬有는 가튼小鳥임니다

나는 自然의거울에 人生을비처보앗슴니다

苦痛의가시덤풀뒤에 歡喜의樂園을 建設하기위하야 님을써난 나는 아

아 幸福임니다

默 沈 의 님

참말인가요

그것이참말인가요 님이어 속임업시 말슴하야주서요

당신을 나에게서 쌔아서간 사람들이 당신을보고 「그대는 님이업다

고 하얏다지오

그래서 당신은 남모르는곳에서 울다가 남이보면 우름을 우슴으로

변한다지오

사람의 우는것은 견딀수가업는것인데 울기조차 마음대로못하고 우

슴으로변하는것은 죽엄의맛보다도 더쓴것입니다

그러면 나는 그것을변명하지안코는 견딀수가업슴니다

나의生命의꼿가지를 잇는대로썩거서 花環을만드러 당신의목에걸고 「이

것이 님의님이라」고 소리처말하것슴니다

님 의 沈 駄

그것이 참말인가요 님이어 속임업시 말슴하야주서요

당신을 나에게서 빼아서간 사람들이 당신을보고 그대의 님은 우리

가 구하야준다」고 하얏다지오

그레서 당신은 「獨身生活을하것다」고 하얏다지오

그러면 나는 그들에게 분푸리를하지안코는 견딜수가업슴니다

만치안한 나의피를 더운눈물에 석거서 피에목마른 그들의칼에뿌리

고 「이것이 님의님이라」고 우름석거서 말하것슴니다

默　沈　의　님

꽃이먼저아러

옛집을떠나서　다른시골에　봄을맛낫슴니다

꿈은　잇다금　봄바람을따러서　아득한옛터에　이름니다

지팽이는　푸르고푸른　풀빗에　무처서　그림자와　서로써름니다

길가에서　이름도모르는옷을　보고서　행혀　근심을이질ㅅ가하고

슴니다

옷송이에는　아츰이슬이　아즉마르지아니한가　하얏더니　아ㅅ　나의눈

물이　써러진줄이야　옷이먼저아럿슴니다

님 의 沈 默

讚頌

님이어 당신은 白番이나 鍛鍊한 金결입니다

뽕나무쑤리가 珊瑚가 되도록 天國의 사랑을 바듭소서

님이어 사랑이어 아츰볏의 첫거름이어

님이어 당신은 義가 무거웁고 黃金이 가벼은 것을 잘아심니다

거지의 거친밧해 福의씨를 뿌리옵소서

님이어 사랑이어 옛 梧桐의 숨은소리여

님이어 당신은 봄과 光明과 平和를 조아하심니다

弱者의 가슴에 눈물을 뿌리는 慈悲의 菩薩이 되옵소서

默 沈 의 님

님이어 사랑이어 어름바다에 봄바람이어

님 의 沈 默

論介의 愛人이 되야서 그의 廟에

날과밤으로 흐르고흐르는 南江은 가지안슴니다

바람과비에 우두커니섯는 矗石樓는 살가튼光陰을따러서 다름질칩니다

그대는 朝鮮의무덤가온대 피엿든 조혼꼿의하나이다 그레서 그향긔는 썩지안는다

論介여 나에게 우름과우슴을 同時에주는 사랑하는論介여

나는 詩人으로 그대의愛人이 되얏노라

그대는어데잇너뇨 죽지안한그대가 이세상에는업고나

나는 黃金의칼에베혀진 꼿과가티 향긔롭고 애처로은 그대의當年을

님 의 沈 默

回想한다

술향긔에목마친 고요한노래는 獄에무친 썩은칼을 울넛다

춤추는소매를 안고도는 무서운찬바람은 鬼神나라의꼿숩풀을 거처서 떠

러지는해를 얼넛다

산알핀 그대의마음은 비록沈着하얏지만 떤나는것보다도 더욱무서웟

다

아름답고 無毒한 그대의눈은 비록우섯지만 우는것보다도 더욱슯헛다

붉은듯하다가 푸르고 푸른듯하다가 희여지며 가늘게떨니는 그대의

입셜은 우슴의朝雲이냐 우름의暮雨이냐 새벽달의秘密이냐 이슬꼿의象

徵이냐

새비가튼 그대의손에 썪기우지못한 落花臺의남은꼿은 부신럼에醉하

야 얼골이붉엇다

(94)

님 의 沈 默

나가튼 그대의 발씁치에 밟히운 ...어적어 묵은이끼는 頭於에 넘처서

푸른 紗籠으로 自己의 題名을 가리엇다

아々 나는 그대도업는 빈무덤가튼집을 그대의집이라고 부릅니다

만일 이름뿐이나마 그대의집도업스면 그대의이름을 불너볼機會가업

는 까닭임니다

나는 샛을사랑합니다 마는 그대의집에 피여잇는샛을 꺽글수는 업슴

니다

그대의집에 피여잇는샛을 꺽그라면 나의청자가 먼저꺽서지는 까닭

임니다

나는 샛을사랑합니다 마는 그대의집에 샛을심을수는 업슴니다

그대의집에 샛을심으랴면 나의가슴에 가시가 먼저심어지는 까닭임니

님 의 沈 默

다

容恕하여요 論介여 金石가튼 굿은언약을 저바린것은 그대가아니오

나임니다

容恕하여요 論介여 쓸々하고 호젓한 잠人자리에 외로히누어서 밋친

恨에 울고잇는것은 내가아니오 그대임니다

나의가슴에 「사랑」의글人자를 黃金으로색여서 그대의 祠堂에 紀念碑

를세운들 그대에게 무슨위로가 되오릿가

나의노래에 「눈물」의曲調를 烙印으로찍어서 그대의 祠堂에 祭鍾을

넌대도 나에게 구슨贖罪가 되오릿가

나는 다만 그대의遺言대로 그대에게다 하지못한사랑을 永遠히 다른

女子에게 주지아니할뿐임니다 그것은 그대의얼골과가티 잇을수가업는

님 의 沈 默

盟誓임니다

容恕하여요 論介여 그대가 容恕하면 나의 罪는 神에게 懺悔를아니한

대도 사러지겟슴니다

千秋에 죽지안는 論介여

하루도 살수업는 論介여

그대를사랑하는 나의마음이 얼마나 질거으며 얼마나 슯흐것는가

나는 우슴이제워서 눈물이되고 눈물이제워서 우슴이됩니다

容恕하여요 사랑하는 오々 論介여

後悔

당신이게실때에 알뜰한사랑을 못하얏슴니다

사랑보다 빗음이만코 질거음보다 조심이더하얏슴니다

게다가 나의性格이冷淡하고 더구나 가난에쪼겨서 병드러누은 당신에
게 도로혀 疏濶하얏슴니다

그럼으로 당신이가신뒤에 써난근심보다 뉘우치는눈물이 만슴니다

님 의 沈 默

사랑하는싸닭

내가 당신을사랑하는것은 싸닭이업는것이 아님니다

다른사람들은 나의紅顏만을 사랑하지마는 당신은 나의白髮도 사랑

하는 싸닭임니다

내가 당신을긔루어하는것은 싸닭이업는것이 아님이다

다른사람들은 나의微笑만을 사랑하지마는 당신은 나의눈물도 사랑

하는 싸닭임니다

내가 당신을기다리는것은 싸닭이업는것이 아님니다

다른사람들은 나의健康만을 사랑하지마는 당신은 나의죽엄도 사랑

臘 狀 이 넘

님 의 沈 黙

당신의 편지

당신의편지가 왓다기에 꼿밧매든호믜를노코 써여보왓슴니다

그편지는 글人시는 가늘고 글줄은 만하나 사연은 간단함니다

만일 님이쓰신편지이면 글은 써를지라도 사연은 길터인데

당신의편지가 왓다기에 바느질그릇을 치어노코 써여보왓슴니다

그편지는 나에게 잘잇너냐고만 뭇고 언제오신다는말은 조금도업슴
니다

만일 님이쓰신편지이면 나의일은 뭇지안터래도 언제오신다는말을 먼
저썻슬터인데

──── 101)────

默沈의님

당신의편지가 왓다기에 약을다리다말고 떼여보앗슴니다

그편지는 당신의住所는 다른나라의軍艦임니다

만일 님이쓰신편지이면 남의軍艦에잇는것이 事實이라할지라도 편지

에는 軍艦에서써낫다고 하얏슬터인데

님 의 沈 默

거 짓 리 별

당신과나와 리별한째가 언제인지 아심닛가

가령 우리가 초흘째로말하는것과 가리 거짓리별이라할지라도 나의입

선이 당신의입설에 다치못하는것은 事實임니다

이거짓리별은 언제나 우리에게서 써날것인가요

한해두해 가는것이 얼마아니된다고 할수가업슴니다

시드러가는 두볼의桃花가 無情한봄바람에 멧번이나슬처서 落花가될

가요

灰色이되여가는 두귀밋의 푸른구름이 쏘이는가을볏에 얼마나바래서

白雪이될가요

님의 沈默

머리는 희여가도 마음은 붉어갑니다

피는 식어가도 눈물은 더워갑니다

사랑의언덕엔 사태가나도 希望의바다엔 물ㅅ결이 쒸노러요

이른바 거짓리별이 언제든지 우리에게서 써날줄만은 아러요

그러나 한손으로 리별을가지고가는 날(日)은 쏘한손으로 죽엄을가 지고와요

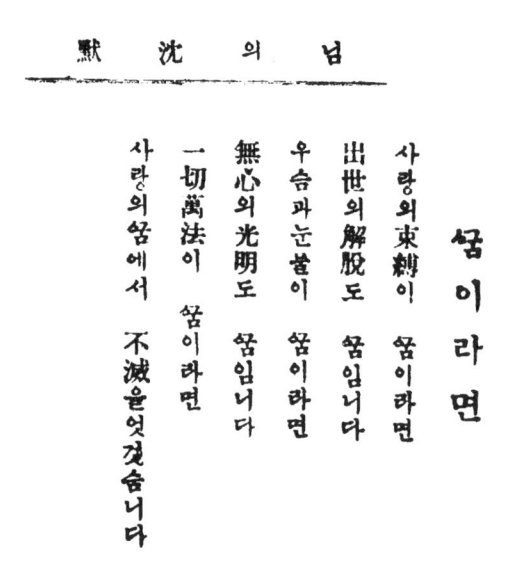

默 沈 의 님

달 을 보 며

달은밝고 당신이 하도기루엇슴니다

자던옷을 고처입고 뜰에나와 퍼지르고안저서 달을한참보앗슴니다

달은 차차차 당신의얼골이 되더니 넓은이마 둥근코 아름다은수염

이 녁수히보임니다

간해에는 당신의얼골이 달로보이더니 오날밤에는 달이 당신의얼골

이됨니다

당신의얼골이 달이기에 나의얼골도 달이되얏슴니다

나의얼골은 금음달이된줄을 당신이아심닛가

님 의 沈 默

아々 당신의얼골이 달이기에 나의얼골도 달이되얏슴니다

님 의 沈 默

因果律

당신은 엣盟誓를쌔치고 가심니다

당신의 盟誓는 얼마나 참되얏슴닛가 그 盟誓를쌔치고가는 리별은 미듬

수가 업슴니다

참盟誓를쌔치고가는 리별은 엣盟誓로 도러올줄을 암니다 그것은 嚴

肅한因果律임니다

나는 당신과써날쌔에 입마춘입설이 마르기전에 당신이도러와서 다

시입마추기를 기다림니다

그러나 당신의가시는것은 엣盟誓를쌔치랴는 故意가 아닌줄을 나는암

니다

默　沈　의　님

비겨 당신이 지금의리별을　永遠히　쌔치지안는다하야도　당신의　最

後의接觸을바든　나의입설을　다른男子의입설에　대일수는　업슴니다

默　沈　의　님

잠꼬대

「사랑이라는것은　다무엇이냐　진정한사람에게는　눈물도업고　우슴도업

는것이다

사랑의 뒤움박을　발길로차서　깨트려버리고　눈물과우슴을　쇠끌속에　合

葬을하여라

理智와感情을　두듸려깨처서　가루를만드러버려라

그러고　虛無의絶頂에　올너가서　어지럽게춤추고　미치게노래하여라

그러고　愛人과惡魔를　쑥가티　술을먹여라

그러고　天癡가되던지　미치광이가되던지　산송장이되던지　하야버려라

그레　너는　죽어도　사랑이라는것은　버릴수가업단말이냐

님 의 沈 默

그러거든 사랑의 쌍문이에 도롱래물다러라

그래서 네멋대로 쓸고 도러다니다가 쉬고십흐거

든 자고 살고십흐거든 살고 죽고십흐거든 죽어라

사랑의 발바닥에 말목을 처노코 붓들고서々 엉々우는것은 우수은일이

다

이세상에는 이마쌕에다 「님」이라고 색이고다니는 사람은 하나도업다

戀愛는 絶對自由요 貞操는 流動이요 結婚式場은 林間이다」

나는 잠사결에 큰소리로 이러케 부르지젓다

아々 惑星가티빗나는 님의 微笑는 黑闇의光線에서 채 사러지지아니

하얏슴니다

잠의나라에서 몸부림치든 사랑의눈물은 어늬멋 벼개를적섯슴니다

沈默의 님

容恕하서요 님이어 아모러 잠이지은허물이라도 님이 罰을주신다면

그罰을 잠을주기는 실습니다

桂月香에게

桂月香이어 그대는 아릿다웁고 무서운 最後의微笑를 거두지아니한
채로 大地의寢臺에 잠드렛슴니다

나는 그대의多情을 슯어하고 그대의無情을 사랑함니다

大同江에 낙시질하는사람은 그대의노래를듯고 牧丹峯에 밤노리하는
사람은 그대의얼골을봄니다

아해들은 그대의산이름을 외우고 詩人은 그대의죽은그림자를 노래
함니다

사람은 반듯이 다하지못한恨을 씨치고 가게되는것이다

沈 默 의 님

그대는 님은恨이 잇는가업는가 잇다면 그恨은무엇인가

그대는 하고십흔말을 하지안슴니다

그대의 붉은恨은 絢爛한저녁놀이되야서 하늘길을 가로막고 荒凉한

써러지는날을 도리키고자함니다

그대의 푸른근심은 드리고드린 버들실이 되야서 쏫다운무리를 뒤

에두고 運命의길을써나는 저문봄을 잡어매랴함니다

나는 黃金의소반에 아츰볏을바치고 梅花가지에 새봄을걸어서 그대

의 잠자는것혜 가만히 노아드리겟슴니다

자 그러면 속하면 하루人밤 더되면 한겨울 사랑하는桂月香이어

默 沈 의 님

滿 足

세상에 滿足이잇너냐 人生에게 滿足이잇너냐

잇다면 나에게도 잇스리라

세상에 滿足이 잇기는잇지마는 사람의압헤만잇다

距離는 사람의팔기러와갓고 速力은 사람의거름과 比例가된다

滿足은 잡을내야 잡을수도업고 버릴내야 버릴수도업다

滿足을 엇고보면 어든것은 不滿足이오 滿足은 依然히 압헤잇다

滿足은 愚者나聖者의 主觀的所有가아니면 弱者의期待뿐이다

滿足은 언제든지 人生과 竪的의기이이니

反比例

님의 沈默

당신의 소리는 「沈默」인가요

당신이 노래를부르지 아니하는때에 당신의 노래가락은 역々히들님니
다 그려

당신의 소리는 沈默이여요

당신의얼골은 「黑闇」인가요

내가 눈을감은때에 당신의 얼골은 분명히보임니다 그려

당신의얼골은 黑闇이여요

당신의그림자는 「光明」인가요

默 沈 의 님

당신의그림자는　달이너머간뒤에　어두운창에　비침니다　그려

당신의그림자는　光明이여요

님 의 沈 默

눈 물

내가본사람가온대는 눈물을眞珠라고하는사람처럼 미친사람은 업슴니

다

그사람은 피를紅寶石이라고하는사람보다도 더미친사람임니다

그것은 戀愛에失敗하고 黑闇의岐路에서 헤매는 늙은處女가아니면 神

經이 崎形的으로된 詩人의 말임니다

만일 눈물이眞珠라면 나는 님이信物로주신반지를 내노코는 세상의

眞珠라는眞珠는 다쇠줄속에 무더버리것슴니다

나는 눈물로裝飾한玉環을 보지못하얏슴니다

나는 平和의잔치에 눈물의술을 마시는것을 보지못하얏슴니다

님 의 沈 默

내가 본사람 가온대는 눈물을 眞珠라고하는사람처럼 어리석은사람은 업

습니다

아니여요 님의주신눈물은 眞珠눈물이여요

나는 나의그림자가 나의몸을 써날째까지 님을위하야 眞珠눈물을 흘

니것슴니다

아々 나는 날마다々々々 눈물의仙境에서 한숨의玉笛을 듯슴니다

나의눈물은 百千줄기라도 방울々々이 創造임니다

눈물의구슬이어 한숨의봄바람이어 사랑의聖殿을莊嚴하는 無等々의寶

物이어

아々 언제나 空間과時間을 눈물로채워서 사랑의世界를 完成할가요

님의 沈默

어데라도

아츰에 이러나서 세수하랴고 대야에 물을떠다노으면 당신은 대야
안의 간은물人결이 되야서 나의얼골그림자를 불상한아기처럼 얼너줌
니다

근심을이즐人가하고 꽃동산에거닐때에 당신은 꽃새이를슬처오는
바람이 되야서 시름업는 나의마음에 꽃향긔를 무쳐주고 감니다

당신을기다리다못하야 잠人자리에 누엇더니 당신은 고요한어두빗인
되야서 나의잔부쇠럼을 살뜰이도 덥허줌니다

어데라도 눈에보이는데마다 당신이게시기, 눈을감고 구름위와 바
다밋을 차저보앗슴니다

默 沈 의 님

당신은 微笑가되여서 나의마음에 숨엇다가 나의감은눈에 입마추고

「네가 나를보너냐」고 嘲弄함니다

默 沈 의 님

써날때의 님의 얼골

웃은 써러지는향기가 아름답습니다

해는 지는빗이 곱습니다

노래는 목마친가락이 묘함니다

님은 써날때의얼골이 더욱어엽붐니다

써나신뒤에 나의 幻想의눈에비치는 님의얼골은 눈물이업는눈으로는

바로볼수가업슬만치 어엽불것입니다

님의 써날때의 어엽분얼골을 나의눈에 색이것습니다

님의얼골은 나를울니기에는 너머도 야속한듯하지마는 님을사랑하기

위하야는 나의마음을 질거웁게 할수가 업슴니다

默 沈 의 님

만일 그어엽분얼골이 永遠히 나의눈을떠 난다면 그때의웃음은 우는

것보다도 압흘것습니다

默 沈 의 님

最初의 님

맨츰에맛난 님과님은 누구이며 어늬쌔인가요

맨츰에리별한 님과님은 누구이며 어늬쌔일가요

맨츰에맛난 님과님이 맨츰으로 리별하얏슴닛가 다른님과님이 맨츰

으로 리별하얏슴닛가

나는 맨츰에맛난 님과님이 맨츰으로 리별한줄로 암니다

맛나고 리별이업는것은 님이아니라 나임니다

리별하고 맛나지안는것은 님이아니라 김가는사람임니다

우리들은 님에대하야 맛날쌔에 리별을넘녀하고 리별할때에 맛남을

긔약함니다

默 沈 의 님

그것은 맨츰에맛난 님과님이 다시리별한 遺傳性의痕跡임니다

그럼으로 맛나지안는것도 님이아니오 리별이업는것도 님이아님니다

님은 맛날때에 우슴을주고 써날때에 눈물을줌니다

맛날때의우슴보다 써날때의눈물이 조코 써날때의눈물보다 다시맛나

는우슴이 좃습니다

아々 님이어 우리의 다시맛나는우슴은 어늬때에 잇슴닛가

님 의 沈 默

두견새

두견새는 실컷운다
울다가 못다울면
피를흘녀 운다

리별한恨이나 너뿐이랴마는
울내야 울지도못하는 나는
두견새못된恨을 또다시 엇지하리

야속한 두견새는
도러갈곳도업는 나를 보고도

「ㅈㅈㅈㅈ譯平火」

默　沈　의　님

나의 꿈

당신이 맑은새벽에 나무그늘새이에서 산보할때에 나의쑴은 적은별

이되야서 당신의머리위에 지키고잇것슴니다

당신이 여름날에 더위를못이기여 낫잠을자거든 나의쑴은 맑은바람

이되야서 당신의周圍에 써돌것슴니다

당신이 고요한가을밤에 그윽히안저서 글을볼때에 나의쑴은 귀쓰람

이가되야서 책상밋해서 「귀쓸々々」울것슴니다

님 의 沈 默

우 는 째

쏫핀아츰 달밝은저녁 비오는밤 그째가 가장님거루은째라고 남들은

말함니다

나도 가튼고요한째로는 그째에 만히우럿슴니다

그러나 나는 여러사람이모혀서 말하고노는째에 머울게됨니다

님잇는 여러사람들은 나를위로하야 조혼말을함니다마는 나는 그들

의 위로하는말을 조소로듯슴니다

그째에는 우름을삼켜서 눈물을 속으로 창자를향하야 흘님니다

타골의詩(GARDENISTO)를읽고

님 의 沈 默

벗이어 나의벗이어 愛人의무덤위의 픠여잇는 꼿처럼 나를울니는 벗

이어

적은새의자최도업는 沙漠의밤에 문득맛난님처럼 나를깃부게하는 벗

이어

그대는 옛무덤을헤치고 하늘까지사못치는 白骨의香氣임니다

그대는 花環을만들냐고 써러진꼿을줏다가 다른가지에걸녀서 주슨꼿

을헤치고 부르는 絶望인希望의노래임니다

벗이어 깨여진사랑에우는 벗이어

눈물이 능히 써러진꼿을 옛가지에 도로픠게할수는 업슴니다

默 沈 의 님

눈물을 써러진쏫에 쑤리지말고 쏏나무밋희뼈단에 쑤리서요

벗이어 나의벗이어

죽엄의香氣가 아모리조타하야도 白骨의입설에 입맛출수는 업슴니다

그의무덤을 黃金의노래로 그물치지마서요 무덤위에 피무든旗대를세

우서요

그러나 죽은大地가 詩人의노래를거처서 움직이는것을 봄바람은 말

함니다

벗이어 부끄럽슴니다 나는 그대의노래를 드를째에 엇더게 붓그럽

고 썰니는지 모르것슴니다

그것은 내가 나의님을써나서 홀로 그노래를 듯는짜닭임니다

默　沈　의　님

繡의 秘密

나는 당신의옷을 다지어 노앗슴니다

심의 도지코 도포도지코 자리옷도 지엇슴니다
지치아니한것은 적은주머니에 수놋는것뿐임니다

그주머니는 나의손째가 만히무덧슴니다
짓다가노아두고 짓다가노아두고한 까닭임니다

다른사람들은 나의바느질솜씨가 업는줄로 알지마는 그러한비밀은 나

밧게는 아는사람이 업슴니다

나는 마음이 압흐고쓰린째에 주머니에 수놀노흐라면 나의마음은 수

놋는금실을 싸러서 바늘구녕으로 드러가고 수머니속에서 맑은노래가

默 沈 의 님

나와서 나의마음이 됨니다

그러고 아즉 이세상에는 그 주니에널만한 무슨보물이 업슴니다

이적은주머니는 지키시려서 지치못하는것이 아니라 지코십허서 다

지치안는것임니다

默 沈 의 님

사 랑 의 불

山川草木에　붓는불은　煙人氏가　내섯슴니다

靑春의音樂에　舞踏하는　나의가슴을　태우는불은　가는님이　내섯슴니다

矗石樓를안고돌며　푸른물入결의　그윽한품에　論介의靑春을　잠재우는

南江의흐르는불아

牧丹峰의키쓰를밧고　桂月香의無情을咀呪하면서　綾羅島를감도러흐르는

失戀者인大同江아

그대들의　權威로도　예태우는불은　쓰지못할줄을　번연히아저마는　입

버릇으로　불너보앗다

만일　그대여가　쓰려고암흘흘으로　조려다가　爆發되는　가슴가온대

님의 沈默

의 불을 뜰수가 잇다면 그대들이 님거루은사람을위하야 노래를부를때에

잇다감잇다감 목이메어 소리를이르지못함은 무슨까닭인가

남들이 볼수업는 대네의가슴속에도 애태우는불꼿이 거우로라드러

가는것을 나는본다

오오 님의情熱의눈물과 나의感激의눈물이 마조다서 合流가되는때에

그눈물의 첫방울노 나의가슴의불을쓰고 그다음방울을 그대네의가슴에

쑤려주러라

님 의 沈 默

「사랑」을 사랑하야요

당신의얼골은 봄하늘의 고요한별이여요

그러나 씨저진구름새이로 돗어오는 반달가튼 얼골이 업는것이아님니다

만일 어엽분얼골만을 사랑한다면 웨 나의벼개스모에 달을수노치안코 별을수노아요

당신의마음은 틔업는 숫玉이여요 그러나 곱기도 밝기도 굿기도

보석가튼 마음이 업는것이아님니다

만일 아름다은마음만을 사랑한다면 웨 나의반지를 보석으로아니하고 옥으로만드러요

님의 沈默

당신의 詩는 봄비에 새로눈트는 金결가튼 버들이여요

그러나 기름가튼 검은바다에 피여오르는 白合꽃가튼 詩가 업는것이

아님니다

만일 조혼文章만을 사랑한다면 왜 내가 꽃을노래하지안코 버들을

讚美하여요

왼세상사람이 나를사랑하지아니할때에 당신만이 나를사랑하얏슴니다

나는 당신을사랑하야요 나는 당신의「사랑」을 사랑하야요

님 의 沈 默

버리지아니하면

나는 잠ㅅ자리에누어서 자다가깨고 깨다가잘때에 외로운등잔불은 伴

勤한派守軍처럼 왼밤을 지킴니다

당신이 나를버리지아니하면 나는 一生의등잔불이되야서 당신의百年

을 지키것슴니다

나는 책상압헤안저서 여러가지글을볼때에 내가要求만하면 글은 조

흔이야기도하고 맑은노래도부르고 嚴肅한敎訓도줌니다

당신이 나를버리지아니하면 나는 服從의百科全書가되야서 당신의要

求를 酬應하것슴니다

默 沈 의 님

나는 거울을대하야 당신의키쓰를 기다리는 입설을 볼째에 속임엄

는거울은 네가우스면 거울도웃고 내가씽그리면 거울도씽그럽니다

당신이 나를버리지아니하면 나는 마음의거울이되야서 속임업시 당

신의苦樂을 가치하것습니다

님 의 沈 默

당신가신째

당신이 가실째에 나는 다른시골에 벙드러누어서 리별의키쓰도 못하
얏슴니다

그째는 가을바람이 첨으로나서 단풍이 한가지에 두서너닙이 붉엇
슴니다

나는 永遠의 時間에서 당신가신째를 씁어내것슴니다 그러면 時間은
두도막이 남니다

時間의한끗은 당신이가지고 한끗은 내가가젓다가 당신의손과 나의
손과 마조잡을째에 가만히 이어노컷슴니다

默 沈 의 님

그러면 붓대를잡고　남의 不幸한일만을　쓰랴고　가다리는사람들도 ꞏꞏ

신의가신째는　쓰지못할것임니다

나는　永遠의 時間에서　당신가신째를　쓴어내것슴니다

妖術

님 의 沈 默

가을洪水가 적은시내의 싸인落葉을 휩쓰러가듯이 당신은 나의 歡樂

의마음을 빼아서갓슴니다 나에게 남은마음은 苦痛뿐임니다

그러나 나는 당신을 원망할수는 업슴니다 당신이 가기전에는 나의

苦痛의마음을 빼아서간 까닭임니다

만일 당신이 歡樂의마음과 苦痛의마음을 同時에 빼아서간다하면 나

에게는 아모마음도 업것슴니다

나는 하늘의 별이되야서 구름의面紗로 낫을가리고 숨어잇겟슴니다

나는 바다의眞珠가 되얏다가 당신의구쓰에 단추가되겟슴니다

당신이 만일 별과眞珠를싸서 게다가 마음을너서 다시 당신의님을

默 沈 의 님

만든다면 그때에는 歡樂의마음을 내주서요

부듸이 苦痛의마음도 너야하겟거든 당신의 苦痛을 빼어다가 너주서요

그러고 마음을빼아서가는 妖術은 나에게는 가러처주지마서요

그러면 지금의리별이 사랑의最後는 아님니다

默 沈 의 님

당 신 의 마 음

나는 당신의 눈섭이검ㅅ고 귀가갸름한것도 보앗슴니다

그러나 당신의마음을 보지못하얏슴니다

당신이 사과를따서 나를주랴고 크고붉은사과를 따로쌀째에 당신의

마음이 그사과속으로 드러가는것을 분명히보앗슴니다

나는 당신의 둥근배와 잔나비가튼허리와를 보앗슴니다

그러나 당신의마음을 보지못하얏슴니다

당신이 나의사진과 엇든녀자의사진을 가려들고볼때에 당신의마음이

두사진의색이에서 초록빗이되는것을 분명히보앗슴니다

默　沈　의　님

나는 당신의 발톱이희고 발꿈치가뭉근것도 보앗슴니다

그러나 당신의마음을 보지못하얏슴니다

당신이 떠나시랴고 나의큰보석반지를 주머니에너실쎄에 당신의마음

이 보석반지넘어로 얼골을가리고 숨는것을 분명히보앗슴니다

님 의 沈 默

여름밤이기러요

당신아가십때에는 겨을밤이지르더니 당신이가신뒤에는 여름밤이기러

책녁의 內容이 그릇되얏나 하얏더니 개똥불이호르고 버레가움니다

긴밤은 어데서오고 어데로가는줄을 분명히아럿슴니다

긴밤은 근심바다의첫물人결에서 나와서 惡은音樂이되고 아득한沙漠

이되더니 필경 絕望의城넘어로가서 惡魔의우슴속으로 드려잠니다

그러나 당신이오시면 나는 사랑의칼을가지고 긴밤을베혀서 一千도

막을 내것슴니다

당신이기실때는 겨을밤이쓰르더니 당신이가신뒤는 여름밤이기러요

冥 想

야득한 冥想의적은배는 갔이업시 출넝거리는 달빗의물ㅅ결에 漂流되

야 멀고먼 별나라를 넘고또넘어서 이름도모르는나라에 이르럿슴니다

이나라에는 어린아기의微笑와 봄아츰과 바다소리가 合하야 사람이

되얏슴니다

이나라사람은 玉璽의 귀한줄도모르고 黃金을밥고다니고 美人의靑春을

사랑할줄도 모름니다

이나라사람은 우슴을조아하고 푸른하늘을조아함니다

冥想의배를 이나라의宮殿에 매엿더니 이나라사람들은 나의손을잡고

가리살자고함니다

님 의 沈 默

그러나 나는 님이오시면 그의가슴에 天國을꾸미랴고 도려왓슴니다

달빗의물ㅅ결은 흰구슬을 머리에이고 춤추는 어린풀의장단을 마추

어 우줄거림니다

님 의 沈 默

七 夕

「차라리 님이업시 스々로님이되고 살지언정 하늘위의 織女星은 되지
안컷서요 네 녜」 나는 언제인지 님의눈을처다보며 조금아양스런소리
로 이러케 말하얏슴니다

이말은 牽牛의님을그리우는 織女가 一年에한번식맛나는七夕을 엇지
기다리나하는 同情의 咀呪엿슴니다

이말에는 나는 모란꼿에취한 나븨처럼 一生을 님의키쓰에 밧부게
지나것다는 교만한盟誓가 숨어잇슴니다

아々 알수업는것은 運命이오 지키기어려운것은 盟誓임니다

나의머리가 당신의팔위에 도리질을한지가 七夕을 열번이나 지나고

님 의 沈 默

멋번을 지내엿슴니다

그러나 그들은 나를용서하고 불상히여길뿐이오 무슨復讐的咀呪를 아
니하얏슴니다

그들은 밤마다밤마다 銀河水를새에두고 마조건너다보며 이야기하고
놉니다

그들은 햇죽〳〵웃는 銀河水의江岸에서 물을한줌式쥐어서 서로던
지고 다시뉘웃처합니다

그들은 물에다 발을잠그고 반비식이누어서 서로안보는체하고 무슨
노래를 부름니다

그들은 갈넙으로 배를만들고 그배에다 무슨글을써서 물에띄우고 입
김으로부러서 서로보냅니다 그러고 서로글을보고 理解하자못하는것처

님 의 沈 默

럼 잠자코잇슴니다

그들은도러갈쌔에는 서로보고 웃기만하고 아모말도아니합니다

지금은 七月七夕날밤임니다

그들은 蘭草실로 주름을접은 蓮꼿의위ㅅ옷을 입엇슴니다

그들은 한구슬에 일곱빗나는 桂樹나무열매의 노르개를 찻슴니다

키쓰의술에 醉할것을 想像하는 그들의쌤은 먼저 깃븜을못이기는 自

己의熱情에 醉하야 반이나 붉엇슴니다

그들은 烏鵲橋를건너갈쌔에 거름을멈추고 위ㅅ옷의뒤ㅅ자락을 檢査

합니다

그들은 烏鵲橋를건너서 서로抱擁하는동안에 눈물과우슴이 順序를일

터니 마시굼 恭敬하는얼골을 보임니다

님 의 沈 默

아々 임수업는것은 運命이오 지키기어려운것은 盟誓임니다

나는 그들의사랑이 表現인것을 오앗슴니다

진정한사랑은 表現할수가 업슴니다

그들은 나외사랑을볼수는 업슴니다

사랑의神聖은 表現에잇지안코 秘密에잇슴니다

그들이 나를 하늘로오라고 손짓을한대도 나는가지안컷슴니다

지금은 七月七夕날밤임니다

生의藝術

몰난결에쉬어지는 한숨은 봄바람이되야서 야윈얼골을비치는 이울에

이슬꽃을뜀니다

나의周圍에는 和氣라고는 한숨의봄바람밧게는 아모것도업슴니다

하염업시흐르는 눈물은 水晶이되야서 쌔끗한숨음의聖墳을 비침니다

나는 눈물의水晶이아니면 이세상에 寶物이라고는 하나도업슴니다

한숨의봄바람과 눈물의水晶은 쩌난님을거루어하는 情의秋收임니다

저리고쓰린 숨음은 힘이되고 熱이되야서 어린羊과가튼 적은목슴을

사러움지기게함니다

님이주시는 한숨과눈물은 아름다은 生의藝術임니다

默 沈 의 님

꽃 싸 옴

당신은 두견화를 심으실째에 「꽃이 피거든 꽃싸옴하자」고 나에게말하
얏슴니다

꽃은피여서 시드러가는대 당신은 옛맹서를이즈시고 아니오심닛가

나는 한손에 붉은꽃수염을가지고 한손에 흰꽃수염을가지고 꽃씨옴
을하야서 이기는것은 당신이라하고 지는것은 내가됩니다

그러나 정말로 당신을맛나서 꽃싸옴을하게되면 나는 붉은꽃수염을
가지고 당신은 흰꽃수염을 가지게합니다

그러면 당신은 나에게 번수히지심니다

그것은 내가 이기기를 조아하는것이아니라 당신이 나에게 지기를

님 의 沈 默

깃버하는 까닭임니다

번수히이러지는 당신에게 우슬의상을달나고 조르겟슴니다

그러면 당신은 빙긋이우스며 나의쌈에 입맛추겟슴니다

쏫은피여서 시드러가는대 당신은 옛맹서를잇지시고 아니오심닛가

님 의 沈 默

거문고 탈때

달아레에서 거문고를타기는 근심을이슬사가 함이러니 츰쑥조가웃나기

전에 눈물이압흘가려서 밤은 바다가되고 거문고줄은 무지개가됩니다

거문고소리가 놉헛다가 가늘고 가늘다가 놉흘때에 당신은 거문고

줄에서 그늬를뜁니다

마즈막소리가 바람을따러서 느루나무그늘로 사러질때에 당신은 나

를힘업시보면서 아득한눈을감슴니다

아々 당신은 사러지는 거문고소리를 따러서 아득한눈을감슴니다

默 沈 의 님

오 서 요

오서요 당신은 오실때가 되얏서요 어서오서요

당신은 당신의 오실때가 언제인지 아심닛가 당신의 오실때는 나의기

다리는때임니다

당신은 나의꽃밧헤로오서요 나의꽃밧헤는 꽃들이픠여잇슴니다

만일 당신을조처오는사람이 잇스면 당신은 꽃속으로드러가서 숨으

십시오

나는 나븨가되야서 당신숨은꽃위에가서 안겟슴니다

그러면 조처오는사람이 당신을차질수는 업슴니다

오서요 당신은 오실때가 되얏슴니다 어서오서요

님 의 沈 默

당신은 나의품에모오서요 나의품에는 보드러운가슴이 잇슴니다

만일 당신을조처오는사람이 잇스면 당신은 머리를숙여서 나의가슴

에 대입시오

나의가슴은 당신이만질때에는 물가터보드러웁지마는 당신의危險을위

하야는 黃金의갈도되고 鋼鐵의방패도됨니다

나의가슴은 말ㅅ굽에밟힌落花가 될지언정 당신의머리가 나의가슴에

서 싸러질수는 업슴니다

그러면 조처오는사람이 당신에게 손을대일수는 업슴니다

오서요 당신은 오실때가되얏슴니다 어서오서요

당신은 나의죽엄속으로오서요 죽엄은 당신을위하야의準備가 언제든

默 沈 의 님

지 되야잇슴니다

만일 당신을조처오는사람이 잇스면 당신은 나의죽엄의뒤에 서십시

오

죽엄은 虛無와萬能이 하나임니다

죽엄의사랑은 無限인同時에 無窮임니다

죽엄의압헤는 軍艦과砲臺가 띄끌이됨이다

죽엄의압헤는 强者와弱者가 벗이됨니다

그러면 조처오는사람이 당신을잡을수는 업슴니다

오서요 당신은 오실째가되얏슴니다 어서오서요

님 의 沈 默

快 樂

님이어 당신은 나를 당신기신째처럼 잘잇는줄로 아심닛가

그러면 당신는 나를아신다고 할수가 업슴니다

당신이 나를두고 멀니 가신뒤로는 나는 깃봄이라고는 달도업는가

을하늘에 외기력이의 발자최만치도 업슴니다

거울을불째에 전로오든우슴도 오지안슴니다

쏫나무를심으고 물주고못도드든일도 아니함니다

고요한달그림자가 소리업시거러와서 엷은창에 소군거떠는 소뎌도

못기심슴니다

默 沈 의 님

감흘고 머운 여름하늘에 소낙비가지나간뒤에 산모롱이의 적은숩에

서나는 서늘한맛도 달지안슴니다

몽무도업고 노르개도업슴니다

나는 당신가신뒤에 이세상에서 엇기어려운 快樂이 잇슴니다

그것은 다른것이아니라 잇다금 실컷우는것임니다

＿默　沈　의　님＿

苦待

당신은 나로하야금 날마다날마다 당신을기다리게합니다

해가저무러 산그림자가 촌집을덥흘때에 나는 期約업는期待를가지고

마을숩밧게가서 기다리고잇슴니다

소를몰고오는 아해들의 풀입피리는 제소리에 목마침니다

먼나무로도러가는 새들은 저녁연기에 헤염침니다

숩들은 바람과의遊戲를 그치고 잠々히섯슴니다 그것은 나에게同情

하는 表象임니다

시내를따러구비친 모래入길이 어둠의품에안겨서 잠들째에 나는 고요

하고아득한 하늘에 긴한숨의 사러진자최를 남기고 게으른거름으로 도

러옴니다

님의 沈默

당신은 나로하여금 날마다날마다 당신을기다리게함니다

어둠의입이 黃昏의엷은빗을 삼킬때에 나는 시름업시 문밧게서서 당신을기다림니다

다시오는 별들은 고흔눈으로 반가은表情을 빗내면서 머버를조아 다루어 인사합니다

풀새이의 버레들은 이상한노래로 白晝의 모든生命의戰爭을 쉬게하는 平和의밤을 供養함니다

네모진적은못의 蓮닙위에 발자최소리를내는 시럽슨바람이 나를嘲弄할때에 나는 아득한생각이 날카로은怨望으로 化함니다

당신은 나로하야금 날마다날마다 당신을기다리게함니다

님 의 沈 默

一定한步調로거러가는 私情업는時間이 모든希望을 채칙질하야 밤과

한께 모러갈때에 나는 쓸々한잠자리에 누어서 당신을기다림니다

가슴가온대의低氣壓은 人生의海岸에 暴風雨를지어서 三千世界는 流

失되얏슴니다

벗을일코 견듸지못하는 가엽슨잔나비는 情의森林에서 저의숨에 窒

息되얏슴니다

宇宙와人生의根本問題를 解決하는 大哲學은 눈물의三昧에 入定되얏

슴니다

나의「기다림」은 나를찻다가 못찻고 저의自身까지 이러버렷슴니다

님 의 沈 默

사랑의 끗판

네 내 가요 지금 곳가요

애그 등ㅅ불을 켜랴다가 초를 거꾸로 쏫젓슴니다 그려 저를 엇저나

저사람들이 숭보것네

님이어 나는 이러캐 밧븜니다 님은 나를 게으르다고 쑷짓슴니다에

그 저것좀보아 「밧분것이 게으른것이다」하시에

내가 님의 우지럼을듯기로 무엇이 실컷슴닛가 다만 님의 거문고줄이 緩

急을이룰싸 접허함니다

님이어 하눌도업는바다를 거처서 느름나무그눌을 지어버리는것은 달

빗이아니라 새는빗임니다

님 의 沈 默

왜불탄 닭은 날개를움직임니다

마구에매인 말은 굽을침니다

네네 가요 이제곳가요

讀者에게

讀者여 나는 詩人으로 여러분의압혜 보이는것을 부끄러합니다

여러분이 나의詩를읽을때에 나를슮어하고 스스로슮어할줄을 압니다

나는 나의詩를 讀者의子孫에게까지 읽히고십흔 마음은 업슴니다

그째에는 나의詩를읽는것이 느진봄의 꼿숩풀에 안저서 마른菊花를비

벼서 코에대히는것과 가틀는지 모르것슴니다

밤은얼마나 되앗는지 모르것슴니다

雪嶽山의 무거운그림자는 엷어감니다

새벽종을 가다리면서 붓을먼짐니다

（乙丑八月二十九日밤 꿋）

默 沈 의 님

大正十五年五月十五日　印刷
大正十五年五月二十日　發行

不許複製

（定價壹圓五拾錢）
（郵税十六錢）

著作兼發行者　韓龍雲　京城府安國洞四十番地

印刷者　權泰均　京城府公平洞五十五番地

印刷所　大東印刷株式會社　京城府公平洞五十五番地

發行所　滙東書館　京城府南大門通二丁目一七番地
電話光化門一五五八番
振替口座京城七一二番

제 2 부

『님의 침묵』 전편 주석 해설

군 말[1]

　〈님〉만 님이 아니라 긔룬 것[2]은 다 님이다 중생(衆生)[3]이 석가
(釋迦)[4]의 님이라면 철학은 칸트[5]의 님이다 장미화(薔薇花)의 님
이 봄비라면 마시니[6]의 님은 이태리(伊太利)다. 님은 내가 사랑할
뿐아니라 나를 사랑하나니라.
　연애가 자유라면 님도 자유일 것이다 그러나 너희는 이름좋은
자유에 알뜰한 구속(拘束)을 받지 않너냐[7] 너에게도 님이 있너냐

---

1) **군말**: 시가 아닌 중요하지 않은 말이란 뜻. 그러나 시집의 서문격이 되는
　것으로 이 시집의 의미 내용이 집약, 제시된 중요한 글이다.
2) **긔룬 것**: 기룬 것. 기본형 기루다. 그리워하다. 사랑하다. 정을 두다.
3) **중생(衆生)**: 범어. satta의 번역어. 오계(悟界)에 이르지 못한 미계(迷界)의
　생명을 가진 모든 것을 두루 가리킨다. 인간과 기타 생명을 가진 모든 것.
4) **석가(釋迦)**: 두 가지 뜻이 있다. 인도의 크샤트라 계급에 속하는 계급을 가
　리키며 석가모니 부처를 뜻하기도 한다. 여기서는 후자를 가리키며 불교
　의 시조로 대각자(大覺者)를 뜻한다.
5) **칸트(Kant)**: 1724~1804. 좋은 의미의 관념론을 전개. 근대적인 세계 인
　식의 성립 조건과 그 한계를 지적, 확정해 내었으며 그것을 토대로 종래의
　형이상학적 현실을 비판하였음. 이와 아울러 도덕의 원리를 양심의 자율
　에서 구하고 그 토대위에서 종교의 좌표를 설정하고자 시도했다. 저서『순
　수이론비판』,『실천이성비판』,『판단력 비판』,『영구 평화론』등.
6) **마시니(Giuseppe Maggini, 1805~1872)**: 이태리의 민주체제 수립과 통
　일을 위해 싸운 혁명가. 한용운의 작품에 나오는 이런 구절을 통해 우리는
　그 의식 속에 자주, 통일, 근대적인 민주국가를 향한 열정이 꿈틀대고 있
　었음을 짐작할 수 있다.
7) **구속(拘束)을 받지 않너냐**: 〈앓너냐〉→〈안느냐〉. 이밖에도 한용운의 시집
　에는 〈사랑하나니라〉→〈사랑하느니라〉, 〈이름조은〉→〈이름 좋은〉 등 여기
　저기에 방언식 말이 나오며 맞춤법, 띄어쓰기도 현형과 같지 않다. 이들은

있다면 님이 아니라 너의 그림자니라

　나는 해저문 벌판에서 돌어가는 길을 잃고 헤매는 어린 양이 기루어서 이 시(詩)를 쓴다

　《산문형태로 이루어져 있으나 이 작품 역시 하나의 시라고 할 수 있다. 한용운은 여기서 그가 생각한 〈님〉을 시라는 한 문학 양식을 통하여 표현할 것을 예고한 것이다. 그 표현의 중요 수단이 되고 있는 것은 비유다. 한용운은 이 시집 서문을 매우 파격적으로 만들어낸 셈이다.》

　『님의 침묵』에 담긴 작품의 어조와 가락을 이해하는데 한 몫을 하는 것이므로 가능한 한 원형을 살리면서 읽는 것이 좋다.

님의 침묵(沈默)[1]

님은 갔습니다 아아 사랑하는 나의 님은 갔습니다

푸른 산빛을 깨치고 단풍나무 숲을 향하야 난 적은 길[2]을 걸어서 참어 떨치고 갔습니다

황금(黃金)의 꽃같이 굳고 빛나든 옛 맹세(盟誓)[3]는 차디찬 티

---

1) **님의 침묵(沈默)**: 한용운의 시에 나오는 〈님〉은 세가지 뜻을 갖는다. 첫째 그것은 불교의 진리를 터득한 대각자(大覺者)를 가리키며 다음 이 말은 한용운이 평생을 바쳐 되찾고자 기도한 우리 겨레와 주권을 가리킨다. 또한 이 말은 이 시집에서 한용운이 사랑하고 그리워한 이성으로서의 애인이 되기도 한다. 여기서 〈님〉은 첫째 경우에 해당된다. 〈님의 침묵〉에서 〈침묵〉은 단순 개념으로서의 죽음이나 말없음이 아니다. 이 작품의 마지막 맥락으로 드러나는 바와 같이 이 말은 언어를 초월한 절대의 경지를 뜻한다. 그리하여 이 말은 불교의 법보론 가운데 중심 개념이 되는 연기설의 제행무상(諸行無常), 초공(超空), 묘유(妙有)의 차원을 가리키는 것이다. 앞에서 〈님〉이 불교의 진리를 터득한 분임을 알게 되었다. 그러므로 여기서 〈가버린 님〉은 물리적 차원의 상실에 그치지 않는다. 승가에서는 이 세상에서 우리 육신이 가버리는 것을 입적(入寂)이라고 한다. 이때의 입적이란 세속적인 번뇌가 끊어진 상태의 고요함을 뜻한다. 이렇게 보면 여기서 되풀이된 〈갔습니다〉는 단순한 소멸, 그 부수현상인 이별이 아니라 차원을 달리하는 정신세계의 경지를 가리키는 것으로 이별과 애욕의 경지를 초월한 해탈, 견성(見性)의 경지를 뜻한다.

2) **푸른 산 빛을 깨치고 단풍나무 숲을 하야난 적은 길**: 푸른 산 빛은 한용운이 즐겨 쓴 한시의 벽산백수(碧山白水)를 연상하게 한다. 단풍나무 숲도 가을에 산을 물들인 붉은 색, 노랑 빛깔의 나무들 심상을 지님으로써 색채 감각의 파장을 최대한 살리고 있다. 이것으로 한용운은 불법의 경지가 갖는 사상, 관념성을 지양하여 우리에게 최대한 감각적인 차원이 열리도록 했다.

3) **황금(黃金)의 꽃 같이 굳고 빛나든 맹세(盟誓)**: 불교에서 황금 빛은 해탈,

끌이 되야서 한숨의 미풍에 날어갔습니다

　날카로운 첫 키스의 추억[4]은 나의 운명의 지침[5]을 돌려 놓고 뒷걸음쳐서 사러졌습니다

　나는 향기로운 님의 말소리에 귀먹고 꽃다운 님의 얼골에 눈멀었습니다

　사랑도 사람의 일이라 만날 때에 미리 떠날 것을 염려하고 경계하지 아니한 것은 아니지만, 이별은 뜻밖의 일이 되고 놀란 가슴은 새로운 슬픔에 터집니다

　그러나 이별을 쓸데없는 눈물의 원천[6]을 만들고 마는 것은 스스

대오(大悟)의 경지를 상징한다. 황금의 꽃은 연꽃과 같이 불국토(佛國土), 극락을 표상한다. 盟誓는 원음이 〈맹서〉다. 그러나 일반적으로는 속음화시켜 맹세라고 한다.
4) **날카로운 첫 키스의 추억(追憶)**: 불교에서 최우선하는 계율은 이성간의 교접을 뜻하는 색음(色淫)이다. 따라서 불경에는 남녀간의 신체 접촉을 뜻하는 구순(口脣)의 개념이 없다. 특히 키스라는 말은 19세기 말 우리 사회에 서구적 충격이 가해지고 난 다음 쓰인 것이다. 한용운은 이 말을 이성교제의 집약적 표현으로 믿고 그의 한글시에서 되풀이해서 썼다.
5) **운명(運命)의 지침(指針)**: 인간의 정해진 운수를 운명이라고 한다. 그 바늘 끝이란 우리가 살아가는 평생의 행동 방향을 뜻하는 것이다.
6) **눈물의 원천(源泉)**: 불교의 진리를 깨치기 전 단계에서 속인에게는 여러가지 욕망이 있다. 그 가운데 하나가 이성간에 빚어지는 애욕(愛慾)이다. 애욕은 그 부수 형태로 사랑하는 사람들이 한시도 떨어지지 않고 살을 섞으며 한 몸으로 살기를 바란다. 그런 사람들이 이별과 맞닥드리면 슬픔의 감

로 사랑을 깨치는 것인 줄 아는 까닭에 걷잡을 수 없는 슬픔의 힘
을 옮겨서 새 희망의 정수박이⁷⁾에 들어부었습니다

　우리는 만날 때에 떠날 것을 염려하는 것과 같이 떠날 때에 다
시 만날 것을 믿습니다⁸⁾

　정을 주체할 수가 없다. 여기 쓰인 눈물은 그런 이별을 표상하며 그 〈원천〉
　이라는 말은 이별 자체를 가리킨다.
7) 새 희망(希望)의 정수박이: 〈정수박이〉는 〈정수리〉의 방언. 한자어로는 정
　문(頂門), 뇌천(腦天)이라고도 한다. 머리 위의 숨구멍이 있는 자리. 〈희망〉
　은 우리의 감정 상태를 나타내는 말로 관념어에 속한다. 그것을 의인화 시
　킨 것이 이 구절이다.
8) 만날 때에 떠날 것을 염려하는 것과 같이 떠날 때에 다시 만날 것을 믿
　습니다: 불교의 중심 사상 가운데 하나가 연기설이다. 연기설에 따르면 이
　세상의 인간과 삼라만상은 인연으로 모여서 현존(現存)이 되며 인연이 다
　하면 흩어져 사라져 버린다. 이런 인연의 원리를 집약시킨 구절에 〈생자필
　멸(生者必滅)〉, 〈회자정리(會者定離)〉 등이 있다. 이 부분의 앞 구절은 후
　자의 우리말 판이다. 그리고 다음 구절은 그 도치형인 〈이자필회(離者必
　會)〉 곧 〈헤어진 자는 반드시 다시 만난다〉의 한글판인 것이다. 이것으로
　우리는 이 시가 바로 불교의 중심 사상을 시로 형상화 시킨 것임을 알 수
　있다.
　　불법은 그 교리가 워낙 절대의 경지에 닿아 있다. 따라서 그 궁극적 차원
　은 말이나 글로 표현할 수가 없다. 이것을 우리가 불입분자(不立文字)의
　차원이라고 말한다. 〈불입문자〉의 차원에 이르면 부처의 가르침은 연꽃이
　나 황금등의 빛깔로 나타나며 유장한 노래가락으로 이루어진다. 한용운은
　그것을 〈님의 침묵〉과 등식화 시키고 〈제 곡조를 못 이기는 사랑의 노래〉
　로 바꾸어 놓았다. 이제까지 우리 주변에서는 이 〈침묵〉을 주권의 상실이
　나 육신의 사멸로 해석했다. 위와 같은 논리의 귀결에 따를 때 종래의 해
　석들은 전혀 빗나간 것이다. 여기서 〈님의 침묵〉은 〈제행 무상〉의 큰 철리

아아 님은 갔지마는 나는 님을 보내지 아니하얐습니다

제 곡조를 못 이기는 사랑의 노래는 님의 침묵(沈默)을 휩싸고
돕니다

(哲理)와 같은 맥락에서 해석되어야 한다.

이별은 미(美)의 창조(創造)[1]

이별은 미의 창조입니다

이별의 미는 아츰의 바탕(質) 없는 황금[2]과 밤의 올(絲) 없는 검은 비단[3]과 주검 없는 영원의 생명[4]과 시들지 않는 하늘의 푸른 꽃[5]에도 없습니다

님이어 이별이 아니면 나는 눈물에서 죽었다가 웃음에서 다시

---

1) **이별은 미(美)의 창조(創造)**: 리별→이별. 제목부터 논리의 비약이 나타난다. 이별은 불교에서 번뇌의 씨앗이 되는 것으로 고액(苦厄)의 하나다. 특히 사랑하는 사람과의 이별은 그런 체험을 하는 사람에게 마음을 크게 아프게 한다. 이것을 불교에서 〈애별리고(愛別離苦)〉라고 한다. 별리고(別離苦)는 우리가 갖는 감정의 한 형태다. 그것을 예술의 표준에 해당되는 〈미의 창조〉라고 한 것은 선뜻 납득이 되지 않는다. 그러나 이 작품의 화자에게 이별은 너무 절실한 것이어서 온통 그의 마음을 지배해 버린다. 그 나머지 그 노래와 예술이 온통 그것으로 가득차 버린다. 이런 이유로 위와 같은 표현이 나온 것이다.

2) **아츰의 바탕 없는 황금(黃金)**: 〈아츰〉→〈아침〉. 〈바탕〉은 사전을 찾아보면 사물을 이루는 기본 원료의 뜻을 가지고 있다. 황금은 물질의 한 형태임으로 바탕이 있어야 한다. 따라서 이 부분은 문자 그대로 읽을 것이 아니라 불법의 절대적 경지를 가리키는 반어(反語)로 보아야 한다.

3) **잠의 올없는 검은 비단**: 밤은 광선의 조화현상이지 비단과 같은 물질이 아니다. 이 역시 한용운 나름의 반어적 표현이다.

4) **주검 없는 영원(永遠)의 생명(生命)**: 불교적인 현상관(現象觀)에 따르면 우주의 삼라만상은 모두가 태어나 자란 다음 소멸한다. 〈생자필멸(生者必滅)〉. 그것이 부정되는 차원에서 영원한 생명의 개념이 탄생한다. 이 역시 앞의 구절과 꼭 같이 절대의 경지를 표현한 것으로 반어적인 표현이다.

5) **시들지 않은 하늘의 푸른 꽃**: 우리나라 속담에 〈화무십일홍(花無十日紅)〉이라는 것이 있다. 이런 말이 뜻하는 바에 따르면 시들지 않는 꽃은 존재할 수 없다. 이 또한 앞의 구절과 같은 의도에서 쓰인 것이다.

살아날 수가 없습니다 오오 이별이어
미는 이별의 창조입니다[6]

6) 미(美)는 이별의 창조(創造): 첫줄의 구문에서 주부와 술부가 바뀐 형태다.
   불경에는 〈색즉시공(色卽是空), 공즉시색(空卽是色)〉과 같이 이런 표현이
   자주 나온다. 이런 표현으로 화자의 의도를 반복, 강조하고자 한 것이다.

알 수 없어요[1]

바람도 없는 공중에 수직(垂直)의 파문을 내이며 고요히 떨어지
는 오동잎은 누구의 발자최입니까[2]

---

1) 알 수 없어요: 제목을 그대로 받아들이면 불가지론(不可知論)이 될 수 있
   다. 불교의 뼈대를 이루어 온 것을 우리는 불 법 승(佛 法 僧)이라고 일컬어
   왔다. 이때의 불(佛)은 석가모니 부처로 집약되는 불교의 교주론(敎主論)이
   며 법(法)은 불교의 교리를 뜻하는 것으로 법보론(法寶論)이라고 한다. 나머
   지 하나인 승(僧)이 불교의 근본 교리, 곧 진리를 체득하여 해탈, 성불을
   지향하는 승보론(僧寶論)의 영역이다. 이 세가지의 법문 가운데 〈알 수 없
   어요〉는 법보론의 맥락에 관계되며 그 가운데도 윤회전생(輪廻轉生)의 큰
   철리를 화두로 삼은 것이다. 불법의 근본 철리를 다루고 있음에 주목이 있
   어야 한다.
2) 바람도 없는 공중에 수직(垂直)의 파문(波紋)을 내이며 고요히 떨어지는
   오동잎은 누구의 발자최 입니까: 〈발자최〉→〈발자취〉. 이렇게 시작하는
   이 행과 다음 행들을 제대로 이해하기 위해서는 우선 불교의 법보론에서
   하위 개념을 이루는 현상론의 기초개념을 이해하고 있어야 한다. 현상계
   를 인식하는 방법으로 불교계는 감각적 단계를 제일 먼저 설정했다. 불교
   는 우리가 삼라 만상을 인지하는 첫 단계를 오관의 작용으로 시작한다고
   본다. 『반야바라밀다심경』에는 그것을 색·성·향·미·촉(色·聲·香·
   味·觸) 등의 범주로 나누었다. 이때의 〈색〉이란 시각을 통한 인지작용(認
   知作用)을 가리키며 〈성〉→청각, 〈향〉→후각, 〈미〉→미각, 〈촉〉→촉각 등
   에 의한 인지 작용을 가리킨다. 이렇게 보면 이 행은 시각을 바탕으로 한
   자연 현상의 심상화다. 〈수직의 파문〉은 오동잎이 떨어지는 모습을 형상
   화 한 것으로 한용운 나름의 수사의식이 작용한 결과다. 자연의 신비스러
   운 작용을 추상적 언어로 노래하는데 그치면 그것은 생경한 관념시가 될
   것이다. 한용운은 그것을 오동잎으로 집약시킨 다음 시각적 심상으로 제
   시하여 한 폭의 그림처럼 뚜렷한 모양을 이루게 했다. 이것은 이 시가 사
   상, 관념은 장미의 향기처럼 느끼도록 만들 것을 기하는 형이상시(形而上
   詩)의 차원에 이르렀음을 뜻한다.

지리한 장마 끝에 서풍에 몰려가는 무서운 검은 구름의 터진 틈으로 언뜻언뜻 보이는 푸른 하늘[3]은 누구의 얼굴입니까

꽃도 없는 깊은 나무에 푸른 이끼를 거처서 옛 탑(塔) 위의 고요한 하늘을 슬치는 알 수 없는 향기는 누구의 입김입니까[4]

근원은 알지도 못할 곳에서 나서 돍부리를 울리고 가늘게 흐르는 적은 시내[5]는 굽이굽이 누구의 노래입니까

연꽃 같은 발꿈치로 갓이없는 바다를 밟고 옥같은 손으로 끝없는 하늘을 만지면서 떨어지는 날을 곱게 단장하는 저녁놀은 누구의 시(詩)입니까[6]

---

3) 무서운 검은 구름의 터진 틈으로 언뜻언뜻 보이는 푸른 하늘: 이 매체가 〈누구의 얼굴〉을 주지(主旨)로 하고 있음에 주의. 얼굴은 윤곽을 가지며 시각이 범주에 드는 것이니까 색(色)계에 속한다. 이것으로 한용운의 이 시에서 의식의 바탕이 되고 있는 것이 색, 성, 향, 미, 촉과 함께 법(法)을 포함한 6경(境)임을 알 수 있다. 이에 대한 해석은 위의 풀이로 대처해도 무방하다.
4) 옛 탑(塔) 위의 고요한 하늘을 슬치는 알 수 없는 향기: 〈슬치는〉→〈스치는〉, 이 부분이 〈누구의 입김〉의 매체인데 유의할 필요가 있다. 아울러 이 부분의 지배적 감각이 향기가 곧 후각임에도 주의가 필요하다.
5) 돍부리를 울리고 가늘게 흐르는 적은 시내: 〈돍뿌리〉→〈돌뿌리〉, 〈울니고〉→〈울리고〉. 이 부분의 지배적 심상은 청각적인 것, 따라서 연기설의 감각에 따르면 소리, 곧 성(聲)의 범주에 속한다.
6) 끝없는 하늘을 만지면서 (……) 저녁 놀은 누구의 시(詩)입니까: 이 행 전반부를 지배하고 있는 촉각이다. 이어 그것이 주지(主旨)인 시(詩)와 일체가 되어 시각적 심상으로 전이되었다.

타고남은 재가 다시 기름이 됩니다 그칠 줄을 모르고 타는 나의
가슴은 누구의 밤을 지키는 약한 등ㅅ불입니까[7]

---

7) 타고 남은 재가 다시 기름이 됩니다. 그칠 줄 모르고 타는 나의 가슴은
누구의 밤을 지키는 약한 등불 입니까: 이 시의 앞선 연들은 모두 한 문장
으로 되어 있다. 이 연 만이 2개 문장으로 된 것에 주의가 필요하다. 이 연
의 앞문장 곧 〈타고 남은 재가 다시 기름이 됩니다〉는 일상적 언어의 차원
에서 보면 억설이다. 현실적으로 재가 기름이 될 수는 없기 때문이다. 그
러나 제행무상(諸行無常)과 함께 유무상생(有無相生)의 불교식 철리를 믿
는 자리에서 이런 말은 거짓이 아니라 진실이 된다. 이것은 이 부분이 법
보론의 중심개념 가운데 하나인 연기설에 그 뿌리가 닿아 있음을 뜻한다.
〈그칠 줄 모르고〉 이하는 자칫 사상, 관념의 한 형태에 그칠 〈뮤우상생(有
無相生)〉의 원리가 감각적 실체로 전이 된 부분이다. 범속한 사람이라도
등불을 못 보거나 느끼지 못하는 이는 없다. 그 매체로 나의 가슴이 쓰였
다. 이 경우 〈나의 가슴〉의 속 뜻은 〈나의 마음〉이다. 〈마음〉은 〈등불〉과
달리 감각적 실체가 아니다. 이것은 관념을 한용운이 산뜻하게 감각화 시
켰음을 뜻한다. 이것으로 이 시는 완벽한 의미의 형이상시(形而上詩)가 된
것이다.

나는 잊고저

남들은 님을 생각한다지만[1]
나는 님을 잊고저 하야요[2]
잊고저 할수록 생각히기로
행혀 잊힐까하고 생각하야 보았습니다

잊으랴면 생각히고[3]
생각하면 잊히지 아니하니
잊도 말고 생각도 말어볼까요
잊든지 생각든지 내 버려두어볼까요
그러나 그리도 아니되고
끊임없는 생각생각에 님뿐인데 어찌하야요[4]

---

1) **남들은 님을 생각한다지만**: 이 작품의 〈님〉은 앞서 나온 작품의 경우와 달리 이성으로서 사랑하는 사람이다. 따라서 이 시의 의미 맥락은 불교의 교리에 관계되는 것이 아니라 단순 애정시의 세계에 머문 것이다.
2) **나는 님을 잊고저 하야요**: 〈하야요〉→〈하여요〉. 한용운의 한글시에 나오는 이와 같은 표기는 한글 맞춤법 통일안이 공표되어 일반화 되기에 이르지 못한 시기에 나타나는 과도기적 현상이다. 이것을 현행 맞춤법으로 고쳐쓰지 않은 까닭은 한용운의 작품이 갖는 독특한 말의 맛과 멋을 원형 그대로 살려가면서 읽기 위해서다.
3) **잊으랴면 생각히고**: 잊으랴면 생각이 나고. 〈생각히고〉의 〈-히〉를 강조를 위한 보조어간으로 보는 견해도 있다. 이 부분은 다음 줄 〈생각하면 잊히지 아니하니〉의 〈잊히지〉와 대비해서 읽어가야 한다.
4) **잊도 말고 생각도 말어볼까요 (……) 그러나 그리도 아니되고/ 끊임없는**

귀태여 잊으랴면

잊을 수가 없는 것은 아니지만

잠과 주검뿐이기로

님 두고 못하야요[5]

아아 잊히지 않는 생각보다

잊고저하는 그것이 더욱 괴롭습니다

생각생각에 님뿐인데 어찌하야요: 화자는 사랑하는 사람을 떠나보냈다. 그 님을 그리워하는 절절한 마음을 주체하지 못하여 그는 몹시 괴롭다. 이것은 화자가 지닌 마음의 상태가 애별리고(愛別離苦)의 차원에 머물러 있음을 뜻한다. 이것을 존재와 공(空), 색불이공(色不異空)의 경지로 읽은 예가 있다(송욱 『전편해설 〈님의 침묵〉』). 그러나 여기에는 공(空)의 경지에 이르기 위해서 필요조건이 되는 번뇌의 절단과 그를 통한 해탈의 자취가 드러나지 않는다. 따라서 이 시는 애정시에 그치는 것이며 불교적인 형이상시가 아니다.

5) **귀태여 잊으랴면/ 잊을 수가 없는 것은 아니지만/ 잠과 주검뿐이기로/ 님 두고 못하야요**: 〈귀태여〉→〈구태어〉, 〈잠과 주검〉→〈잠과 죽음〉. 〈주검〉은 〈죽음〉의 방언식 표기로 그 연철형인 〈주검〉이 아니다. 여기서 〈잠과 주검〉은 〈애별리고〉에 허덕이는 화자의 육신이 번뇌로 하여 파멸이 되는 것을 뜻한다. 이런 의미 맥락으로 하여 우리는 이 작품을 불교적인 형이상시가 아니라 단순 애정시로 보아야 한다.

가지마서요

　그것은 어머니의 가슴에 머리를 숙이고 자긔자긔한[1] 사랑을 받으랴고 삐죽거리는 입설로 표정하는[2] 어여쁜 아기를 싸안으랴는 사랑의 날개가 아니라 적(敵)의 기ㅅ발입니다[3]

　그것은 자비의 백호광명(白毫光明)이[4] 아니라 번득거리는 악마의[5] 눈 (眼) 빛입니다

---

1) **자긔자긔한**: 〈아기자기한〉, 여러가지가 어울려 아름답고 재미있는 모양, 오밀조밀하여 잔재미가 느껴지고, 즐겁게 생각되는 모습, 재미나 흥미가 느껴져서 흥겹고 매력이 있는 정경.
2) **표정(表情)하는**: 표정은 희로애오의 감정을 얼굴빛이나 다른 신체의 기관을 통하여 나타내는 것을 뜻한다. 〈표정하는〉이라는 말은 일반화되지 않는 말로 흔히는 〈표현하는〉이라고 쓴다.
3) **사랑의 날개가 아니라 적(敵)의 기ㅅ발입니다.**: 불교에서는 우리가 일상 보고 듣는 것들을 색계(色界)의 차원으로 돌린다. 색계에서 최고의 사랑은 자기 희생을 무릅쓰는 모성애다. 화자는 〈님〉에게 그런 사랑을 가지고 있다. 그런데 〈님〉은 그런 사랑까지를 번뇌의 씨앗, 곧 애욕으로 돌린다. 그리하여 화자는 자기를 떠나 절대의 경지를 열어가랴는 〈님〉에 대해 야속한 마음을 품는다. 그 표현으로 〈적의 깃발〉과 같은 말이 쓰인 것이다.
4) **자비(慈悲)의 백호광명(白毫光明)**: 자비란 불교에서 이상적 형태의 사랑을 가리킨다. 〈자(慈)〉는 끝없이 남에게 베풀어 두루 즐거움을 주는 사랑을 가리킨다. 〈비(悲)〉는 대비(大悲)를 가리키는 말로 끊임없이 나를 희생하면서 남을 도와주는 정신의 차원에서 빚어지는 것이다. 〈백호〉는 석가모니 부처가 지닌 32상(相) 가운데 하나. 석가모니 부처는 눈썹 가운데에 흰 터럭이 나 있었다. 거기서 눈부신 빛이 나서 우주와 삼라만상을 두루 비추었다. 〈백호광명〉은 〈백호방광(白毫放光)〉이라고도 함.
5) **악마(惡魔)**: 악마는 불교에서 마라(魔羅-mara)라고 한다. 몸과 마음을 혼미하게 하여 선법(善法)을 지니도록 하는데 방해를 노는 일체의 현상을 가리킨다.

　　그것은 면류관과[6] 황금의 누리와[7] 주검과를[8] 본체도 아니하고
몸과 마음을 돌돌 뭉쳐서 사랑의 바다에 풍당 너라는 사랑의 여신
이 아니라 칼의 웃음입니다[9]
　　아아 님이여 위안(慰安)에 목마른 나의 님이여 걸음을 돌리서요
거기를 가지 마서요 나는 시려요[10]

　　대지(大地)의 음악은 무궁화(無窮花) 그늘에[11] 잠들었습니다
　　광명의 꿈은 검은 바다에서 잠약질[12]합니다

---

　6) **면류관(冕旒冠)**: 임금이나 대부(大夫) 이상의 직계(職階)에 오른 사람이 조
　　례나 제의 때에 사용하는 복식으로 머리에 쓰는 관모였다. 여기서는 불보
　　(佛寶)의 절대적인 정신의 경지를 상징한다.
　7) **황금(黃金)의 누리**: 지극히 순수한 정신의 경지를 가리키는 것으로 여기서
　　는 석가여래 부처의 나라, 곧 불국토(佛國土)를 뜻한다.
　8) **주검**:『님의 침묵(沈默)』원본에〈주검〉으로 표기되어 있다.〈죽음〉의 속철
　　로 불교에서 중요한 화두 구실을 뜻하는 소멸의 개념이다.
　9) **사랑의 여신(女神)이 아니라 칼의 웃음입니다.**: 불교에서 사랑의 궁극적
　　형태는〈자비〉다.〈사랑의 여신〉은 그것이 의인화 된 것으로 보살행의 경
　　지에 이른 고차원의 정신세계를 가리킨다.〈칼의 웃음〉은 그 반대가 되는
　　것으로 악마가 휘두르는 반 생명, 반 진리의 상황을 뜻한다.
　10) **시려요**: 싫어요.
　11) **무궁화(無窮花) 그늘**: 음악은 불교에서 자유와 평등을 선율로 바꾸어 놓은
　　것이다. 그것을〈무궁화 그늘에〉잠든 것으로 표현한 것은 한용운의 나라,
　　겨레에 대한 의식을 말해준다.
　12) **잠약질**:〈자맥질〉의 충청도 사투리. 이 말에 앞에 나오는〈검은 바다〉는
　　〈광명(光明)의 꿈〉에 대비가 되는 것으로 을씨년스럽고 반 생명, 반 진리의

　무서운 침묵은[13] 만상의 속살거림에 서슬이 푸른 교훈을 나리고
있습니다
　아아 님이여 새 생명의 꽃에 취(醉)하랴는 나의 님이여[14] 걸음을
돌리서요 거기를 가지 마서요 나는시려요

　거룩한 천사의 세례를 받은 순결한 청춘을 똑따서 그 속에 자기
의 생명을 너서 그것을 사랑의 제단에 제물로 드리는 어엽븐 처녀
가 어데 있어요[15]

공간을 상징한다.
13) **무서운 침묵(沈默)**: 우리는 흔히 무거운 침묵이라고 말하며 〈무서운 침묵〉
　　이라고 하지 않는다. 이것은 불교의 도저한 경지에 관계되는 것으로 절대
　　적인 차원, 언어도단(言語道斷)의 경지를 가리킨다.
14) **새 생명(生命)의 꽃에 취(醉)하랴는 나의 님**: 불교에서는 세속적인 경지를
　　넘어선 자리에 빛과 영광, 영생의 길이 열린다고 생각한다. 그것을 비유형
　　태로 한 것이 〈새 생명(生命)의 꽃〉이다. 〈취하랴는〉은 화자가 현세의 사
　　랑에 비중을 두고 불교식 초공(超空)의 세계에 이르려는 〈님〉을 견제하고
　　저 하는 생각에서 쓴 말이다.
15) **거룩한 천사(天使)의 세례(洗禮)를 받은 순결(純潔)한 청춘(靑春)을 똑따서
　　그 속에 자기(自己)의 생명(生命)을 너서 그것을 사랑의 제단(祭壇)에 제
　　물(祭物)로 드리는 어엽븐 처녀(處女)가 어데 있어요.**: 〈너서〉→〈넣어서〉,
　　〈어엽븐〉→〈어여쁜〉, 〈어데있어요〉. 단순 평서문이라면 이 말의 뜻은 〈어
　　디에 있어요〉가 되어 의문을 나타낼 것이다. 그러나 여기서는 첫 단에서
　　〈처녀가〉까지에 이르는 주부를 받아 그것을 강조하는 반어가 되어 있다.
　　여기서 〈처녀〉는 바로 화자 자신이다. 그는 〈님〉에게 스스로가 자부할 정
　　도로 지고지순(至高至純)한 사랑을 가지고 있다. 그는 또한 님을 위하여 사

달금하고 맑은 향기를 꿀벌에게 주고 다른 꿀벌에게 주지 않는
이상한 백합꽃이 어데 있어요[16)]

자신의 전체를 주검의 청산(靑山)에 장사지내고 흐르는 빛(光)
으로 밤을 두 조각에 베히는 반딧불이 어데 있어요[17)]

아아 님이여 정(情)에 순사하려는 나의 님이여 걸음을 돌리서요
거기를 가지 마서요 나는 시려요[18)]

랑의 제단에 자신을 〈제물(祭物)〉로 던질 각오가 되어 있다. 이런 생각을
〈님〉을 향해 토로하면서 〈가시마서요〉라고 하고 있는 것이 이 작품이다.

16) 달금하고 맑은 향기를 꿀벌에게 주고 다른 꿀벌에게 주지 않는 이상한
백합꽃이 어데 있어요,: 〈달금하고〉→〈달콤하고〉 이 부분 역시 14)와 같
은 의미 맥락으로 되어 있다. 〈이상한 백합꽃〉이 〈님〉에게 절대적 사랑을
바치는 화자 자신이다. 〈님〉에게 그런 사랑을 가진 이가 나 밖에 〈어디있
어요〉 함으로써 자신의 사랑이 절대적임을 말하고자 한 것이다.

17) 자신(自身)의 전체(全體)를 주검의 청산(靑山)에 장사지내고 흐르는 빛(光)
으로 밤을 두 조각에 베히는 반딧불이 어데 있어요: 14), 15)의 구문이 다
시 한 번 되풀이 되었다. 〈반딧불〉이 까지가 화자의 살뜰한 사랑을 나타낸
다. 〈어데 있어요〉는 화자가 님에게 바치는 사랑을 더욱 강조한 것이다.

18) 아아 님이여 정(情)에 순사(殉死)하려는 나의 님이여 걸음을 돌리서요 거
기를 가지 마서요 나는 시려요: 순사(殉死)−나라나 임금, 그 밖에 그가 섬
기는 이를 위하여 목숨을 끊는 것. 〈거기〉는 세속적인 애정과 사랑을 부정
하고 불교식인 영생이 있는 공간, 곧 초공의 자리를 뜻한다. 초공(超空)과
묘유(妙有)의 공간에서 남녀간의 애틋한 정이나 사랑은 아무런 의미를 갖
지 못한다. 화자의 님을 향한 사랑이 부정되니까 님을 향해 〈가지마서요〉
를 되풀이 한다.

그 나라에는 허공이 없습니다[19]

그 나라에는 그림자 없는 사람들이 전쟁을 하고 있습니다[20]

그 나라에는 우주만상(宇宙萬像)의 모든 생명의 쇳대를 가지고 척도를 초월한 삼엄(森嚴)한 궤율(軌律)로 진행하는 위대한 시간이 정지되얏습니다[21]

아아 님이여 주검을 방향이라고 하는 나의 님이여 걸음을 돌리서요 거기를 가지 마서요 나는시려요

---

19) 그 나라에는 허공(虛空)이 없습니다.: 님이 가고저 하는 나라, 곧 불국토. 불국토는 번뇌가 없고 유무(有無)가 상생(相生)한다. 바꾸어 말하면 진리로 충만되어 있으니까 허공이 없다고 했다.

20) 그림자가 없는 사람들: 모든 물상은 그림자를 가진다. 사람은 물상의 하나다. 따라서 그림자가 없는 사람은 상식으로 받아들이기 어렵다. 그러나 극락에 이르면 사람들은 있으면서 없는 존재, 곧 묘유(妙有)가 된다. 이것을 비유형태로 바꾸면 그림자 없는 사람이라는 표현이 가능하다.

21) 그 나라에는 우주만상(宇宙萬像)의 모든 생명(生命)의 쇳대를 가지고 척도(尺度)를 초월(超越)한 삼엄(森嚴)한 궤율(軌律)로 진행(進行)하는 위대(偉大)한 시간(時間)이 정지(停止)되얏습니다.: 〈시간〉앞에 여러가지 수식어가 붙어있다. 이것은 그 나라의 위상을 강조하기 위한 수사로 쓰인 것이다. 절대의 공간에서는 시간이 정지된다. 한용운은 이런 표현을 통해 불국토가 절대 진리로 이루어져 있지만 그와 동시에 매우 비정한 공간임을 지적하고 있다. 화자가 이 작품 마지막 자리에서 다시 〈나의 님이여 걸음을 돌리서요. 거기를 가지 마서요. 나는 시려요.〉한 까닭이 이것으로 명백하게 된다.

고적한 밤

하늘에는 달이 없고 따에는 바람이 없습니다
사람들은 소리가 없고 나는 마음이 없습니다[1]

우주는[2] 주검인가요
인생은[3] 잠인가요

한 가닥은 눈썹에 걸치고 한 가닥은 적은 별에 걸쳤든 님 생각

---

1) 사람들은 소리가 없고 나는 마음이 없습니다.: 살아있는 사람은 소리를
  낸다. 이 세상을 사는 사람들은 그 누구도 마음이 없는 사람은 없다. 특히
  불교의 한 갈래인 대승불교(大乘佛敎)에서는 인간의 근본속성을 마음, 곧
  심(心-citta)으로 보고 그 본질을 파헤치는데 전력을 기울였다. 그런데 한
  용운은 이런 불교의 철리에 전혀 반대되는 발언을 그것도 선언투로 썼다.
  무엇 때문인가. 이에 대한 해답을 마련하려면 이 시의 제목을 생각해보아
  야 한다. 〈고적한 밤〉의 고적은 외로울 고(孤) 자와 고요할, 또는 쓸쓸한
  적(寂)으로 되어 있다. 이것으로 이 시의 무대 배경이 화자가 혼자서 쓸쓸
  하게 맞이한 밤임을 알 수 있다. 불가에서는 혼자일 때 견성(見性)의 지혜
  를 얻고자 선정(禪定)에 들어간다. 이렇게 보면 한용운이 그 혼자의 자리
  에서 인생과 우주의 근본 철리를 화두로 삼는 가운데 이 시의 바탕이 된
  생각을 얻은 셈이다.
2) 우주(宇宙): 불교에서 우주는 삼라만상이 제각각의 인연에 따라 태어나서
  자라고 시들어가다가 사라지는 공간이다. 그것을 주검과 일체화 시킨 것
  은 생사일여(生死一如)의 절대적 경지를 생각한 나머지로 판단된다.
3) 인생(人生)은 잠인가요: 불교는 깨어 있는 정신으로 영생의 길을 추구하는
  종교다. 잠은 그것이 포기된 상태. 한용운이 이런 의문을 제기 한 것 역
  시 인생의 절대적 의미를 화두로 삼고저 한 마음에서 비롯된 것이다.

의 금(金)실은 살살살 걷힙니다[4]

한 손에는 황금의 칼을 들고 한 손으로 천국의 꽃을 꺾든 환상의 여왕도 그림자를 감추었습니다[5]

아아 님 생각의 금실과 환상의 여왕이 두손을 마조 잡고 눈물의 속에서 정사한[6] 줄이야 누가 알어요

---

4) 한 가닥은 눈썹에 걸치고 한 가닥은 적은 별에 걸쳤든 님 생각의 금(金)실은 살살살 걷힙니다: 앞에 나온 연의 문제 제기에 대해 해답의 발을 담고 있는 부분이다. 그러나 그 내용은 설명적인 것이 아니다. 여기서 말들은 두드러지게 감각적인 각도에서 썼다. 이것은 한용운이 진술의 차원으로 불교의 교리를 해석할 뜻이 없음을 뜻한다. 시는 사실을 설명해가는 교리 평설과 다르다. 말이 마음 속 그림을 이루거나 노래처럼 우리 심금을 울려야 좋은 의미의 시가 된다. 이 부분으로 드러나는 바와 같이 한용운은 그런 각도에서 말을 쓴 것이다.

5) 한 손에는 황금(黃金)의 칼을 들고 한 손으로 천국(天國)의 꽃을 꺾든 환상(幻想)의 여왕(女王)도 그림자를 감추었습니다: 앞에 나온 4)와 거의 같은 구문으로 이루어져 있다. 〈황금(黃金)의 칼〉은 불법의 수호와 전파를 뜻한다. 〈환상(幻想)의 여왕(女王)〉은 실재하지 않은 상상속의 존재로 해석하는 것이 좋다. 선정(禪定)의 자리에서는 불법의 뼈대가 되는 여러 개념과 정경(情景)도 참이 아닌 것으로 부정되어야 한다. 이 부분은 그런 뜻을 감각화 시킨 것이다.

6) 정사(情死): 사전적인 뜻으로 〈정사〉란 남녀가 사랑을 이루지 못하고 죽는 것을 뜻한다. 앞에 나온 〈님 생각의 금실〉은 세속적인 사랑의 차원이다. 〈환상의 여왕〉은 불법의 경지를 뜻한다.이들 둘이 정사 했다는 것은 이 작품의 화자가 지닌 정신상태를 뜻하는 것으로 세속적인 것과 불법의 경지 모두가 무의미하게 되어 버린 상태, 곧 미혹으로 남아 있음을 뜻한다. 이 작품의 마지막이 〈인생(人生)이 눈물이면/ 주검은 사랑인가요〉라고 끝난 까닭이 여기에 있다.

우주는 주검인가요
인생은 눈물인가요
인생이 눈물이면
주검은 사랑인가요

나의 길[1]

이 세상에는 길도 많기도 합니다

산에는 돌길이 있습니다 바다에는 뱃길이 있습니다 공중에는 달과 별의 길이 있습니다

강가에서 낚시질하는 사람은 모래위에 발자최를[2] 내입니다 들에서 나물 캐는 여자는 방초(芳草)를 밟습니다[3]

악한 사람은 죄의 길을 좇어갑니다.

의(義)있는 사람은[4] 옳은 일을 위하야는 칼날을 밟습니다

서산에 지는 해는 붉은 놀을 밟습니다[5]

봄 아츰의 맑은 이슬은 꽃머리에서 미끄름탑니다

---

1) 나의 길: 불교에서 〈길〉은 marga로 표기되며, 역어로 도(道)라고도 한다. 그 뜻은 미혹에서 벗어나 깨달음을 얻을 수 있는 방법을 가리킨다.

2) 발자최: 발자취.

3) 나물캐는 여자(女子)는 방초(芳草)를 밟습니다: 방초(芳草)는 향기롭고 꽃 다운 풀, 나물캐는 여자가 실제 방초만을 밟지는 않는다. 이것으로 우리는 한용운의 젊고 아름다운 여인 선호 성향을 읽을 수 있다.

4) 의(義) 있는 사람: 의로운 사람. 그가 칼날을 밟는다는 것은 한 몸의 안위 를 돌보지 않고 대의에 사는 정신을 말한다. 이 부분은 『논어(論語)』의 〈견 리사의, 견위수명(見利思義, 見危受命)―이익 앞에서도 의를 생각하고 위 험이 닥치면(옳은 일을 위하여) 목숨을 아끼지 말아야 한다〉를 떠올리게 된다.

5) 서산에 지는 해는 붉은 놀을 밟습니다: 〈놀〉→〈노을〉. 해를 의인화 시킴 으로써 시각적 심상을 제시했다.

그러나 나의 길은 이 세상에 둘밖에 없습니다
하나는 님의 품에 안기는 길입니다
그렇지 아니하면 죽음의 품에 안기는 길입니다
그것은 만일 님의 품에 안기지 못하면 다른 길은 죽음의 길보다
험하고 괴로운 까닭입니다[6]

아아 나의 길은 누가 내었읍니까
아아 이 세상에는 님이 아니고는 나의 길을 내일 수가 없습니다
그런데 나의 길을 님이 내었으면 죽음의 길은 왜 내셨을까요

---

6) 만일 님의 품에 안기지 못하면 다른 길은 죽음의 길보다 험하고 괴로운
까닭입니다: 님의 품에 안기는 길은 애정의 세계다. 주검의 품에 안긴다는
것은 길이 망각의 세계로 떨어짐을 뜻한다. 그 어느 쪽보다 더 험한 길이
〈다른 길〉이다. 속세의 애정은 이별로 하여 괴롭다. 욕심의 결말도 대체로
허무와 통한을 낳는다. 그에 비해 더 고통스러운 길이 〈다른 길〉이다. 이
〈다른 길〉로 우리는 식민지체제하를 살게 된 한용운의 고통을 생각할 수
있다. 이런 측면을 통하여 우리는 이 시에 반식민지, 박제의식이 담겨 있
음을 짐작하게 된다.

꿈 깨고서[1]

님이며는 나를 사랑하련마는 밤마다 문밖에 와서 발자최 소리만 내이고 한 번도 들어오지 아니하고 도로 가니 그 것이 사랑인가요[2]

그러나 나는 발자최나마 님의 문밖에 가본 적이 없습니다 아마 사랑은 님에게만 있나버요[3]

아아 발자최소리나 아니더면 꿈이나 아니 깨었으련마는

---

1) **꿈깨고서**: 이 시는 불제자가 그의 마음 속에 일어난 이성간의 사랑이 빚어 낸 갈등을 노래한 작품이다. 남녀가 서로 살뜰한 사랑을 하게 되면 때로 그 모습이 꿈 속에 나타난다. 이 시는 그런 꿈을 제재로 했다. 따라서 「꿈 깨고서」는 불교의 세계를 노래한 것이 아닌 애정시다. 송욱 교수가 『전편 해설-님의 침묵』에서 이 시를 불법에 직결 시킨 것은 따라서 오독을 한 것이다.

2) **님이며는 나를 사랑하련마는 밤마다 문밖에 와서 발자최 소리만 내이고 한 번도 들어오지 아니하고 도로 가니 그 것이 사랑인가요**: 우리가 갖는 일상 생활에서 한 대상을 살뜰하게 생각하면 그것이 꿈으로 나타난다. 그 가운데는 반갑게 만나는 경우도 있으나 그 반대로 한번도 꿈결에서 조차 만나지 못하는 사이가 있다. 화자의 〈님〉에 대한 사랑은 워낙 절대적이다. 그는 꿈결에서 나마 〈님〉이 그와 만나기를 소망한다. 그런 님이 발자욱 소리만 내고 돌아선다. 꿈이란 깨고 나면 모두가 실재하지 않는 환영이다. 이 시의 화자도 그것을 잘 안다. 그럼에도 그는 꿈결속의 회후 나마 바란다. 이것은 화자의 〈님〉에 대한 사랑이 매우 절실함을 뜻한다. 〈발자최〉→〈발자취〉.

3) **있나버요**: 있나 보아요. 있나봐요.

꿈은 님을 찾아가랴고 구름을 탔었어요[4]

---

4) **꿈은 님을 찾아가랴고 구름을 탔어요**: 꿈은 우리 인간의 의식작용이 일으
   키는 것으로 그 자체가 인격적 실체가 아니다. 한용운은 그것을 의인화하
   여 〈구름〉을 타게 했다. 한용운 나름 시적 의장이다.

예술가(藝術家)[1]

나는 서투른 화가여요

잠 아니오는 잠ㅅ자리에 누어서 손가락을 가슴에 대히고 당신의 코와 입과 두 볼에 새암 파지는 것까지 그렸습니다[2]

그러나 언제든지 작은 웃음이 떠도는 당신의 눈ㅅ자위는 그리다가 백번이나 지었습니다

나는 파겁못한 성악가여요[3]

이웃 사람도 돌아가고 버러지 소리도 끊쳤는데 당신의 가르쳐 주시든 노래를 부르려다가 조는 고양이가 부끄러워서 부르지 못

---

1) 예술가(藝術家): 사전을 찾아보면 예술가란 시와 미술 · 음악 · 조각 · 건축 · 영화 · 연극 등 여러 분야에서 활동하는 사람들을 가리킨다. 이 시는 그들을 화자 나름대로 포착, 묘사해 낸 마음의 그림이라 할 수 있다.

2) 잠 아니오는 잠ㅅ자리에 누어서 손가락을 가슴에 대히고 당신의 코와 입과 두 볼에 새암 파지는 것까지 그렸습니다: 〈대히고〉→〈대고〉 기본형 - 〈대다〉: (무엇을 어디에)닿게 하다, 〈새암〉→〈샘〉. 이 부분 앞줄에서 화자는 자신을 〈화가〉라고 했다. 화가라면 그림을 그리는 사람이다. 그림은 붓과 물감으로 종이나 캠퍼스 위에 그려야 한다. 그것을 화자는 〈잠자리에 누워서 손가락을 가슴에 대히고〉 그린다고 했다. 이것은 그의 그림이 마음속에서 이루어지는 것임을 뜻한다.

3) 파겁못한 성악가(聲樂家): 파겁(破怯)은 불교에서 온 것으로 겁을 깨치는 것을 뜻한다. 겁(怯)은 두려움을 가리키는데 우리가 일이나 정신작용에 숙달하면 그에 대해서 두려움이나 부끄러움이 없어진다. 이것을 파겁이라고 하는 것이다. 〈파겁못한 성악가〉는 마음속에 자신과 긍지가 생기지 않아 제 나름의 경지에 이르지 못한 성악가를 뜻한다.

하얐습니다

그레서 가는 바람이 문풍지를 스칠 때에 가만히 합창하얐습니다

나는 서정시인이 되기에는 너머도 소질이 없나버요[4]

「질거움」이니「슬픔」이니「사랑」이니 그런 것은 쓰기 싫여요

당신의 얼골과 소리와 걸음걸이와를 그대로 쓰고 싶습니다

그리고 당신의 집과 침대와 꽃밭에 있는 적은 돍도 쓰겠습니다[5]

---

4) 나는 서정시인(敍情詩人)이 되기에는 너머도 소질이 없나버요: 서정시인
은 서사시나 극시와 유형이 다른 서정시를 쓰는 사람이다. 한자로는 서정
시인(抒情詩人)이라고 써야 한다. 서정시와 달리 서사시는 등장 인물을 가
지며 그가 펼치는 사건을 엮어나가서 한 편의 이야기를 꾸며내는 시다. 이
에 대해서 극시는 무대 상연을 전제로 하며 등장인물의 동작을 통해서 인
간의 생활상을 엮어내는 양식이다. 이때 서정시의 요체가 되는 것은 생각
을 관념이나 개설형태가 앙닌 구체적 모양으로 제시하는 일이다. 화자가
말한 즐거움이나, 슬픔, 사랑은 그 이전에 속하는 추상적 말들이다. 화자
는 그런 것들이 아닌 사랑하는 사람의 집과 침대, 꽃밭의 돌들을 노래하고
자 한다. 이것이 그가 서정시인으로서 소질이 없는 것이 아니라 그 핵심을
바탕으로 삼고 있음을 뜻한다. 〈너머도〉→〈너무도〉, 〈없나버요〉→〈없나
봐요〉.

5) 당신의 얼골과 소리와 걸음걸이와를 그대로 쓰고 싶습니다. 그리고 당신
의 집과 침대와 꽃밭에 있는 적은 돍도 쓰겠습니다: 〈얼골〉→〈얼굴〉, 〈돍〉
→〈돌〉.『님의 침묵』을 내기 전에 한용운은 이미 훌륭한 작품을 쓴 한시인
(漢詩人)이었다. 그의 한시에는 매화가 도저한 대승불교(大乘佛敎)의 경지
를 묘파하고 떨어지는 꽃잎이 불교의 삼천대천(三千大天) 세계와 일체화
된 것이 있다. 이런 한용운이 집이나 침대와 꽃밭이 감정이입의 객체가 될

수 있음을 모르지 않았을 것이다. 그럼에도 이런 구절로 된 노래를 만든 것
은 그가 시를 인식한 수준이 상당히 고차원이었음을 가리키는 단적인 증거
가 아닐 수 없다.

이 별[1]

아아 사람은 약한 것이다 여린 것이다 간사한 것이다

이 세상에는 진정한 사랑의 이별은 있을 수가 없는 것이다

주검으로 사랑을 바꾸는 님과[2] 님에게야 무슨 이별이 있으랴

이별의 눈물은 물거품의 꽃이요 도금(鍍金)한 금방울이다[3]

칼로 베인 이별의 「키스」가 어데 있너냐[4]

생명의 꽃으로 빚인 이별의 두견주가 어데 있너냐

피의 홍보석(紅寶石)으로 만든 이별의 기념 반지가 어데 있너냐

이별의 눈물은 저주의 마니주(摩尼珠)요 거짓의 수정이다[5]

---

1) **리별**: 구식 철자법에 따라 두음 법칙을 지키지 않았다. 한자로 離別이라고
   표기하지 않은 점도 주목된다.

2) **조검으로 사랑을 바꾸는 님**: 이 말이 〈진정한 사랑의 리별〉 다음에 있는
   것을 지나쳐 보아서는 안된다. 불교에서 진정한 사랑이란 회자정리(會者
   定離)의 차원을 터득한 차원에서 이루어진다. 이미 나온 바와 같이 이 말
   은 인연이 다하면 모든 것이 소멸됨을 뜻한다. 〈님〉은 그런 경지를 터득한
   사람으로 생사일여(生死一如)의 경지에 이른 존재다. 생사일여(生死一如)
   의 경지에는 이승의 사랑과 저승에서의 사랑이 다르지 않다. 〈주검으로 사
   랑을 바꾸는 일〉은 바로 그런 차원을 가리킨다.

3) **물거품의 꽃, 도금(鍍金)한 금(金)방울**: 물거품은 곧 사라지는 것이므로 꽃
   이 되지 않는다. 도금(鍍金)은 바탕이 다른 것이어서 양자가 같지 않다. 이
   것은 〈이별의 눈물〉이 부질없는 것, 참이 아닌 거짓임을 가리키는 말이다.

4) **어데 있너냐**: 어디에 있느냐.

5) **이별의 눈물은 저주(咀呪)의 마니주(摩尼珠)요 거짓의 수정(水晶)**: 범어로
   는 옥과 구슬을 통틀어 마니라고 한다. 마니주는 불행과 재난을 없애며, 탁

사랑의 이별은 이별의 반면에 반드시 이별하는 사랑보다 더 큰
사랑이 있는 것이다

혹은 직접의 사랑은 아닐지라도 간접의 사랑이라도 있는 것이다

다시 말하면 이별하는 애인보다 자기를 더 사랑하는 것이다

만일 애인을 자기의 생명보다 더 사랑한다면 무궁(無窮)을 회전
(回轉)하는 시간의 수리바퀴에 이끼가 끼도록 사랑의 이별은 없는
것이다[6]

아니다 아니다 「참」보다도 참인 님의 사랑엔 주검보다도 이별

한 물을 맑게 하고, 인간의 마음을 밝게 해 준다고 한다. 이별의 눈물은 거
짓이므로 그 반대가 되어 저주의 마니주라고 했다. 거짓의 수정과 이별의
눈물을 대비한 것도 그런 까닭에서다.

6) 만일 애인(愛人)을 자기(自己)의 생명(生命)보다 더 사랑한다면 무궁(無窮)
을 회전(回轉)하는 시간(時間)의 수리바퀴에 이끼가 끼도록 사랑의 이별
은 없는 것이다: 〈수리바퀴〉→〈수레바퀴〉. 여기에 나오는 시간의 개념과
그 비유형태로 쓰인 이끼에 대해 주의가 필요하다. 불교의 공간과 시간 개
념은 크고 길기가 그지 없다. 불경에는 시간을 가리키는 말로 겁(劫)이 있
다. 이때의 겁은 지극히 긴 시간, 무한한 시간이다. 그 비유형태로 개자겁
(芥子劫)이 있다. 불경에 나오는 공간을 재는 단위로 유순(由旬)이라는 말
이 나온다. 유순은 가로세로가 8km 가량의 땅을 전제로 한다. 그 지면에
가득히 개자 씨를 뿌려둔다. 100년마다 한 번씩 오는 하늘 나라의 새가 그
것을 꼭 한 알씩 물고 날아간다. 그 개자씨가 다 없어지는 지는 기간이 일
겁(一劫)이다. 이런 불교의 시간 개념을 두고 한용운은 〈수레바퀴에 이끼
가 끼도록〉이라는 비유를 썼다. 현대적 감각이 곁들인 결과라고 하드라도
이런 상상력의 넓이와 깊이에는 한계가 있다.

이 훨씬 위대하다.

　주검이 한 방울의 찬 이슬이라면 이별은 일천 줄기의 꽃비다

　주검이 밝은 별이라면 이별은 거룩한 태양이다[7]

　생명보다 사랑하는 애인을 사랑하기 위하야는 죽을 수가 없는 것이다

　진정한 사랑을 위하야는 괴롭게 사는 것이 주검보다도 더 큰 희생이다

　이별은 사랑을 위하야 죽지 못하는 가장 큰 고통(苦痛)이요 보은이다

　애인은 이별보다 애인의 주검을 더 슬퍼하는 까닭이다

　사랑은 붉은 촛불이나 푸른 술에만 있는 것이 아니라 먼 마음을 서로 비치는 무형(無形)에도 있는 까닭이다

　그러므로 사랑하는 애인을 주검에서 잊지 못하고 이별에서 생각하는 것이다

　그러므로 사랑하는 애인을 주검에서 웃지 못하고 이별에서 우는 것이다

　그러므로 애인을 위하야는 이별의 원한을 죽음의 유쾌로 갚지

---

7) **주검이 밝은 별이라면 이별은 거룩한 태양(太陽)**: 여기서 주검은 세속적인 차원의 육신이 갖는 사망을 가리킨다. 그러니까 이별에 비해 그 강도가 비교되지 않을 정도로 낮다.

못하고 슬픔의 고통으로 참는 것이다

그러므로 사랑은 차마 죽지 못하고 참어 이별하는 사랑보다 더 큰 사랑은 없는 것이다

그리고 진정한 사랑은 곳이 없다[8]

진정한 사랑은 애인의 포옹만 사랑할 뿐 아니라 애인의 이별도 사랑하는 것이다

그리고 진정한 사랑은 때가 없다

진정한 사랑은 간단(間斷)이 없어서 이별은 애인의 육(肉)뿐이요 사랑은 무궁(無窮)이다

아아 진정한 애인을 사랑함에는 주검은 칼을 주는 것이요 이별은 꽃을 주는 것이다

아아 이별의 눈물은 진(眞)이요 선(善)이요 미(美)다[9]

---

8) **진정한 사랑은 곳이 없다**: 불법에서 사랑이란 대자대비(大慈大悲)로 완성 된다. 나 보다 남을 위해 살고 내 몸보다 남을 더 아끼는 것이 대자대비의 정신이다. 이런 차원의 사랑에 공간과 시간의 한계가 있을 리 없는 것이다.

9) **아아 이별의 눈물은 진(眞)이요 선(善)이요 미(美)**: 이에 앞선 5)에서는 〈이별의 눈물은 저주의 마니주〉라는 말이 나온다. 이 부분의 진술과 5)의 내용은 전혀 반대다. 이런 이율배반식 표현은 〈진정한 사랑〉을 선행시키

아아 이별의 눈물은 석가(釋迦)요 모세요 짠다크다

면 해소된다. 여기서 진정한 사랑이란 석가모니 부처에 귀의하여 얻어낸 영생의 삶이다. 그런 사랑의 차원에서 이별의 눈물도 진, 선, 미가 된다. 마지막 줄을 이룬 〈아아 이별의 눈물은 석가(釋迦)요 모세요 짠다크다〉는 그 강조 형태며 확인 형태이기도 하다.

길이 막혀

당신의 얼골은 달도 아니언만
산넘고 물 넘어 나의 마음을 비칩니다[1]

나의 손길은 왜 그리 쩔러서[2]
눈 앞에 보이는 당신의 가슴을 못만지나요

당신이 오기로 못올 것이 무엇이며
내가 가기로 못갈 것이 없지마는
산에는 사다리가 없고
물에는 배가 없어요

뉘라서 사다리를 떼고 배를 깨트렸습니까
나는 보석으로 사다리 놓고 진주로 배 모아요

---

1) 당신의 얼골은 달도 아니언만/ 산넘고 물 넘어 나의 마음을 비칩니다: 〈얼골〉→〈얼굴〉. 여기서 당신은 화자가 온 마음으로 받들고 섬기는 석가여래부처다. 석가여래부처는 세속적 미혹을 극복하여 자유, 평등, 청정무구(淸淨無垢)의 경지에 이른 존재다. 그런 경지를 승가에서는 심인(心印)을 가졌다고 한다. 심인은 또한 심월(心月)이라고도 하며 언제, 어느 곳에서나 인간과 삼라만상을 두루 비칠 수 있다. 그것을 의인화 시킨 것이 〈당신의 얼굴〉이니까 산넘고 물 건너서 나의 마음을 비쳐주는 것이다.
2) 왜 그리 쩔러서: 왜 그렇게 짧아서.

오시랴도 길이 막혀서 못오시는 당신이 긔루어요[3]

---

3) 오시랴도 길이 막혀서 못 오시는 당신이 긔루어요: 오시랴고 하여도 길
이 막혀서 못 오시는 당신이 그리워요. 앞에서 이미 우리는 〈당신〉이 석가
여래 부처라고 추정했다. 석가여래부처는 무장무애(無障無礙), 자유신(自
由身)이다. 그런 그가 길이 막혀 어디를 못 온다는 것은 모순이다. 이것은
화자의 〈당신〉에 대한 그리움이 워낙 절대적임으로 나온 표현이라고 읽어
야 한다. 〈긔루어요〉→〈그리워요〉.

자유정조(自由貞操)[1]

내가 당신을 기다리고 있는 것은 기다리고자 하는 것이 아니라 기다려지는 것입니다.

말하자면 당신을 기다리는 것은 정조보다도 사랑입니다

남들은 나더러 시대에 뒤진 낡은 여성(女性)이라고 삐죽거립니다 구구한 정조를 지킨다고

그러나 나는 시대성을 이해하지 못하는 것도 아닙니다.

인생과 정조의 심각한 비판을 하야 보기도 한두번이 아닙니다

자유연애의 신성(?)을 덮어 놓고 부정(否定)하는 것도 아닙니다.

대자연을 따러서 초연생활(超然生活)을[2] 할 생각도 하야 보았습니다

그러나 구경(究竟) 만사(萬事)가 다 저의 좋아하는 대로 말한 것이요 행한 것입니다

나는 님을 기다리면서 괴로움을 먹고 살이 집니다 어려움을 입

---

1) 자유정조(自由貞操): 〈정조〉는 정절(貞節)과 같은 말로 여성이 성적인 순결을 지키는 것을 뜻한다. 지킬 것을 지켜나가기 위해서 자유와 방종은 자제될 수 밖에 없다. 그럼에도 이런 제목을 단 것은 모순된다. 여기서 문제되는 자유는 이 작품에 내포되어 있는 속뜻을 통해서 밝혀질 수 있다.

2) 초연생활(超然生活): 여기서 〈초연〉은 우리가 일생생활의 자질구레한 격식, 법도등에 구애되지 않는 정신 상태를 가리킨다. 인생이나 의리, 특히 아침 저녁으로 생활에 매달리는 가운데 무시로 이루어지는 손익계산을 털어버리고 자유스럽게 사는 생활을 〈초연생활〉이라고 한 것이다.

고 키가 큽니다
　나의 정조는 「자유정조」입니다[3]

---

3) 나의 정조(貞操)는 「자유정조(自由貞操)」입니다: 이 시에서 화자는 일반인
　의 정조와 자신의 정조를 대비하고 있다. 일반인에게 정조란 규칙이나 의
　무감을 기준으로 한다. 그에 반해서 화자의 정조는 사랑을 유일한 기준으
　로 삼은 것이다. 사랑을 위해서 화자는 다른 어떤 규범에도 구애를 받지
　않는다. 그러니까 그의 정조를 〈자유정조〉라고 한 것이다.

하나가 되야 주서요

님이여 나의 마음을 가져가랴거든 마음을 가진 나한지 가져가 서요[1] 그리하여 나로하야금 님에게서 하나가 되게 하서요

그렇지 아니하거든 나에게 고통만을 주지 마시고 님의 마음을 다 주서요 그리고 마음을 가진 님한지 나에게 주서요 그레서 님으 로 하야금 나에게서 하나가 되게 하서요

그렇지 아니하거든 나의 마음을 돌려 보내 주서요 그리고 나에 게 고통을 주서요

그러면 나는 나의 마음을 가지고 님의 주시는 고통을 사랑하겠 습니다[2]

---

1) 님이여 나의 마음을 가져가랴거든 마음을 가진 나한지 가져가서요: 〈나 한지〉→〈나와 함께〉. 여기서 화자는 님에게 몸과 마음이 아울러 송두리째 빼앗긴 사람이다. 그런 그를 두고 님은 떠나갔다. 그에서 빚어신 고통은 말할 수 없이 크다. 그러니까 육신도 함께 가져 달라고 하소연하고 있다.

2) 나에게 고통을 주서요/ 그러면 나는 나의 마음을 가지고 님의 주시는 고 통을 사랑하겠습니다: 우리가 갖는 일생 생활에서 마음과 고통은 반드시 같은 것이 아니다. 고통은 마음의 한 갈래일 뿐이지 그 외연과 내포가 같 지 않기 때문이다. 그러나 〈님〉을 사무치게 그리는 화자에게는 마음, 곧 생각이 고통이며 고통을 떠나서 마음이 존재하지 않는다. 〈나에게 고통을 주서요〉와 〈고통을 사랑하겟습니다〉는 그러므로 나온 말이다. 다음에 나 오는 〈님의 주시는 고통을 사랑하겠습니다〉도 같은 맥락에서 이해가 가능 하다. 여기서 〈님〉은 사랑과 이별, 나아가 만남과 헤어짐을 같은 차원으로 생각할 수 있는 사람이다. 그에 반해 화자인 나는 세속적 애정의 차원을 극복하지 못했다. 이 시는 화자의 심경을 읊조린 것이므로 형이상시가 아 닌 애정의 노래다.

나룻배와 행인(行人)

나는 나룻배
당신은 행인[1]

당신은 흙발로 나를 짓밟습니다
나는 당신을 안고 물을 건너갑니다
나는 당신을 안으면 깊으나 옅으나 급한 여울이나 건너갑니다

만일 당신이 아니 오시면 나는 바람을 쐬고 눈비를 맞으며 밤에
서 낮까지 당신을 기다리고 있습니다

당신은 물만 건너면 나를 돌아 보지도 않고 가십니다 그려
그러나 당신이 언제든지 오실 줄만은 알아요
나는 당신을 기다리면서 날마다 날마다 낡어 갑니다[2]

---

1) **나는 나룻배/ 당신은 행인(行人)**: 〈나룻배〉와 〈행인(行人)〉은 각각 대승불
교의 교리에 수렴되는 비유의 매체다. 소승불교는 나 자신의 번뇌를 끊고
진리의 세계에 이르기를 지향한다. 그러나 대승불교는 그에 만족하지 않
고 이 세상에서 고통받는 중생들을 두루 건져 서방정토로 인도하기를 기한
다. 이것을 제도중생(濟度衆生)이라고 한다. 제도중생의 주체가 되는 것은
〈나〉다. 그것을 〈나룻배〉에 비유한 것은 중생을 인간 고해(苦海)에서 건져
내어 영생의 세계인 피안(彼岸)으로 건너가게 하는 도구를 생각했기 때문
이다. 여기서 중생은 그저 나그네, 곧 행인(行人)이다. 이렇게 이 시의 허
두는 불교의 교리를 감각적 실체로 대치하면서 시작했다.

나는 나룻배
당신은 행인.

차라리[1]

님이어 오서요 오시지 아니하랴면 차라리 가서요 가랴다 오고 오랴다 가는 것은 나에게 목숨을 빼앗고 주검도 주지않는 것입니다[2]

님이어 나를 책망하랴거든 차라리 큰 소리로 말씀하야 주서요 침묵으로 책망하지 말고 침묵으로 책망하는 것은[3] 아픈 마음을 얼음 바늘로 찌르는 것입니다

님이어 나를 아니 보랴거든 차라리 눈을 돌려서 감으서요 흐르는 곁눈으로 흘겨보지 마서요 곁눈으로 흘겨보는 것은 사랑의 보(褓)에 가시의 선물을 싸서 주는 것[4] 입니다

---

1) **차라리**: 겉보기로는 이성에 대한 애정을 노래한 것 같으나 그 실에 있어서는 불법의 세계를 읊은 것이다. 여기서 〈님〉은 해탈지견(解脫知見)의 경지를 거쳐 묘유(妙有)와 초공(超空)의 차원에 이른 절대자다.

2) **나에게 목숨을 빼앗고 주검도 주지 않는 것입니다**: 〈주검〉→〈죽음〉. 앞에 나오는 목숨은 불법과 인연을 갖지 않는 중생의 것이다. 중생들은 육신이 사라져도 번뇌에서 헤어나지 못한 채 미망속을 헤맨다. 그 나머지 죽음으로도 자유와 평화를 누리지 못하므로 이런 표현이 이루어진 것이다.

3) **침묵(沈默)으로 책망하는 것**: 이미 드러난 바와 같이 불교의 참이치를 깨치는 일은 말과 글의 차원을 넘어서 있다. 그것을 우리는 불입문자(不立文字)의 세계라고 말한다. 이 작품의 화자는 얼마간 불법의 세계에 발을 들여놓은 것 같다. 그런 그로서는 자신의 허물을 말로가 아니라 그 보다 더 높은 차원에서 책망 당하면 그 아픔이 기하급수격으로 팽창할 수 밖에 없다. 여기서 〈침묵으로 책망하는 것〉은 그런 뜻을 담고 있다.

4) **사랑의 보(褓)에 가시의 선물을 싸서 주는 것**: 단순한 사랑의 증표인 줄 알고 받았다가 받게 되는 고통이 엄청나게 큰 것을 뜻하는 비유. 사랑의 선

물이라면 받는 사람은 무심결에 좋아라고 받아서 그것을 껴안을 수 있다.
그런데 그 속에 가시가 들어 있다면 받은 사람은 손이나 몸이 그것에 찔려
몸이나 마음이 참으로 아플 것이다.

나의 노래

나의 노랫가락의 고저장단[1]은 대중이 없습니다

그레서 세속의 노래 곡조와는 조금도 맞지 않습니다

그러나 나는 나의 노래가 세속 곡조에 맞지 않는 것을 조금도
애닲어하지 않습니다[2]

나의 노래는 세속의 노래와 다르지 아니하면 아니 되는 까닭입
니다

곡조는 노래의 결함을 억지로 조절하려는 것입니다

곡조는 부자연한 노래를 사람의 망상으로 도막쳐 놓는 것[3]입
니다

참된 노래에 곡조를 붙이는 것은 노래의 자연에 치욕입니다

님의 얼골에 단장을 하는 것이 도로혀 험이 되는 것과 같이 나
의 노래에 곡조를 붙이면 도로혀 결점이 됩니다

---

1) 고저쟌단: 〈고저쟌단〉→〈고저장단〉. 오식이므로 바로 잡는다.

2) 나의 노래가 세속곡조에 맞지 않는 것을 조금도 애닲어 하지 않습니다:
   세속곡조란 일반적인 노래가 보표(譜表)를 갖는 것을 가리키는 듯 하다. 나
   의 노래는 그런 것에 구애를 받지 않는다. 이것은 화자의 노래가 악보의 차
   원을 넘어서 있는 것, 곧 신성한 경지를 노래 부르는데 그 목적이 있음을
   가리킨다. 〈애닲어〉→〈애달퍼〉. 기본형 〈애달프다〉.

3) 곡조는 부자연(不自然)한 노래를 사람의 망상(妄想)으로 도막쳐 놓는 것:
   〈도막쳐〉→〈토막쳐〉. 기본형 〈토막치다〉. 화자에게 자연스러운 노래한 그
   가 가진 신앙의 경지와 일체가 된 경우다. 곡조, 곧 일반적인 노래의 보표
   는 그에 대해 방해 요인이 된다. 사람들의 망상이 그런 사태를 빚어낸다는
   것이다.

나의 노래는 사랑의 신을 울립니다.

나의 노래는 처녀의 청춘을 쥐어짜서 보기도 어려운 맑은 물을 만듭니다

나의 노래는 님의 귀에 들어가서는 천국의 음악이 되고 님의 꿈에 들어가서는 눈물이 됩니다[4]

나의 노래가 산과 들을 지나서 멀리 계신 님에게 들리는 줄을 나는 압니다

나의 노랙가락이 바르르 떨다가 소리를 이르지 못할 때에 나의 노래가 님의 눈물겨운 고요한 환상(幻想)으로 들어가서 사라지는 것을 나는 분명히 압니다

나는 나의 노래가 님에게 들리는 것을 생각할 때에 광영(光榮)에 넘치는 나의 작은 가슴은 발발발 떨면서 침묵의 음보(音譜)를 그립니다

---

4) 나의 노래는 님의 귀에 들어가서는 천국의 음악이 되고 님의 꿈에 들어가서는 눈물이 됩니다: 여기서 님은 다분히 석가여래 세존의 심상으로 제시되어 있다. 기독교의 천당에 대비되는 천국이 나오기는 하나 그 내포는 불교의 극락에 가깝다. 또한 여기서 〈눈물〉은 석가세존의 마음을 움직인 나머지 나오는 것으로 보아 야광명주(夜光明珠)의 다른 이름이다. 이런 기적이 이루어질 것을 믿고 기대할 수 있으니까 화자가 그의 노래에 절대적 의미를 부여했다.

당신이 아니더면

당신이 아니더면 포시럽고 매끄럽든 얼골¹⁾이 왜 주름살이 접혀요

당신이 기룹지만 않더면²⁾ 언제까지라도 나는 늙지 아니 할테여요

맨츰에³⁾ 당신에게 안기던 그때대로 있을테여요

그러나 늙고 병들고 죽기까지라도 당신 때문이라면 나는 싫지 안하여요

나에게 생명을 주던지 주검을 주던지 당신의 뜻대로만 하서요

나는 곧 당신이여요⁴⁾

---

1) **포시럽고 매끄럽든 얼골**: 〈포시럽고〉→〈보드럽고 따뜻한〉, 보드랍다의 충청도 방언. 〈매끄럽고〉는 얼굴이나 피부에 윤기가 있는 것을 가리킨다. 〈얼골〉→〈얼굴〉.

2) **기룹지만 않더면**: 그립지만 않다면.

3) **맨츰**: 맨 처음.

4) **나는 곧 당신이여요**: 님을 향해 화자가 품은 헌신(獻身), 몰아(沒我)의 사랑을 이렇게 표현했다. 그러나 이 사랑은 제행무상(諸行無常)의 경지에 이른 것이 아니다. 이런 시각으로 보면 이 시는 불교적 형이상시가 아닌 단순 애정의 노래다.

잠 없는 꿈[1]

　나는 어느 날 밤에 잠 없는 꿈을 꾸었습니다

　「나의 님은 어데 있어요 나는 님을 보러 가겠습니다 님에게 가는 길을 가져다가 나에게 주서요 검이여」[2]

　「너의 가랴는 길은 너의 님이 오랴는 길이다 그 길을 가저다 너에게 주면 너의 님은 올 수가 없다」

　「내가 가기만 하면 님은 아니 와도 관계가 없습니다」

　「너의 님이 오는 길을 너에게 갖다 주면 너의 님은 다른 길로 오게 된다 네가 간대도 너의 님을 만날 수가 없다」

　「그러면 그 길을 가져다가 나의 님에게 주서요」

　「너의 님에게 주는 것이 너에게 주는 것과 같다 사람마다 저의 길이 각각 있는 것이다」

　「그러면 어찌하여야 이별한 님을 만나 보겠읍니까」

　「네가 너를 가저다가 너의 가랴는 길에 주어라 그러하고 쉬지 말고 가거라」

　「그리할 마음은 있지마는 그 길에는 고개도 많고 물도 많습니다 갈 수가 없습니다」

---

1) **잠없는 꿈**: 꿈은 잠자는 동안에 꾸는 것으로 의식상 생시와 마찬가지로 떠오르는 여러 현상이다. 따라서 잠 없는 꿈이란 성립되지 않는다. 이것으로 우리는 이 말이 반어(反語)의 성격을 띤 것임을 알 수 있다.

2) **님에게 가는 길을 가져다가 나에게 주서요 검이여**: 〈검〉은 신(神)을 뜻하는 우리말이다. 여기서 〈검〉은 화자가 그리는 〈님〉과 다른 존재다.

검은 「그러면 너의 님을 가슴에 안겨주마」하고 나의 님을 나에
게 안겨주었습니다[3]

나는 나의 님을 힘껏 껴안았습니다
나의 팔이 나의 가슴을 아프도록 다칠 때에 나의 두 팔에 베여
진 허공은 나의 팔을 뒤에 두고 이어졌습니다

---

3) 검은 「그러면 너의 님을 가슴에 안겨주마」하고 나의 님을 나에게 안겨주
었습니다: 양식상 서정시는 대화체가 되는 것을 금기로 한다. 그런데 이
작품은 이 행 바로 앞까지가 대화체로 되어 있다. 이 행부터 그것이 변화
되어 나타나는데 이런 구문을 기준으로 이 시는 두 부분으로 구분이 된다.
이 행 바로 앞부분 까지가 전반부다. 형태상 전반부는 극시의 단면을 드러
낸다. 이 행부터 시작되는 후반부 3행에 이 작품의 의도가 담겨 있다. 여
기서 화자는 검이 허락한 님을 두팔로 안는다. 그러나 그가 안은 것은 허
공이다. 이것으로 이 시는 불법의 세계가 초공(超空)이며 무유(無有)에 귀
속됨을 제시했다.

생명(生命)[1]

　닻과 치를 잃고 거친 바다에 표류된 적은 생명의 배는 아즉 발견도 아니된 황금의 나라를[2] 꿈꾸는 한 줄기 희망의 나침반이[3] 되고 항로가 되고 순풍이 되야서 물ㅅ결의 한 끗은 하늘을 치고 다른 물결의 한 끗은 땅을 치는 무서운 바다에[4] 배질합니다

　님이여 님에게 바치는 이 적은 생명을 힘껏 껴안어 주서요

　이 적은 생명이 님의 품에서 으서진다 하야도 환희의 영지(靈地)에서 순정(殉情)한 생명의 파편은[5] 최귀한 보석이 되야서 쪼각쪼각이 적당히 이어져서 님의 가슴에 사랑의 휘장을 걸겠습니다

---

1) **생명(生命)**: 불도(佛道)에 입문하기 전의 생명이란 인연이 있어 모였다가 때가 되면 사라지는 이승의 삼라만상을 뜻한다. 여기서는 불도에 귀의하여 해탈지견(解脫知見)의 경지에 이른 참 생명을 가리킨다.

2) **황금(黃金)의 나라**: 불교에서 황금은 석가여래불의 몸을 상징하며 그 나라의 존엄과 권위를 표상한다. 「장엄염불(莊嚴念佛)」의 한 구절에는 〈아미타불진금색(阿彌陀佛眞金色)/ 상호단엄무등륜(相好端嚴無等倫)-어미타불보살님의 금빛 몸이여/ 거욱하고 장엄하며 절륜하구나〉라고 있다.

3) **나침반(羅針盤)**: 초판『님의 침묵』에는 이 말에 오식이 나와 羅盤針으로 되어 있다. 바로 잡아야 한다.

4) **무서운 바다**: 물결이 하늘을 치고 땅을 친다면 그것은 성난 바다, 노한 바다라고 표현하는 것이 맞다. 한용운의 이런 표현은 「알ㅅ수 없어요」에도 나왔다. 〈무서운 검은 구름〉. 이런 표현은 불법의 절대성을 표현하려는 목적으로 쓴 것 같다.

5) **환희(歡喜)의 영지(靈地)에서 순정(殉情)한 생명(生命)의 파편(破片)**: 이 작품에서 〈님〉은 진리와 영생의 길에 통하는 절대자다. 그가 있는 곳이 〈환희의 영지〉다. 절대자가 감싸서 안아주는 경지가 되어 화자는 〈순정(殉情)〉을 할 수 있다. 이때의 정(情)은 사랑의 감정이다.

님이여 끝없는 사막(沙漠)의 한 가지의 깃디일 나무도[6] 없는 적
은 새인 나의 생명을 님의 가슴에 으서지도록 껴안어 주서요
  그리고 부서진 생명의 쪼각쪼각에 입맞춰 주서요

---

6) 한가지의 깃디일: 〈깃듸 일〉→〈깃 드릴〉. 이 부분으로 화자는 철저한 고독
  에 싸인 자신의 모습을 그렸다.

사랑의 측량(測量)

질겁고 아름다운 일은 양(量)이 만할수록 좋은 것입니다

그런데 당신의 사랑은 양이 적을수록 좋은 가버요[1]

당신의 사랑은 당신과 나와 두 사람 새이에 있는 것입니다

사랑의 양을 알랴면 당신과 나의 거리를 측량할 수 밖에 없습니다

그래서 당신과 나의 거리가 멀면 사랑의 양이 많고 거리가 가까우면 사랑의 양이 적을 것입니다

그런데 적은 사랑은 나를 웃기더니 만한 사랑은 나를 울립니다[2]

---

1) 질겁고 아름다운 일은 양(量)이 만할수록 좋은 것입니다/ 그런데 당신의 사랑은 양(量)이 적을수록 좋은 가버요: 〈질겁고〉→〈즐겁고〉, 〈만할수록〉→〈많을수록〉, 〈좋은 가버요〉→〈좋은가보아요〉. 일상적인 차원에서 아름다운 일, 즐거운 일은 양이 많으면 많을수록 좋다. 화자에게 당신의 사랑도 그런 일에 속한다. 그런데 화자는 당신의 그런 사랑이 적을수록 좋다고 했다. 이것은 명백히 상식에 어긋나는 말이다. 이런 표현의 바탕이 되고 있는 것은 이별이 〈당신〉과 〈화자〉사이에 가로 놓여 있기 때문이다. 화자에게 이별은 고통을 안겨준다. 이때 고통은 화자가 〈당신〉에게 품고 있는 사랑의 양에 정비례한다. 그러니까 화자가 두 사람 사이의 사랑이 적을수록 좋다고 한 것이다. 이것으로 우리는 이 시가 그 틀을 반어(反語)에 두고 있음을 알 수 있다.

2) 적은 사랑은 나를 웃기더니 만한 사랑은 나를 울립니다: 〈만한 사랑〉→〈많은 사랑〉. 이런 말을 제대로 이해하기 위해서는 화자가 처한 입장을 생각해 볼 필요가 있다. 지금 화자는 사랑하는 당신과 이별한 몸이다. 이별하기 전 화자는 〈당신〉을 유별하게 생각하지 않았다. 사랑의 양이 그렇게 크지 않았기 때문이다. 이별을 하게 되자 그런 사정이 일변했다. 화자가 몇 갑절 〈당신〉을 그리워하게 되어 사랑의 양이 크게 팽창한 것이다. 그런데

뉘라서 사람이 멀어지면 사랑도 멀어진다고 하여요
  당신이 가신 뒤로 사랑이 멀어졌으면 날마다 날마다 나를 울리
는 것이 사랑이 아니고 무엇이여요

그것은 곧 기쁨과 즐거움 대신 화자에게 고통을 안겨준다. 이 작품 허두의
둘째줄을 이룬 말들이 이것으로 움직일 수 없는 진실이 된다.

진주(眞珠)[1]

언제인지 내가 바닷가에 가서 조개를 줏었지요 당신은 나의 치마를 걷어 주섰어요 진흙 묻는다고

집에 와서는 나를 어린 아기 같다고 하섰지요 조개를 줏어다가 작난한다고 그리고 나가시더니 금강석을 사다 주섰습니다 당신이

나는 그때에 조개 속에서 진주를 얻어서 당신의 적은 주머니에 넣드렸습니다

당신이 어디 그 진주를 가지고 기서요 잠시라도 왜 남을 빌려 주서요[2]

---

1) 진주(眞珠): 불교에서 보석은 청정심을 상징한다. 이 작품에서 화자는 반야지(般若智)를 얻고자 하는 수도자를 사랑한다. 그 자신이 해탈, 묘유(妙有)의 경지에 이르지는 못했다. 따라서 이 시는 신앙시의 단면을 지니지만 득도자의 노래는 아니다.

2) 당신이 어디 그 진주를 가지고 기서요 잠시라도 왜 남을 빌려 주서요: 〈기서요〉→〈계세요〉, 〈빌녀〉→〈빌려〉. 불교에서 득도자는 애욕의 차원을 넘어서 있다. 그러나 이 작품의 화자는 아직 그런 경지에 이르지 못했다. 따라서 이 작품을 증도가(證道歌)로 볼 수는 없다.

슬픔의 삼매(三昧)[1]

하늘의 푸른 빛과 같이 깨끗한 주검은 군동(群動)을[2] 정화(淨化)
합니다
　허무의 빛(光)인 고요한 밤은 대지에 군림하얐습니다
　힘 없는 촛불 아레에 사럿드리고[3] 외로히 누워 있는 오오 님이여
　눈물의 바다에 꽃배를 띄었습니다
　꽃배는 님을 실고 소리도 없이 가러앉었습니다
　나는 슬픔의 삼매(三昧)에 「아공(我空)」이[4] 되얐습니다

---

1) **삼매(三昧):** 산란한 마음을 한 곳에 모아 미혹에 빠지지 않도록 하는 것, 또
　는 마음을 한 곳에 모아 무아의 경지에 이르도록 하는 것. 불교에서는 sa-
　madhi의 역어로 정(正), 정수(正受). 청심행처(正心行處) 등으로 번역되었
　다. 선정의 한 방법으로 무념무상의 경제에 이르는 것을 가리킨다.
2) **군동(群動):** 생명이 있는 것들, 흔히 군생(群生)이라고 쓴다.
3) **사럿드리고:** 〈사리다〉를 강조한 말.
4) **아공(我空):** atma-sunyata의 역어. 법공(法空)에 대가 되는 말이다. 이
　말의 이해를 하려면 브라만과 아트만의 차이를 알아야 한다. 브라만교의
　초기 단계에서 브라만은 우주적 실체를 뜻했으며 그에 대한 삼라만상의
　개성적 실체를 아트만이라고 했다. 브라만교가 이 개아를 인정했음에 반
　해 불법은 그 시발기에서 부터 삼라만상 가운데 그 어느 것도 고정된 속성
　과 본체가 없다고 생각했다. 이미 삼라만상에 절대적 요소가 없는데 어떻
　게 독립된 아(我)가 존재할 수 있는가. 이것을 무아(無我)라고 한다. 대승
　불교의 단계에서 이 무아(無我)가 다시 인무아(人無我)와 법무아(法無我)
　로 구분되었다. 여기서 아공(我空)이란 인무아(人無我)에 해당되며 법무아
　(法無我)가 법공(法空)이다.

꽃향기의 무르녹은 안개에 취하야 청춘의 광야에 비틀걸음치는
미인이여

주검을 기러기 털보다도 가벼웁게 여기고 가슴서 타오르는 불
꽃을 얼음처럼 마시는 사랑의 광인이여

아아 사랑에 병들어 자기의 사랑에게 자살을 권고하는 사랑의
실패자여[5]

그대는 만족한 사랑을 받기 위하야 나의 팔에 안겨요

나의 팔은 그대의 사랑의 분신인 줄을 그대는 왜 모르서요

---

5) 꽃향기의 무르녹은 안개에 취(醉)하야 청춘(靑春)의 광야(曠野)에 비틀걸
음치는 미인(美人)이여 (······) 아아 사랑에 병들어 자기(自己)의 사랑에게
자살(自殺)을 권고하는 사랑의 실패자(失敗者)여: 이상 세 줄에서 주인공
으로 나오는 〈미인〉과 〈광인(狂人)〉, 〈사랑의 실패자(失敗者)〉들은 모두 제
본성을 지니지 못했다. 특히 〈사랑의 실패자〉는 자기의 사랑, 곧 애인에게
자살을 권고한다. 해탈과 견성을 기하는 수도자의 입장에서 보면 이들은
미혹의 바다에 표류하는 어리석은 자들일 뿐이다. 그들에게 이 시의 화자
가 〈만족한 사랑을 받기〉 위하여 그의 팔에 안기라고 한다. 이것은 화자가
중생제도의 비원에 처한 나머지 어느 정도 해탈지견(解脫知見)의 경지에
이르렀음을 뜻한다.

의심하지 마서요[1]

　의심하지 마서요 당신과 떨어져 있는 나에게 조금도 의심을 두
지 마서요

　의심을 둔대야 나에게는 별로 관계가 없으나 부질없이 당신에
게 고통의 숫자만[2] 더 할 뿐입니다

　나는 당신의 첫사랑의 팔에 안길 때에 온갖 거짓의 옷을 다 벗
고 세상에 나온 그대로의 발게벗은 몸을 당신의 앞에 놓았습니다
지금까지도 당신의 앞에는 그 때에 놓아둔 몸을 그대로 받들고 있
습니다[3]

---

1) **의심하지 마서요**: 불교는 이 세상의 고통과 속박을 끊고 해탈하여 자재신
　(自在身)이 되기를 기하는 종교다. 고통과 속박은 번뇌로 하여 생긴다고
　보는데 그 요인으로 작용하는 것 가운데 하나가 의(疑), 곧 의심(疑心)이
　다. 이 작품의 제목도 이런 불교의 감각을 살린 것이다. 다만 이 작품의 화
　자는 살뜰하게 섬기는 이성의 애인을 한 마음으로 사무치게 사랑하는 사람
　이다. 따라서 이 작품은 증도가(證道歌)가 아닌 애정시다.
2) **고통(苦痛)의 숫자(數字)**: 고통은 심의(心意)현상이므로 계량화 될 수 있는
　것이 아니다. 그것을 이렇게 표현한 것은 한용운과 같은 한문 세대에게 익
　숙한 수사법이었기 때문이다.
3) **지금까지도 당신의 앞에는 그 때에 놓아둔 몸을 그대로 받들고 있습니다**:
　〈발게 벗은〉→〈발가 벗은〉. 화자가 당신을 생각하는 마음은 워낙 절대적
　이다. 그런 까닭으로 그에게 바친 화자의 몸도 이미 그의 것이 아닌 당신
　의 것이다. 내 몸이면서 당신의 것이기 때문에 화자 자신의 몸을 그 스스
　로가 〈받들고 있습니다〉라고 한 것이다.

만일 인위(人爲)가 있다면 「어찌하여야 츰 마음을 변치 않고 끝
끝내 거짓 없는 몸을 님에게 바칠고」하는 마음 뿐입니다

당신의 명령이라면 생명의 옷까지도 벗겠습니다[4]

나에게 죄가 있다면 당신을 그리워하는 나의 「슬픔」입니다

당신이 가실 때에 나의 입설에 수가 없이 입맞추고 「부대 나에
게 대하야 슬퍼하지 말고 잘 있으라」고 한 당신의 간절한 부탁에
위반되는 까닭입니다

그러나 그것만은 용서하야 주서요

당신을 그리워하는 슬픔은 곧 나의 생명인[5] 까닭입니다

만일 용서하지 아니하면 후일에 그에 대한 벌을 풍우(風雨)의
봄새벽의 낙화의 수(數)만치라도 받겠습니다[6]

---

4) 생명의 옷까지도 벗겠습니다: 〈벗겠습니다〉→〈벗겠습니다〉. 〈생명의 옷〉
   은 육신 뿐이 아니라 당신에게 바치는 마음까지를 포함한다. 이것을 한글
   로 표하면 넋도 송두리채 바치겠다는 뜻이다.
5) 슬픔은 곧 나의 생명: 일상적인 차원에서 슬픔과 생명은 등식화 될 수 없
   다. 그러나 화자는 이미 몸과 마음을 송두리채 사랑하는 사람에게 바친 사
   람이다. 그런 그에게 떠나가 버린 당신과 자신을 연결하는 고리는 슬픔 뿐
   이다. 이것을 논리적 비약을 무릅쓰면서 노래하면 슬픔=나의 생명이 된다.
6) 후일(後日)에 그에 대한 벌(罰)을 풍우(風雨)의 봄새벽의 낙화(落花)의 수
   (數)만치라도 받겠습니다: 우리가 평소 쓰는 말에 매를 수없이 맞는다의 표

당신의 사랑의 동아줄에 휘감기는 체형(體刑)도 사양치 않겠습니다

당신의 사랑의 혹법(酷法) 아래에 일만가지로 복종(服從)하는 자유형(自由刑)도 받겠습니다[7]

그러나 당신이 나에게 의심을 두시면 당신의 의심의 허물과 나의 슬픔의 죄를 맞비기고 말겠습니다

당신에게 떨어져 있는 나에게 의심을 두지 마서요 부질없이 당신에게 고통의 숫자를 다하지 마서요

현은 있다. 그와 같은 맥락으로 벌을 수 없이 받는다고 말할 수도 있을 것이다. 〈풍우(風雨)의 봄 새벽의 낙화(落花)〉는 비바람이 친 봄철 아침 낭자하게 떨어진 꽃들을 가리킨다. 벌을 수없이 받아도 좋다는 비유로 이런 표현을 한 것이다. 〈수만치〉→〈수만큼〉의 방언.

7) 사랑의 혹법(酷法) 아래에 일만가지로 복종(服從)하는 자유형(自由刑)도 받겠습니다: 화자는 불교에서 득도를 한 사람이 아니라 세속적인 욕망을 품고 사는 외도인이다. 그런 그에게 무아의 경지에 이른 것으로 생각되는 〈당신〉의 사랑은 혹법(酷法), 곧 지킬수가 없는 잔인한 법이며 받아들일 수가 없는 계율이다. 자유형(自由刑)은 복역을 기준으로 정해진 형이 아닌 법집행자가 그 마음대로 정한 형으로 생각된다. 본래 형은 법률이 정하는 바에 따라 형량이 정해지고 그런 기준으로 처벌이 이루어진다. 자유형이란 법을 집행하는 당사자가 마음대로 행사하는 것을 뜻한다. 이런 허처구니 없는 법을 화자는 그대로 받아들이겠다고 한다. 이것은 화자의 〈당신〉에 대한 사랑과 믿음이 워낙 절대적인 것임을 가리킨다.

당신은

당신은 나를 보면 왜 늘 웃기만 하서요 당신의 찡그리는 얼골을[1]
좀 보고 싶은데

나는 당신을 보고 찡그리기는 싫여요 당신은 찡그리는 얼골을[2]
보기 싫여 하실 줄을 압니다

그러나 떨어진 도화가 날어서 당신의 입설을 슬칠 때에[3] 나는
이마가 찡그려지는 줄도 모르고 울고 싶었습니다

그래서 금실로 수놓은 수건으로 얼골을 가렸습니다

---

1) **당신의 찡그리는 얼골을 좀 보고 싶은데**: 〈얼골〉→〈얼굴〉. 불교에서 웃음
   은 도를 깨친 상태, 또는 스스로 만족을 느끼는 경우로 법열(法悅)과 통한
   다. 수도자는 그 보다 자신의 부족한 점을 지적해주는 것이 더 고맙다. 여
   기서 〈찡그리는 얼골〉에는 그런 뜻이 내포되어 있다.
2) **찡그리는 얼골**: 이때의 주체인 〈나〉는 득도 이전의 미망에 사로잡힌 사람
   이다. 그런 사람의 찡그린 얼굴은 세속적인 불만에서 온다. 도를 통한 당
   신의 눈으로 보면 그런 표정은 부질없는 불만의 표현이다. 그러니까 당연
   히 싫을 수 밖에 없다.
3) **도화가 날어서 당신의 입설을 슬칠 때**: 〈입설〉→〈입술〉, 〈슬칠 때〉→〈스
   칠 때〉. 여기서 도화꽃, 곧 복숭아 꽃은 오도(悟道), 견성(見性)의 경지를
   가리킨다. 화자가 한 마음으로 받드는 〈당신〉은 지극히 높은 경지에 이르
   렀다. 그럼에도 〈나〉는 미망의 한 가닥인 세속적인 애욕을 헤매고 있으니
   이렇게 말한 것이다.

행복(幸福)[1]

　나는 당신을 사랑하고 당신의 행복을 사랑합니다 나는 왼 세상 사람이 당신을 사랑하고 당신의 행복을 사랑하기를 바랍니다

　그러나 정말로 당신을 사랑하는 사람이 있다면 나는 그 사람을 미워하겠습니다 그 사람을 미워하는 것은 당신을 사랑하는 마음의 한 부분입니다

　그러므로 그 사람을 미워하는 고통도 나에게는 행복입니다[2]

　만일 왼 세상 사람이 당신을 미워한다면 나는 그 사람을 얼마나 미워하겠습니까

　만일 세상 사람이 당신을 사랑하지도 않고 미워하지도 않는다면 그것은 나의 일생에 견딜 수 없는 불행입니다

　만일 왼 세상 사람이 당신을 사랑하고자 하야 나를 미워한다면 나의 행복은 더 클 수가 없습니다[3]

---

1) **행복(幸福)**: 화자인 〈내〉가 당신을 지극히 사랑하는 마음을 읊은 작품이다. 화자의 지극한 사랑은 왼 세상 사람이 당신의 행복을 사랑하기를 바란다. 이것은 〈내〉가 곧 당신이기 때문이다.

2) **그 사람을 미워하는 고통도 나의 행복입니다**: 고통과 행복은 반대되는 개념이다. 그러나 화자는 〈당신〉의 일체를 사랑하기 때문에 당신을 사랑하는 사람에 대한 시기와 질투의 감정을 갖게 되는 것 조차를 행복으로 받아들일 수 있다. 한용운 나름의 반어(反語)다.

3) **만일 왼 세상 사람이 당신을 사랑하고자 하야 나를 미워한다면 나의 행복은 더 클 수가 없습니다**: 〈나의 행복은 더 클 수가 없습니다〉는 〈나의

그것은 모든 사람의 나를 미워하는 원한(怨恨)의 두만강이 깊
을수록 나의 당신을 사랑하는 행복의 백두산이 높아지는 까닭입
니다[4]

행복이 그 보다 더 클 수가 없습니다〉로 고쳐 읽어야 할 부분이다. 이것으
로 화자는 그가 남의 미움을 받으면 그것이 계기가 되어 〈당신〉을 더욱더
사랑하게 된다는 것을 강조해서 말할 것이다.

4) 그것은 모든 사람의 나를 미워하는 원한(怨恨)의 두만강(豆滿江)이 깊을
수록 나의 당신을 사랑하는 행복(幸福)의 백두산(白頭山)이 높아지는 까
닭입니다: 화자인 〈내〉가 〈당신〉을 향해 바치는 지극한 사랑을 다시 강조
한 부분이다. 여기에 두만강과 백두산이 비유의 매체로 쓰인 점이 주목된
다. 이것은 한용운의 마음 밑바닥에 언제나 민족의식이 깔린 증거로 생각
된다.

착인(錯認)[1]

나려오서요 나의 마음이 자릿자릿하여요 곧 나려오서요
　사랑하는 님이여 어찌 그렇게 높고 가는 나뭇가지 위에서 춤을
추서요
　두 손으로 나뭇가지를 단단히 붓들고 고이고이 나려오서요
　에그 저 나무 잎새가 연꽃 봉오리 같은 입설을 슬치겠네 어서
나려오서요[2]

「녜 녜 나려가고 싶은 마음이 잠자거나 죽은 것은 아닙니다마는
나는 아시는 바와 같이 여러 사람의 님인 때문이여요 향기로운 부
르심을 거스르고자 하는 것은 아닙니다」고 버들가지에 걸린 반달
은 해쭉해쭉 웃으면서 이렇게 말하는 듯 하였습니다

　나는 적은 풀잎만치도 가림이 없는 발게 벗은 부끄럼을 두 손으
로 움켜쥐고 빠른 걸음으로 잠자리에 들어가서 눈을 감고 누었습
니다
　나려오지 않는다든 반달이 사뿐사뿐 걸어와서 창밖에 숨어서

---

1) 착인(錯認): 잘못 안 것. 곧 착각을 가리킨다.
2) 에그 저 나무 잎새가 연꽃 봉오리 같은 입설을 슬치겠네 어서 나려오서
　요: 〈입설〉→〈입술〉. 〈슬치겠네〉→〈스치겠네〉. 나무 잎새를 연꽃봉오리에
　비유하고 그 감촉을 사람, 특히 여성의 입술에 비유했다.

나의 눈을 엿봅니다[3]

　부끄럽든 마음이 갑작히 무서워서 떨려집니다

---

3) 나려오지 않는다든 반달이 사뿐사뿐 걸어와서 창밖에 숨어서 나의 눈을
엿봅니다: 한용운의 작품 가운데는 드물게 〈달〉이 불교의 형이상 차원을
상징한다. 브라만교 때 부터 달은 우주와 삼라만상 해석의 중심개념이었
다. 월신(月神), 월천(月天) 등의 개념이 이때 생겼다. 석가여래의 설법이
이루어지면서 달은 십이천(十二天)의 하나가 되었고 둥근달(月輪)과 함께
반달(半月形)도 불법의 상징이 되었다. 여기 나오는 반달도 그런 불교사상
과 표리의 관계를 가진다.

밤은 고요하고

밤은 고요하고 방은 물로 시친 듯[1] 합니다

이불은 개인채로 옆에 놓아두고 화롯불을 다듬거리고[2] 앉었습
니다

밤은 얼마나 되얐는지 화롯불은 꺼져서 찬 재가 되얐습니다

그러나 그를 사랑하는 나의 마음은 오히려 식지 아니 하얐습니다

닭의 소리가 채 나기 전에 그를 만나서 무슨 말을 하얐는데 꿈
조차 분명치 않습니다 그려[3]

---

1) **시친듯**: 〈씻은 듯〉. 기본형 〈시치다〉-〈씻다〉의 방언.

2) **다듬거리고**: 기본형 〈다듬거리다〉. 어두운데서 손으로 이리저리 만져보며
   찾다. 〈큰말〉: 더듬거리다. 여기서는 식어가는 화롯불을 부젓가락 같은 것
   으로 모아서 불기를 살피는 것을 뜻한다.

3) **그를 만나서 무슨 말을 하얐는데 꿈조차 분명치 않습니다 그려**: 전후의
   문맥으로 보아서 이 작품에서 〈그〉는 단순한 이성의 애인이 아니다. 적어
   도 불가의 절대적 경지를 터득해낸 사람으로 추정된다. 그를 꿈결에서 만
   났으므로 이 시의 화자도 불법에 귀의하려는 마음을 지닌 사람이다.

비밀(秘密)

비밀입니까 비밀이라니요 나에게 무슨 비밀이 있겠습니까[1]

나는 당신에게 대하야 비밀을 지키랴고 하얐습니다마는 비밀은 야속히도 지켜지지 아니하얐습니다[2]

나의 비밀은 눈물을 거쳐서 당신의 시각(視覺)으로 들어갔습니다

나의 비밀은 한숨을 거쳐서 당신의 청각(聽覺)으로 들어갔습니다

나의 비밀은 떨리는 가슴을 거쳐서 당신의 촉각(觸覺)으로 들어갔습니다

그 밖의 비밀은 한쪼각 붉은 마음이 되야서 당신의 꿈으로 들어갔습니다

그러고 마즈막 비밀은 하나 있습니다 그러나 그 비밀은 소리 없는 매아리와 같아서 표현할 수가 없습니다[3]

---

1) 있겠습니까: 있겠습니까.

2) 나는 당신에게 대하야 비밀을 지키랴고 하얐습니다마는 (……): 여기서 당신은 불교의 교리를 터득해낸 이, 곧 득도의 경지에 이른 사람이다. 그런 사람에게는 세속적인 일들을 감추려고 해도 불가능하다. 화자가 여기서 비밀을 지킬 수 없었다는 것은 그런 차원에서 나온 말이다.

3) 그 비밀(秘密)은 소리 없는 매아리와 같아서 표현(表現)할 수가 없습니다: 석가세존의 가르침은 워낙 절대적인 것이어서 말이나 글로 표현할 수 없다.

그것을 불교에서는 언어도단(言語道斷)의 경지라고 말하며 불입문자(不立文字)의 차원으로 가리킨다. 여기서 화자가 그의 비밀을 소리없는 메아리에 비유한 것은 그런 뜻을 내포한 것이다.

사랑의 존재(存在)

사랑을 「사랑」이라고 하면 발써 사랑은 아닙니다[1]

사랑을 이름지을만한 말이나 글이 어데 있습니까

미소에 눌려서 괴로운듯한 장미빛 입설인들 그것을 슬칠 수가 있습니까

눈물의 뒤에 숨어서 슬픔의 흑암면(黑闇面)을[2] 반사(反射)하는 가을 물ㅅ결의 눈인들[3] 그것을 비칠 수가 있습니까

그림자 없는 구름을 거쳐서 매아리 없는 절벽(絶壁)을 거쳐서 마음이 갈 수 없는 바다를 거쳐서 존재(存在)? 존재입니다

그 나라는 국경이 없습니다 수명(壽命)은 시간이 아닙니다

사랑의 존재는 님의 눈과 님의 마음도 알지못합니다[4]

사랑의 비밀은 다만 님의 수건(手巾)에 수놓는 바늘과 님의 심으신 꽃나무와 님의 잠과 시인의 상상과 그들만이 압니다

---

1) 사랑을 「사랑」이라고 하면 발써 사랑은 아닙니다: 〈발써〉→〈벌써〉. 여기서 화자는 일종의 반어를 썼다. 그를 통해서 그가 생각하는 사랑이 절대적임을 말하고자 한 것이다.

2) 슬픔의 흑암면(黑闇面): 흑암면은 검고 어두운 면을 가리킨다. 우주의 삼라만상에는 밝은 면과 함께 그늘진 면이 있다. 여기서 화자는 슬픔의 그늘진 면을 지적한 것이다.

3) 가을 물ㅅ결의 눈: 물결이 의인화되었다. 물결 가운데도 가을의 것은 특히 맑을 것이다. 비유를 통해 그것을 심상화 시켰다.

4) 사랑의 존재는 님의 눈과 님의 마음도 알지못합니다: 여기서의 님은 해탈지견(解脫知見)의 차원에 이르러 성불(成佛)한 이다. 그런 그 조차가 알지 못할 것이라고 했다. 이것으로 화자는 그가 가진 〈사랑〉의 절대성을 강조했다.

꿈과 근심[1]

밤근심이 하 길기에
꿈도 길 줄 알었더니
님을 보러 가는 길에
반도 못가서 깨었고나

새벽 꿈이 하 쩌르기에[2]
근심도 짜를 줄 알었더니
근심에서 근심으로
끝간데를 모르겠다[3]

만일 님에게도
꿈과 근심이 있거든
차라리

---

1) **꿈과 근심**: 불교 사상에 따르면 이 세상의 모든 현상은 꿈이며 환상에 지나지 않는다. 이 세상의 모든 일은 꿈과 같으며 먼지나 티끌에 지나지 않는다. 그런 철리를 가리키는 말이 〈제행무상(諸行無常)〉이다. 근심의 다른 이름은 불교에서 번뇌다. 제행 무상의 철리를 깨친 다음 번뇌를 끊어버려야 한다. 이것은 이 작품이 제목 부터를 불법의 세계에서 구한 것임을 뜻한다.

2) **쩌르기에**: 짧기에.

3) **모르겠다**: 모르겠다.

근심이 꿈되고 꿈이 근심 되어라[4]

---

4) 근심이 꿈되고 꿈이 근심되어라: 앞에서 드러난 바와 같이 꿈은 짜른데 근
심은 그 반대로 길며 고통을 곁드린다. 살뜰하게 사랑하는 님이 고통스럽
기를 화자는 바라지 않는다. 그러니까 위와 같은 말을 한 것이다.

포도주(葡萄酒)[1]

가을 바람과 아츰 볏에 마치맞게[2] 익은 향기로운 포도를 따서
술을 빚었습니다 그 술 고이는 향기는 가을 하늘을 물들입니다
　님이여 그 술을 연잎잔에 가득히 부어서 님에게 드리겠습니다[3]
　님이여 떨리는 손을 거쳐서 타오르는 입설을 취기서요

　님이여 그 술은 한밤을 지나면 눈물이 됩니다
　아아 한밤을 지나면 포도주가 눈물이 되지마는 또 한밤을 지나
면 나의 눈물이 다른 포도주가 됩니다 오오 님이여

---

1) **포도주(葡萄酒)**: 포도는 동양이 원산지가 아니라 서역에서 들여온 것이다.
　당나라 때 장건이 멀리 서쪽을 원정하고 돌아오면서 가져온 것 가운데 하
　나다. 고 송욱(宋稶) 교수는 이에 착안하여 포도주를 그리스도의 피를 상
　징한다고 보았다. 이어 다음 자리에서 논리를 비약시켜 이것을 부처의 자
　비와 일체화 시켰다. 여기에는 적어도 두개의 착각이 포함된다. 그 하나가
　불교와 기독교 문화의 정신적 범주를 혼동한 데서 빚어진 오류다. 그리고
　다른 하나가 물리적인 차원에 그치는 포두주를 필요한 논리적 절차도 거치
　지 않은채 형이상의 차원으로 바꾸어 버림으로써 일으킨 착오다. 여기서
　포도와 포도주는 그냥 단순한 술의 일종으로 읽어야 한다.
2) **아침볏에 마치맞게**: 〈아츰〉→〈아침〉, 〈볏에〉→〈볕에〉, 〈마치맞게〉→〈맞침
　맞게〉. 기본형 마침맞다. 꼭 알맞다의 뜻.
3) **님이여 그 술을 연잎잔에 가득히 부어서 님에게 드리겠습니다**: 연잎잔은
　연꽃모양을 한 잔으로 해석되며 〈드리겠습니다〉→는 〈드리겠습니다〉이다.

비방(誹謗)¹⁾

세상은 비방도 많고 시기(猜忌)도 많습니다

당신에게 비방과 시기가 있을지라도 관심(關心)치 마서요

비방을 좋아하는 사람들은 태양에 흑점(黑點)이 있는 것도 다행
으로 생각합니다²⁾

당신에게 대하야는 비방할 것이 없는 그것을 비방할는지 모르겠
습니다

조는 사자(獅子)를 죽은 양(羊)이라고 할지언정 당신이 시련를
받기 위하야 도적에게 포로가 되얏다고 그것을 비겁이라고 할 수
는 없습니다

달빛을 갈꽃으로 알고 흰 모래 위에서 갈마기를 이웃하야 잠자
는 기러기를³⁾ 음란하다고 할지언정, 정직한 당신이 교활한 유혹

---

1) 비방(誹謗): 불교에서는 수행자가 반드시 지켜야할 것 가운데 하나가 정어
(正語)다. 정어는 거짓이 없는 말을 가리키며 그 반대 개념이 악구(惡口)와
비방이다.
2) 비방(誹謗)을 좋아하는 사람들은 태양(太陽)에 흑점(黑點)이 있는 것도
다행으로 생각합니다: 태양은 밝아서 한점도 어두운 곳이 없다. 그런데 그
흑점은 옥의 티와 같다. 그러니까 비방을 좋아하는 사람은 그것으로 태양
을 헐뜯을 수 있다.
3) 갈마기를 이웃하야 잠자는 기러기: 〈갈마기〉→〈갈매기〉. 기러기와 갈마기
는 같은 날짐승일 뿐 그 종과 속(屬)이 전혀 다르다. 그런 기러기가 갈매기
곁자리에서 잔다고 하여 음란한 행위는 일어날 수가 없다. 외설과 거리가
먼 일을 반대해석하는 일을 예로 들어 〈당신〉의 결백을 믿어 의심치 않는

에 속혀서 청루에 들어 갔다고 당신을 지조가 없다고 할 수는 없
습니다
　당신에게 비방과 시기가 있을지라도 관심치 마서요

　화자의 마음을 포현한 부분이다.

「?」¹⁾

희미한 졸음이 활발한 님의 발자최 소리에 놀라 깨어 무거운 눈썹을 이기지 못하면서 창을 열고 내다 보았습니다

동풍에 몰리는 소낙비는 산모롱이를 지나가고 뜰 앞의 파초잎 위에 빗소리의 남은 음파(音波)가 그늬를²⁾ 뜁니다

감정(感情)과 이지(理智)가 마조치는 찰나에 인면(人面)의 악마와 수심(獸心)의 천사가³⁾ 보이랴다 사라집니다

흔들어 빼는 님의 노래가락에 첫잠든 어린 잔나비의 애처로운 꿈이 꽃 떨어지는 소리에 깨었습니다⁴⁾

죽은 밤을 지키는 외로운 등잔불의 구슬꽃이⁵⁾ 제 무게를 이기지

---

1) 「?」: 물음표인 ?는 서구적 충격이 가해진 다음 우리가 쓰게 된 문장 기호 가운데 하나다. 불교에서는 일체의 현상을 화두로 삼고 그를 통해 해탈지견(解脫知見)의 경지를 열고자 한다. 여기서 물음표는 그 문턱에서 수행자가 갖게 되는 의정(疑情)을 나타낸다.

2) 그늬: 〈그네〉의 오식.

3) 인면(人面)의 악마(惡魔)와 수심(獸心)의 천사(天使): 인간에게는 인간의 모습이 있고 악마는 악마의 탈을 쓴 것이다. 수심(獸心)이란 탐욕과 색정에 지배되는 마음으로 진선미의 세계를 상징하는 천사와 전혀 반대 된다. 이와 같이 모순, 충돌, 전후 도착을 일으킨 말들로 짝을 짓게 한 것은 화자가 지닌 마음이 크게 뒤틀리고 있음을 나타내고자 한 것이다.

4) 흔들어 빼는 님의 노래가락에 첫잠든 어린 잔나비의 애처로운 꿈이 꽃 떨어지는 소리에 깨었습니다: 〈님의 노랫가락〉은 불법의 깊은 경지에서 흘러나오는 음악. 〈첫잠든 어린 잔나비〉는 부처의 무량한 은혜를 누리게 된 화자의 모습이다.

못하야 고요히 떨어집니다

　미친 불에 타오르는 불쌍한 영(靈)은 절망의 북극(北極)에서 신세계를 탐험합니다

　사막의 꽃이여 그믐밤의 만월(滿月)이여 님의 얼골이여

　피랴는 장미화(薔薇花)는 아니라도 갈지 안한[6] 백옥(白玉)인 순결한 나의 입설은 미소에 목욕감는 그 입설에 채 닿지 못하얏습니다[7]

　움직이지 않는 달빛에 눌리운 창에는 저의 털을 가다듬는 고양이의 그림자가 오르락 나리락 합니다

　아아 불(佛)이냐 마(魔)냐 인생이 띠끌이냐 꿈이 황금이냐

　적은 새여 바람에 흔들리는 약한 가지에서 잠자는 적은 새여

---

5) **등잔불의 구슬꽃**: 등잔불의 심지가 타오르면서 일으킨 불꽃의 모양을 수사로 표현한 것.

6) **갈지안한**: 갈지 않은.

7) **순결한 나의 입설은 미소(微笑)에 목욕감는 그 입설에 채 닿지 못하얏습니다**: 입설→입술. 나의 입술에 대해 〈그 입설〉은 해탈지견(解脫知見)의 차원의 경지에 이른 보살의 그것이다. 〈닿지 못하였습니다〉로 화자는 아직 번뇌를 다 떨치지 못했음이 드러난다.

님의 손길

님의 사랑은 강철을 녹이는 불보다도 뜨거운데 님의 손길은 너머 차서 한도가 없습니다[1]

나는 이 세상에서 서늘한 것도 보고 찬 것도 보았습니다 그러나 님의 손길 같이 찬 것은 볼 수가 없습니다

국화 핀 서리 아츰에 떨어진 잎새를 울리고 오는 가을 바람[2]도 님의 손길보다는 차지 못합니다

달이 적고 별에 뿔나는 겨울밤에[3] 얼음 위에 쌓인 눈도 님의 손길보다는 차지 못합니다

감로(甘露)와 같이 청량한 선사(禪師)의 설법도 님의 손길보다는 차지 못합니다

---

1) 님의 손길은 너머 차서 한도(限度)가 없습니다: 여기서 〈님〉은 단순한 이성이 아니다. 감각적인 애정을 나누는 차원을 넘어선 불성(佛性)의 소유자다. 〈너머 차서〉→〈너무 차서〉.

2) 국화 핀 서리 아츰에 떨어진 잎새를 울리고 오는 가을 바람: 님의 손길이 싸늘함을 제시하기 위한 비유의 매체로 쓰인 구절이다. 〈아츰〉→〈아침〉. 가을을 표현하기 위해 국화를 이끌어 들인 것은 이 꽃이 서릿발 속에서 피는 절개의 상징이기 때문이다.

3) 별에 뿔나는 겨울밤: 위의 경우와 꼭 같이 님의 손길이 싸늘함을 강조하기 위해 쓰인 비유. 모든 물체는 추위 속에서 얼게 되면 고드름을 단다. 별에 뿔이 났다는 것은 그런 물리적 현상에서 유추된 표현 형태다.

나의 적은 가슴에 타오르는 불꽃은 님의 손길이 아니고는 끄는
수가 없습니다

님의 손길의 온도를 측량할 만한 한난계(寒暖計)는 나의 가슴밖
에는 아모데도 없습니다[4]

님의 사랑은 불보다도 뜨거워서 근심 산을 태우고 한바다를 말
리는데 님의 손길은 너머도 차서 한도가 없습니다

---

4) 님의 손길의 온도를 측량할 만한 온도계(寒暖計)는 나의 가슴밖에는 아
모데도 없습니다: 화자에게 〈님〉은 위낙 절대적인 존재다. 따라서 그의 손
길이 갖는 온도는 그의 가슴 밖에 측량할 수 없다는 것이다. 〈아모데도〉→
〈아무데도〉. 어디에도의 뜻.

해당화(海棠花)[1]

　당신은 해당화 피기 전에 오신다고 하얐습니다 봄은 벌써 늦었습니다

　봄이 오기 전에는 어서 오기를 바랐더니 봄이 오고 보니 너머 일즉 왔나 두려합니다[2]

　철도 모르는 아해들은 뒷동산에 해당화가 피었다고 다투어 말하기로 듣고도 못들은체 하얐더니

　야속한 봄바람은 나는 꽃을 불어서 경대 위에 노입니다 그려[3]

　시름 없이 꽃을 주어서 입설에 대히고 「너는 언제 피었니」 하고 물었습니다

　꽃은 말도 없이 나의 눈물에 비쳐서 둘도 되고 셋도 됩니다[4]

---

1) 해당화(海棠花): 해당화는 장미과에 속하는 낙엽관목이다. 바닷가 모래위나 산자락의 척박한 땅에서 자라며 5~7월 사이에 홍색의 꽃이 핀다. 여기서는 화자가 그리운 사람을 기다리는 매체로 쓰여 있다.

2) 너머 일즉 왔나 두려합니다: 너무 일찍 왔나 두려워 합니다.

3) 야속한 봄바람은 나는 꽃을 불어서 경대 위에 노입니다 그려: 〈노입니다〉→〈놓게 합니다〉. 여기서 꽃은 해당화가 아닌 복숭아나 살구, 배꽃으로 추정된다. 해당화는 벚꽃이나 복숭아꽃과 달라서 바람에 날려 집안으로까지 들어오지 않는다. 이런 말법은 화자가 〈당신〉을 그리워하는 정을 펴기 위해 쓴 것이다.

4) 꽃은 말도 없이 나의 눈물에 비쳐서 둘도 되고 셋도 됩니다: 슬픈 나머지 우리가 눈물을 흘리면 동공이 흐려질 수 있다. 그 결과 물체인 꽃이 착시 현상을 일으킨 것이다.

당신을 보았습니다[1]

당신이 가신 뒤로 나는 당신을 잊을 수가 없습니다
까닭은 당신을 위하나니보다 나를 위함이 많습니다

나는 갈고 심을 땅이 없음으로 추수(秋收)가 없습니다
저녁거리가 없어서 조나 감자를 꾸러 이웃집에 갔더니 주인은
「거지는 인격이 없다 인격이 없는 사람은 생명이 없다 너를 도아
주는 것은 죄악이다」[2]고 말하얐습니다
그 말을 듣고 돌어 나올 때에 쏟어지는 눈물 속에서 당신을 보
았습니다

나는 집도 없고 다른 까닭을 겸하야 민적(民籍)이 없습니다
「민적(民籍) 없는 자는 인권(人權)이 없다」[3] 인권이 없는 너에게

---

1) **당신을 보았습니다**: 이제까지 『님의 침묵』에 나오는 〈당신〉은 거의 모두가
   불교적인 것이 있거나 이성의 애인이었다. 여기서 〈당신〉은 그와 달리 그
   심상이 국가, 민족에 수렴된다. 따라서 이 작품은 만해의 민족의식이 담긴
   것으로 보아야 한다.
2) **거지는 인격(人格)이 없다 인격이 없는 사람은 생명이 없다 너를 도아주
   는 것은 죄악이다**: 우리 민족은 일제에게 주권을 강탈당한 다음 끊임없는
   경제적 수탈에도 시달렸다. 그 나머지 우리 민족은 유리걸식 상태에 떨어
   져 거지꼴이 되었다. 이것을 일제는 철저하게 멸시하여 인격 조차를 부정
   한 것이다.
3) **민적(民籍) 없는 자는 인권(人權)이 없다**: 민적이란 그 다른 이름이 호적이
   다. 만해는 식민지의 백성으로 등록을 하기 싫어서 평생 총독부 행정조직

무슨 정조(貞操)냐」 하고 능욕하라는 장군(將軍)이 있었습니다

　그를 항거한 뒤에 남에게 대한 격분이 스스로의 슬픔으로 화하
는 찰나에 당신을 보았습니다

　아아 왼갖 윤리 도덕 법률은 칼과 황금을 제사지내는 연기인 줄
을 알었습니다

　영원(永遠)의 사랑을 받을까 인간역사의 첫 페지에 잉크칠을 할
까 술을 마실까 망서릴 때에 당신을 보았습니다[4]

　에 호적을 올리지 않았다. 여기서 장군은 일제 군국주의자의 상징이다.

4) **영원(永遠)의 사랑을 받을까 인간역사의 첫 페지에 잉크칠을 할까 술을
마실까 망서릴 때에 당신을 보았습니다**: 형식상 이 부분은 4지 선다형이
되어 있다. ① 〈영원의 사랑을 받을까〉는 불법의 세계를 가리킨다. ② 세
속적 의미에서 큰 발자취를 남기는 것을 뜻하며, ③ 가슴에 쌓인 통분을 풀
기 위해 미친척하는 것을 말한다. 위의 세 경우 사이에서 방황하다가 본 것
이 ④ 당신이다. 그 당신은 한번 화자의 곁을 떠나간 실체이면서 끝내 〈내〉
가 못 잊는 대상이기도 하다. 여기까지의 과정에서 화자는 추수를 빼앗기
고 민적에 그 이름도 올릴 수가 없었다. 이런 사실에서 유추되는 바는 명
백하다. 여기서 〈당신〉은 곧 국가, 민족이다. 그것을 보았다는 것은 화자
가 민족의식에 눈뜨게 되었음을 뜻하며 그 연장선상에서 항일저항운동에
참가할 결의를 다지고 있음을 알려준다.

비[1]

비는 가장 큰 권위를 가지고 가장 좋은 기회를 줍니다
비는 해를 가리고 하늘을 가리고 세상사람의 눈을 가립니다
그러나 비는 번개와 무지개를 가리지 않습니다

나는 번개가 되야 무지개를 타고 당신에게 가서 사랑의 팔에 감기고자 합니다
비오는 날 가만히 가서 당신의 침묵을 가져온대도 당신의 주인은 알 수가 없습니다

만일 당신이 비오는 날에 오신다면 나는 연(蓮)잎으로 윗옷을 지어서 보내겠습니다
당신이 비오는 날에 연잎 옷을 입고 오시면 이 세상에는 알 사람이 없습니다[2]

---

1) 비: 물리적인 차원에서 〈비〉는 지구상에서 일어나는 기후 변화 현상이다. 그러나 여기서 〈비〉는 불법의 세계에서 빚어지는 정각(正覺)과 해탈의 매체다. 우리 일상생활에서 비는 시야를 가린다. 그러나 동시에 그것은 번개와 무지개를 동반한다. 불법의 진리는 워낙 도저하기 때문에 그것을 깨치려면 논리적 절차를 넘어선 대오각성이 필요하다. 번개와 무지개는 그 기틀을 만들어내는 매체일 수 있다.

2) 당신이 비오는 날에 연(蓮) 잎 옷을 입고 오시면 이 세상에는 알 사람이 없습니다: 모든 인간은 햇볕을 받아 통과시키지 않은 육체를 가지고 있다. 그런 인간이 여기서는 투명체가 되어 있다. 이에 대해서는 김광원(金光遠)

　당신이 비ㅅ가온대도 가만히 오서서 나의 눈물을 가져가신대도 영원한 비밀이 될 것입니다

　비는 가장 큰 권위를 가지고 가장 좋은 기회를 줍니다[3]

　교수는 재미 있는 해석을 했다. 그에 따르면 연은 비가 와도 젖지 않는 잎을 가지고 있다. 이것은 우리에게 어떤 여건 속에서도 묘체(妙體)를 잃지 않는 불교의 철리를 유추하게 만든다.(『만해시와 십편담주해』, 277면) 묘체의 차원이란 이미 그 주체는 무아(無我)와 초공(超空)의 차원에 이른 상태다. 그렇다면 일종의 투명체가 되어 이승의 사람은 그가 곁에 있어도 알아 볼 수가 없다. 〈이 세상에는 알 사람이 없다〉와 같은 표현은 그런 시각에서 가능한 표현이다. 표층구조로 보면 이것은 화자의 〈당신〉에 대한 사랑이 절대적임을 말한다.

3) 비는 가장 큰 권위(權威)를 가지고 가장 좋은 기회(機會)를 줍니다: 앞에서 지적된 바와 같이 여기서 〈비〉는 물리적 현상에 그치지 않는다. 번개와 무지개로 〈비〉는 대오각성의 기틀을 이루어 준다. 그러니까 절대적 권위, 다시 없는 기회를 주는 것이다.

복종(服從)

남들은 자유를 사랑한다지마는 나는 복종을 좋아하야요[1]

자유를 모르는 것은 아니지만 당신에게는 복종만 하고 싶어요

복종하고 싶은데 복종하는 것은 아름다운 자유보다도 달금합니다[2] 그것이 나의 행복입니다

그러나 당신이 나더러 다른 사람을 복종하라면, 그것만은 복종할 수가 없습니다

다른 사람을 복종하랴면, 당신에게 복종할 수가 없는 까닭입니다[3]

---

1) 남들은 자유(自由)를 사랑한다지마는 나는 복종(服從)을 좋아하야요: 〈하야요〉→〈하여요〉. 자유는 남에게 구속을 받지 않고 자기 뜻에 따라 행동하는 것을 뜻한다. 그에 반해 복종은 〈남의 의사나 명령에 따르는 것〉, 곧 구속을 전제로 한다. 이것은 분명하게 모순되는 말이다. 여기서 우리는 화자가 역설을 이용하고 있음을 알 수 있다.

2) 달금합니다: 달콤합니다.

3) 다른 사람을 복종하랴면, 당신에게 복종할 수가 없는 까닭입니다: 이 작품의 마지막 부분인 동시에 자유보다 복종을 택하는 화자의 행동을 논리적으로 설명해낸 결론 부분이다. 화자는 오직 〈당신〉만을 섬기고자 한다. 그런데 〈당신〉이 그런 〈나〉의 뜻을 아랑곳하지 않고 〈다른 사람〉을 복종하라고 할 수가 있다. 이것은 자유의 대전제를 뿌리채 흔드는 일이다. 화자가 그것을 따를 수 없는 것은 〈당신〉에 대한 믿음이 자유나 복종을 넘어서 있기 때문이다.

참어 주서요[1]

나는 당신을 이별하지 아니할 수가 없습니다 님이여 나의 이별
을 참어 주서요
　당신은 고개를 넘어갈 때에 나를 돌어보지 마서요 나의 몸은 한
적은 모래 속으로 들어가랴 합니다[2]

　님이여 이별을 참을 수가 없거든 나의 주검을 참어 주서요
　나의 생명의 배는 부끄럼의 땀의 바다에서 스스로 폭침(爆沈)하
랴 합니다 님이여 님의 입김으로 그것을 불어서 속히 잠기게 하야

---

1) **참어 주서요**: 얼핏보면 이런 제목은 불교의 수행론을 이루는 인욕문(人慾
門)을 가리키는 듯 생각될 수 있다. 그러나 실에 있어서 이것은 불법의 세
계에 기대어 세속적인 차원의 이별을 노래한 것이다. 그런데 불법의 논리
에 따르면 이별은 세속적인 헤어짐을 뜻하지 않는다. 인연이 다하여 이 세
상에서 실체가 없어지는 것을 뜻한다. 불교에서는 이승의 인연이 다하여
도 저 세상에서의 만남이 예정되어 있다. 그것을 삼세(三世)의 인연이라고
한다. 이 부분에서 〈이별〉이 곧 슬픔이 아니라 〈참아주세요〉로 표현된 이
유가 여기에 있다.
2) **나의 몸은 한 적은 모래 속으로 들어가랴 합니다**: 불교에서는 엄청나게
많은 수량을 가리키려고 할 때 항하사(恒河沙)라는 말을 쓴다. 항하는 간
다스 강이니까 간다스 강가에 쌓인 모래만큼 많은 수를 그렇게 말한 것이
다. 또한 불교에서는 엄청난 시간을 말하기 위해 항하사겁(恒河沙劫)이라
는 말도 쓴다. 이것은 시간 개념으로 절대적 차원을 표현하기 위해 개발된
것이다. 그 연장선상에서 무아(無我)와 초공(超空)의 경지가 열린다. 이렇
게 보면 이것은 이승에서이 인연이 다한 화자가 절대의 경지를 향해 길 떠
남을 가리키는 것이다.

주서요 그리고 그것을 웃어주서요

　님이여 나의 주검을 참을 수가 없거든 나를 사랑하지 말어 주서
요 그리하고 나로 하야금 당신을 사랑할 수가 없도록 하야주서요
　나의 몸은 터럭 하나도 빼지 아니한채로 당신의 품에 사러지겠
습니다

　님이여 당신과 내가 사랑의 속에서 하나가 되는 것을 참어 주서
요 그리하야 당신은 나를 사랑하지 말고 나로 하야금 당신을 사랑
할 수가 없도록 하야주서요[3] 오오 님이여

---

3) 님이여 당신과 내가 사랑의 속에서 하나가 되는 것을 참어 주서요 (……)
　그리하고 당신은 나를 사랑하지 말고 나로 하야금 당신을 사랑할 수가
　없도록 하야주서요: 여기서 앞문장과 뒷문장의 사랑은 각기 그 내포가 다
　르다. 앞문장의 사랑은 세속적 차원을 초월한 사랑이다. 그에 반해서 후자
　의 사랑은 세속적 차원, 또는 우리가 일상생활에서 갖는 애정형태를 가리
　킨다. 화자는 세속적인 애욕의 차원을 벗어나 해탈과 견성(見性)의 경지에
　이르기를 기한다. 그러니까 참사랑 속에서 (해탈의 경지) 감각적 차원의 사
　랑이 유보되는 것이다.

어늬것이 참이냐

  엷은 사(紗)의 장막이 적은 바람에 휘둘려서 처녀의 꿈을 쉽싸듯이 자최도 없는 당신의 사랑은 나의 청춘을 휘감습니다[1]

  발딱거리는 어린 피는 고요하고 맑은 천국의 음악에 춤을 추고 헐떡이는 적은 령(靈)은 소리 없이 떨어지는 천화(天花)의 그늘에 잠이 듭니다

  가는 봄비가 드린 버들에 둘려서 푸른 연기가 되듯이 끝도 없는 당신의 정(情) 실이 나의 잠을 얽습니다[2]

  바람을 따러가랴는 쩌른 꿈은[3] 이불 안에서 몸부림치고 강 건너

---

1) **자최도 없는 당신의 사랑은 나의 청춘(靑春)을 휘감습니다**:〈자최〉→〈자취〉. 이 시의 화자는 전체 문맥으로 미루어 보아서 감각적 차원을 넘어선 사랑을 하고 있다. 그 상대가 〈당신〉이다. 그 사랑이 자취가 없다는 것은 이미 그가 제행무상(諸行無常)의 경지가 열려 있음을 뜻한다.

2) **끝도 없는 당신의 정(情)실이 나의 잠을 얽습니다**: 흔히 남녀간의 사랑을 우리 사회에서는 붉은 빛과 푸른 빛의 실타래에 비유한다. 이것을 2차 형태로 매체화한 것이 정실, 곧 정사(情絲)다. 이 구절 앞에 〈봄비가 드린 버들에 둘려서 푸른 연기가 되듯이〉가 있음에 주의를 요한다. 여기서 〈드린〉은 〈드리운〉, 곧 〈늘어진〉의 뜻이다. 봄비가 내리는 가운데 푸른 빛을 띠게 된 버들을 비유해서 이렇게 말한 것이다. 이런 비유는 〈당신〉을 생각하는 화자의 마음이 연약한 상태에 있으며 잔조로움을 뜻한다. 그 의식의 성향이 감각적 차원에 머문 점으로 보아 화자의 사랑은 해탈의 경지에 이르지 못한 것이다.

3) **바람을 따러가랴는 쩌른 꿈은**: 바람을 따라 가려는 짧은 꿈. 꿈을 꾸는 주체는 이 시의 화자다. 이런 표현으로 보아 화자의 마음은 안정을 얻지 못

사람을 부르는 바쁜 잠꼬대는 목 안에서 그네를 뜁니다[4]

  비낀 달빛이 이슬에 젖인 꽃수풀을 싸락이처럼 부시듯이 당신의 떠난 한(恨)은 드는 칼이 되야서 나의 애를 도막도막 끊어 놓았습니다

  문 밖의 시냇물은 물결을 보태랴고 나의 눈물을 받으면서 흐르지 않습니다

  봄 산의 미친 바람은 꽃 떨어트리는 힘을 더하랴고 나의 한숨을 기다리고 섰습니다[5]

한 것이다.

4) 잠꼬대는 목 안에서 그늬를 뜁니다: 〈그늬〉→〈그네〉. 목안에서 그네를 뛴다는 것은 삐꺽거리는 불협화음을 내는 상태를 가리킨다. 이 또한 화자의 조바심치는 마음을 뜻한다.

5) 봄 산의 미친 바람은 꽃 떨어트리는 힘을 더하랴고 나의 한숨을 기다리고 섰습니다: 이 부분 바로 앞이 〈문밖에 시냇물은 물결을 보태랴고 나의 눈물을 받으면서 흐르지 않습니다〉이다. 시냇물을 눈물과 대비하고, 봄에 부는 바람을 낙화를 재촉하는 매체로 잡은 다음 그것을 다시 〈나의 한숨〉과 일체화 시켰다. 이것은 〈당신〉을 생각하는 〈나〉의 마음이 번민과 갈등에 쌓여 있음을 뜻한다. 이런 갈등구조는 불교 이전의 인도식 사유에 비추어 생각해 보는 것이 좋다.

정천한해(情天恨海)[1]

가을 하늘이 높다기로
정(情) 하늘을 따를소냐
봄바다가 깊다기로
한(恨) 바다만 못하리라

높고 높은 정하늘이
싫은 것은 아니지만
손이 낮어서[2]
오르지 못하고
깊고 깊은 한 바다가
병될 것은 없지마는
다리가 쩔러서[3]
건느지 못한다

손이 자래서[4] 오를 수만 있으면

---

1) **정천한해(情天恨海)**: 정한이 넘쳐나 하늘을 덮고 바다를 메운다는 뜻. 『님의 침묵』에 수록' 작품 가운데서 많지 못한 예로 세속적인 애정의 세계를 노래한 것이다.
2) **손이 낮어서**: 손이 낮아서. 키가 낮아서, 또는 손이 짧아서가 되어야 할 부분이다.
3) **다리가 쩔러서**: 자리가 짧아서.

정 하늘은 높을수록 아름답고
다리가 길어서 건늘수만 있으면
한 바다는 깊을수록 묘하니라

만일 정 하늘이 무너지고 한 바다가 마른다면
차라리 정천(情天)에 떨어지고 한해(恨海)에 빠지리라[5]

아아 정 하늘이 높은 줄만 알았더니
님의 이마보다는 낮다
아아 한 바다가 깊은 줄만 알았더니
님의 무릎보다는 옅다

손이야 낮든지 다리야 찌르든지
정 하늘에 오르고 한 바다를 건느랴면
님에게만 안기리라

---

4) 손이 자래서: 손이 닿을 수 있어서.
5) 차라리 정천(情天)에 떨어지고 한해(恨海)에 빠지리라: 가정법이 쓰인 부
분으로 의미맥락상 모순이 일어나고 있다. 앞에서 이미 하늘은 무너지고
바다가 마르는 사태가 예견 되었다. 그렇다면 화자가 떨어지고 빠질 공간
은 없는 것이다. 그럼에도 이런 표현이 이루어진 것은 〈님〉에 대한 나의
사무치는 사랑 때문으로 보아야 한다.

첫 『키쓰』[1]

마서요 제발 마서요

보면서 못보는체 마서요

마서요 제말 마서요

입설을 다물고 눈으로 말하지 마서요[2]

마서요 제발 마서요

뜨거운 사랑에 웃으면서 차디찬 잔 부끄럼에 울지 마서요

마서요 제발 마서요

세계의 꽃을 혼저 따면서 항분(亢奮)에 넘쳐서 떨지 마서요[3]

마서요 제발 마서요

---

1) 첫 『키쓰』: 이 말은 만해가 「님의 침묵」 머리에서 이미 쓴 것이다. 19세기 말 개항이 이루어지고 서구의 풍속으로 키쓰가 들어왔을 때 보수 유학자들은 그것을 금수의 짓거리라고 배제했다. 뿐만 아니라 일찍 만해는 불문에 귀의한 터여서 이런 모양의 애정 표현을 금기로 해야 할 몸이었다. 그런 그가 작품의 제목을 이런 것으로 택했다. 이것은 예술이 감각적 생활의 배제가 아니라 그 수용으로 이루어질 수 밖에 없다는 것을 만해가 인식한 결과로 보인다.

2) 입설을 다물고 눈으로 말하지 마서요: 〈입설〉→〈입술〉. 눈으로 말한다는 것은 사랑이 언어를 넘어, 마음과 느낌으로 이루어지는 것임을 뜻한다. 그런 차원을 불교에서는 이심전심(以心傳心)이라고 한다.

3) 세계의 꽃을 혼저 따면서 항분(亢奮)에 넘쳐서 떨지 마서요: 〈혼저〉→〈혼자〉. 〈항분(亢奮)〉 더할 나위없이 큰 흥분, 〈항(亢)〉은 〈극(極)〉을 가리키는 뜻을 포함한다. 남녀간의 애정이 절정에 이르면 왼 세계와 우주가 자기 품에 안기듯 생각된다. 그 비유 형태를 〈세계의 꽃〉이라고 한 것이다.

　미소는 나의 운명의 가슴에서 춤을 춥니다 새삼스럽게 스스러
워 마서요

선사(禪師)의 설법(說法)[1]

나는 선사의 설법을 들었습니다

「너는 사랑의 쇠사슬에 묶여서 고통을 받지말고 사랑의 줄을 끊어라 그러면 너의 마음이 질거우리라」[2]고 선사는 큰 소리로 말하얐습니다

그 선사는 어지간히 어리석습니다

사랑의 줄에 묶이는 것이 아프기는 아프지만 사랑의 줄을 끊으면 죽는 것보다도 더 아픈 줄을 모르는 말입니다

사랑의 속박은 단단히 얽어매는 것이 풀어주는 것입니다[3]

---

1) **선사(禪師)의 설법(說法)**: 불교에서 선(禪)은 마음을 가다듬어 무아의 경지가 되어 우주와 삼라만상의 철리를 깨치는 것을 가리킨다. 선사는 그런 경지에 이른 스님을 높여서 하는 말이다. 설법은 불교의 깊은 이치를 말하여 일깨우는 것을 가리킨다.

2) **너는 사랑의 쇠사슬에 묶여서 고통을 받지말고 사랑의 줄을 끊어라 그러면 너의 마음이 질거우리라**: 〈쇠사실〉→〈쇠사슬〉. 불교에서 〈사랑〉은 두 가지로 차원을 달리하는 의미를 갖는다. 하나는 세속적인 의미의 애정과 같은 맥락에서 이루어지는 사랑이다. 다른 하나가 해탈을 거쳐 보살행의 단계에서 실현되는 대자대비(大慈大悲)의 사랑이다. 여기서 사랑은 전자의 경우를 가리킨다. 세속적인 애정은 번뇌의 씨앗이 된다. 그러니까 선사가 그것을 끊으라고 한 것이다. 〈질거우리라〉→〈즐거우리라〉.

3) **사랑의 속박은 단단히 얽어매는 것이 풀어주는 것입니다**: 모순어법이 사용되어 있다. 불법에는 큰 번뇌가 대해탈이 전제가 된다. 세속적인 사랑을 어설프게 회피해 가면 마음의 고통과 번뇌가 크게 생기지 않는다. 그러나 세속적 사랑에 속박되어 크게 고민하다가 그것을 벗어나게 되면 대오각성

그러므로 대해탈(大解脫)은 속박에서 얻는 것입니다

님이여 나를 얽은 님의 사랑의 줄이 약할까버서 나의 님을 사랑하는 줄을 곱들였습니다

의 경지가 열린다. 이 부분은 그런 속뜻을 담은 문장이다.

그를 보내며[1]

그는 간다 그가 가고 싶어서 가는 것도 아니요 내가 보내고 싶
어서 보내는 것도 아니지만 그는 간다

그의 붉은 입설 흰 니 가는 눈썹이 어여쁜 줄만 알었더니 구름
같은 뒷머리 실버들 같은 허리 구슬 같은 발꿈치가 보다도 아름답
습니다[2]

걸음이 걸음보다 멀어지더니 보이랴다 말고 말랴다 보인다

사람이 멀어질수록 마음은 가까워지고 마음이 가까워질수록 사
람은 멀어진다

보이는 듯한 것이 그의 흔드는 수건인가 하얐더니 갈마기보다
도 적은 쪼각 구름이 난다[3]

---

1) **그를 보내며**: 여기서 〈그〉는 남성으로 생각되는 화자가 사랑하는 이성이
다. 본문에 나오는 그녀의 육감적인 모습으로 그런 유추가 가능하다.
2) **그의 붉은 입설 흰 니 가는 눈썹이 어여쁜 줄만 알었더니 구름 같은 뒷**
머리 실버들 같은 허리 구슬 같은 발꿈치가 보다도 아름답습니다: 〈입설〉
→〈입술〉. 〈붉은 입술 흰니 가는 눈썹〉은 우리 전통사회에서 미인을 말할
때 관용구로 쓰인 〈호치단순(晧齒丹脣)〉와 유미(柳眉)의 순 우리말형이다.
이것은 한용운의 마음 속에 전통적 미인의 모습이 뚜렷이 간직되었음을 말
해주는 증거로 생각된다.
3) **보이는 듯한 것이 그의 흔드는 수건인가 하얐더니 갈마기보다도 적은 쪼**
각 구름이 난다: 〈하얐더니〉→〈하였더니〉, 〈갈마기〉→〈갈매기〉. 현대시의
기법으로 흔히 쓰이는 것이 비유다. 비유는 매체가 그 비유에서 거리가 먼
것, 곧 이질적인 정도가 크면 클수록 정서보유의 폭이 커진다. 〈손수건〉에

대해 〈구름〉은 매우 이질적인 것이다. 한용운은 여기서 손수건의 매체로 〈쪼각구름〉을 이끌어 들였다. 이것으로 그는 매우 참신한 심상이 제시되는 비유를 쓴 것이다.

금강산(金剛山)[1]

만이천봉(萬二千峯)! 무양(無恙)하냐[2] 금강산(金剛山)아

너는 너의 님이 어데서 무엇을 하는지 아너냐[3]

너의 님은 너 때문에 가슴에서 타오르는 불꽃에 왼갖 종교, 철학, 명예, 재산 그 외에도 있으면 있는대로 태어버리는 줄을 너는 모를리라

너는 꽃에 붉은 것이 너냐

너는 잎에 푸른 것이 너냐

너는 단풍에 취한 것이 너냐

너는 백설에 깨인 것이 너냐

---

1) **금강산(金剛山)**: 여기서 금강산은 우리 국토의 한 부분인데 그치지 않는다. 만해 자신으로 해석될 수 있는 화자를 통해서 금강산은 그지 없는 그리움의 대상으로 그려져있다. 『님의 침묵』에 담긴 많치 못한 애국의 노래이며 국토 산하를 예찬한 시다.

2) **무양(無恙)**: 탈이 없음. 병이 없이 잘 있는 것.

3) **너는 너의 님이 어데서 무엇을 하는지 아너냐**: 〈어데서〉→〈어디서〉, 〈아너냐〉→〈아느냐〉. 여기서 금강산이 〈너〉로 2인칭이 되었음에 주의를 요한다. 그에 대해 〈님〉은 3인칭이며 금강산이 그의 부수형태가 되어 있다. 다음줄에서 그 〈님〉은 한반도내의 최고 명승 금강산을 지키기 위해 〈종교, 철학, 명예 재산〉 등을 모조리 배제, 부정한다. 이런 말의 바닥에는 만해 나름의 국토에 대한 사랑이 깔려 있다고 봐야한다. 우리가 이 시를 애국의 노래로 읽는 까닭이 바로 여기에 있다.

나는 너의 침묵을 잘 안다

너는 철모르는 아해들에게 종작없는 찬미를 받으면서 시쁜 웃음을[4] 참고 고요히 있는 줄을 나는 잘 안다

그러나 너는 천당이나 지옥이나 하나만 가지고 있으려므나

꿈 없는 잠처럼 깨끗하고 단순하란 말이다

나도 쩌른 갈궁이로 강건너의 꽃을 꺾는다고 큰말하는 미친 사람은 아니다[5] 그레서 침착하고 단순하랴고 한다

나는 너의 입김에 불려오는 쪼각 구름에 「키쓰」한다

만이천봉 무양하냐 금강산아

너는 너의 님이 어데서 무엇을 하는지 모르지

---

4) 시쁜 웃음: 시들한 웃음.

5) 나도 쩌른 갈궁이로 강건너의 꽃을 꺾는다고 큰말하는 미친 사람은 아니다: 〈쩌른〉→〈짧은〉, 〈갈궁이〉→〈갈고장이〉. 강 건너에 있는 꽃을 강 이쪽에서 갈고장이를 꺾어 낼 수가 없다. 가능하지가 않은 일을 하고자 허망한 생각을 하니까 미친 사람에 대비된 것이다.

님의 얼골[1]

님의 얼골을 「어여쁘다」고 하는 말은 적당한 말이 아닙니다
  어여쁘다는 말은 인간(人間) 사람의[2] 얼골에 대한 말이요 님은
인간의 것이라고 할 수가 없을만치 어여쁜 까닭입니다

  자연은 어찌하야 그렇게 어여쁜 님을 인간으로 보냈는지 아모리
생각하야도 알 수가 없습니다
  알겄습니다[3] 자연의 가온대에는[4] 님의 짝이 될만한 무엇이 없는
까닭입니다

  님의 입설 같은 연(蓮)꽃이 어데 있어요[5] 님의 살빛 같은 백옥
(白玉)이 어데 있어요
  봄 호수에서 님의 눈ㅅ결 같은 잔 물결을 보았읍니까 아츰 볕에

---

1) **님의 얼골**: 한용운의 시에서 님은 「군말」에 이미 그 속뜻이 풀이되어 나온
  다. 그것은 불교의 석가모니 부처가 될 수 있고 조국과 사랑한 사람으로
  파악되기도 한다. 여기서 님은 그 가운데 첫째 유형에 속하는 불법의 차원
  이다. 곧 해탈, 견성의 경지에 이른 각자(覺者)다.
2) **인간(人間) 사람**: 현대 국어어에서는 인간=사람이다. 그러나 개항(開港) 이
  전의 우리 사회에서 인간은 인간 사회를 가리켰다. 따라서 〈인간 사람〉은
  같은 말 겹치기가 아니다.
3) **알겄습니다**: 알겠습니다.
4) **가온대에는**: 가운데에는.
5) **님의 입설 같은 연(蓮)꽃이 어데 있어요**: 〈입설〉→〈입술〉. 연꽃이 아름답
  다고 하나 님의 입술이 더 아름답다는 말.

서 님의 미소 같은 방향(芳香)을 들었습니까[6]

　천국의 음악은 님의 노래의 반향(反響)입니다 아름다운 별들은
님의 눈빛의 화현(化現)입니다

　아아 나는 님의 그림자여요[7]
　님은 님의 그림자 밖에는 비길만한 것이 없습니다
　님의 얼골을 어여쁘다고 하는 말은 적당한 말이 아닙니다

---

6) **아츰 볕에서 님의 미소 같은 방향을 들었습니까:** 〈아츰〉→〈아침〉. 〈볕〉은
〈빛〉의 오기로 생각된다. 아침 빛이나 미소는 다 같이 시각적 범주에 드는
것으로 향기, 곧 후각적 사실과 무관하다. 그것을 만해는 시각 미각으로
전이시켰다. 만해의 시에는 이와 같은 공미적 심상이 매우 빈번하게 나타
난다.

7) **아아 나는 님의 그림자여요:** 불법의 경지에서 석가모니 부처로 비정이 가
능한 〈님〉의 위상은 워낙 절대적이다. 그를 섬기는 일체 중생의 시각에서
보면 〈나〉는 님의 그림자일 수 밖에 없는 것이다.

심은 버들[1]

뜰 앞에 버들을 심어
님의 말을 매랴드니[2]
님은 가실 때에
버들을 꺾어 말채찍을 하얏습니다[3]

버들마다 채찍이 되야서
님을 따르는 나의 말도 채칠까 하얏드니[4]
남은 가지 천만사(千萬絲)는
해마다 해마다 보낸 한(恨)을 잡어 맵니다

---

1) **심은 버들**: 4행이 한 연을 이룬 두 연으로 된 시다. 만해의 시 가운데는 드
   물게 단순 애정시에 속한다.
2) **매랴드니**: 매려고 하였더니.
3) **말채칙을 하얏습니다**: 말채찍을 하였습니다.
4) **나의 말도 채칠까 하얏드니**: 〈채칠까〉→〈채찍질 할까〉, 〈하얏드니〉→〈하
   였더니〉.

낙원(樂園)은 가시덤불에서[1]

    죽은 줄 알었든 매화나무 가지에 구슬 같은 꽃방울을 맺혀 주는 쇠잔한 눈위에 가만히 오는 봄기운은 아름답기도 합니다

    그러나 그밖에 다른 하늘에서 오는 알 수 없는 향기는[2] 모든 꽃의 주검을 가지고 다니는 쇠잔한 눈이 주는 줄을 아십니까

    구름은 가늘고 시냇물은 옅고 가을 산은 비었는데 파리한 바위 새이에 실컷 붉은 단풍은 곱기도 합니다

    그러나 단풍은 노래도 부르고 울음도 웁니다 그러한 「자연의 인생」은 가을바람의 꿈을 따러 사러지고 기억에만 남어 있는 지난 여름의 무르녹은 녹음이 주는 줄을 아십니까

    일경초(一莖草)가 장육금신(丈六金身)이 되고 장육금신(丈六金身)이 일경초(一莖草)가 됩니다[3]

---

1) **낙원(樂園)**: 낙원은 기독교에서 쓰는 말로 불교에는 이에 해당되는 공간을 극락이라고 한다. 불교도인 만해가 이런 말을 쓴 것은 그가 시를 재래식 의식을 벗어난 차원에서 쓰기로 한 생각의 결과로 보아야 한다.

2) **다른 하늘에서 오는 알 수 없는 향기**: 불교는 그 유현한 경지를 제시하기 위해 갖가지 시간과 공간 개념을 만들어 내었다. 거기서 공간을 대표하는 것이 여러 하늘이다. 불교에는 범천, 도리천, 자재천 등 여러 하늘이 있다. 여기서 〈다른 하늘〉이란 그 가운데 하나로 〈이승〉과는 구별되는 다른 세상이다. 〈알 수 없는 향기〉는 불법의 비의(秘義)를 담은 차원을 가리킨다.

3) 일경초(一莖草)가 장륙금신(丈六金身)이 되고 장륙금신(丈六金身)이 일경

천지는 한 보금자리요 만유(萬有)는 같은 소조(小鳥)입니다
나는 자연의 거울에 인생을 비쳐 보았습니다
고통의 가시덤불 뒤에, 환희의 낙원을 건설하기 위하야 님을 떠
난 나는 아아 행복입니다

초(一莖草)가 됩니다: 일경초(一莖草)−한줄기로 된 풀, 보잘 것이 없는 것
의 비유, 장륙(丈六)−부처의 상, 그 높이가 1장 6척으로 된 것이 많아서
이렇게 말한다.

참말인가요[1]

그것이 참말인가요 님이여 속임 없이 말씀하야 주서요

당신을 나에게서 빼앗어 간 사람들이 당신을 보고 「그대는 님이 없다」고 하얐다지요

그레서 당신은 남모르는 곳에서 울다가 남이 보면 울음을 웃음으로 변한다지요[2]

사람의 우는 것은 견딜 수가 없는 것인데 울기조처 마음대로 못하고 웃음으로 변하는 것은 주검의 맛보다도 더 쓴 것입니다

그러면 나는 그것을 변명하지 않고는 견딜 수가 없습니다

나의 생명의 꽃가지를 있는대로 꺾어서 화환을 만들어 당신의 목에 걸고 「이것이 님의 님이라」고 소리쳐 말하겠습니다[3]

---

1) **참말인가요**: 여성으로 생각되는 화자가 그가 사랑하는 당신에게 가슴 속에 담긴 생각을 펴고 있는 작품이다. 내용에 민족 의식이 내포되어 있어 단순 애정시가 아닌 반제(反帝)의 시로 보아야 한다.

2) **당신은 남모르는 곳에서 울다가 남이 보면 울음을 웃음으로 변한다지요**: 여기서 〈님〉은 이성의 애인이 아니라 국가, 민족의 개념에 수렴된다. 그것을 빼앗아 간 사람들은 따라서 일제다. 일제의 식민지 체제하에서는 나라, 겨레를 생각하고 마음대로 울 자유가 없었다. 울음을 웃음으로 바꾸는 까닭이 바로 여기에 있다.

3) **생명의 꽃가지를 있는대로 꺾어서 화환을 만들어 당신의 목에 걸고 「이것이 님의 님이라」고 소리쳐 말하겠습니다**: 여기까지의 문맥으로 보아 화자에게 〈당신〉은 목숨 이상의 목숨이다. 그는 식민체제타파를 기도하는 항일 저항 운동자다. 항일 저항 운동자에게는 항상 검거, 투옥의 위험이 뒤따르며 그것은 생존이 위협당하는 사태다. 그런 그에게 화자는 〈생명의 꽃가지〉로 화환을 만들어 바치고자 한다. 화자 그를 가리켜 〈님의 님〉이라고

그것이 참말인가요 님이여 속임 없이 말씀하야 주서요

당신을 나에게서 빼앗어 간 사람들이 당신을 보고 「그대의 님은 우리가 구하야 준다」고 하얏다지요

그래서 당신은 「독신생활을 하겠다」고 하얏다지요

그러면 나는 그들에게 분풀이를 하지 않고는 견딜 수가 없습니다

많지 안한 나의 피를 더운 눈물에 섞어서 피에 목마른 그들의 칼에 뿌리고 「이것이 님의 님이라」고 울음 섞어서 말하겠습니다[4]

하는 것은 민족 해방이 생존과 생명을 넘어서 있는 절대적 의미체계임을 뜻한다.

4) 나의 피를 더운 눈물에 섞어서 피에 목마른 그들의 칼에 뿌리고 「이것이 님의 님이라」고 울음 섞어서 말하겠습니다: 여기서 칼은 무력으로 우리 주권을 강탈한 일제를 가리킨다. 이미 앞에 나타난 바와 같이 화자의 눈물은 〈님〉과 일체화 된 조국을 위해 뿌리는 것이다. 그것을 화자의 피와 섞는다는 것은 화자가 반제 투쟁의 결의 속에 한 몸을 희생할 각오도 되어 있음을 뜻한다. 이렇게 보면 이 작품은 바닥에 반식민지투쟁의 결의를 담은 시다.

꽃이 먼저 알어[1]

옛집을 떠나서 다른 시골에 봄을 만났습니다
꿈은 이따금 봄바람을 따러서 아득한 옛터에 이릅니다
지팽이는 푸르고 푸른 풀빛에 묻혀서 그림자와 서로 따릅니다[2]

길가에서 이름도 모르는 꽃을 보고서 행여 근심을 잊힐까 하고
앉었습니다
꽃송이에는 아침 이슬이 아즉 마르지 아니한가 하얏더니 아아
나의 눈물이 떨어진 줄이야 꽃이 먼저 알었습니다[3]

---

1) 꽃이 먼저 알어: 이 작품은 고향을 떠나 타관 땅을 떠도는 화자의 심경을
노래한 것이다. 떠돌이의 신세를 슬퍼하면서 화자가 눈물을 뿌린다. 그것
을 봄철에 핀 꽃이 먼저 알게 되었다는 것이 이 작품의 내용이다.
2) 지팽이는 푸르고 푸른 풀빛에 묻혀서 그림자와 서로 따릅니다: 지팽이는
방랑자의 상징이다. 그 지팽이가 푸르며 푸른 풀빛에 묻힌다. 화자의 심경
이 슬프지만은 않고 낭만적인 점도 가지고 있음을 뜻한다.
3) 꽃송이에는 아침 이슬이 아즉 마르지 아니한가 하얏더니 아아 나의 눈물
이 떨어진 줄이야 꽃이 먼저 알었습니다: 〈아즉〉→〈아직〉, 〈하얏더니〉→
〈하였더니〉, 〈알었습니다〉→〈알았습니다〉. 꽃에 눈물을 뿌린 것은 두보(杜
甫)의 시에도 나온다. 〈시절을 느껴워하여 꽃에 눈물을 뿌리고(감시화천루
(感時花濺淚))〉. 만해는 두보와 달리 눈물을 아침 이슬과 대비시켰다. 시인
의 감정이 직설적이 아닌 정서적 매체로 제시된 점이 주목된다.

찬송(讚頌)[1]

님이여 당신은 백번(百番)이나 단련(鍛鍊)한 금(金)결입니다[2]

뽕나무 뿌리가 산호(珊瑚)가 되도록[3] 천국의 사랑을 받읍소서

님이여 사랑이여 아침볕의 첫걸음이여

님이여 당신은 의(義)가 무거웁고 황금(黃金)이 가벼운 것을 잘 아십니다[4]

거지의 거친 밭에 복의 씨를 뿌리옵소서

님이여 사랑이여 옛 오동(梧桐)의 숨은 소리여[5]

---

1) **찬송(讚頌)**: 찬송은 덕을 일컫고 기리는 것을 뜻한다. 이 작품에서 그 대상이 되고 있는 것은 해탈, 중생제도의 경지에 이른 존재로 추정된다.

2) **님이여 당신은 백번이나 단련한 금(金)결**: 승가에서는 석가여래불을 가리켜 금신(金身)이라고 한다. 여기서 백번(百番)은 고정된 숫자가 아니라 매우 도저한 차원을 가리킨다. 따라서 화자에게 〈님〉은 석가여래에 버금가는 절대권위로 자리하는 존재다.

3) **뽕나무 뿌리가 산호(珊瑚)가 되도록**: 여기 나오는 뽕나무 뿌리는 한자의 성어인 상전벽해(桑田碧海)를 연상하게 만든다. 그 뜻은 사람이 살던 마을이(상전) 푸른 바다로 변할 정도로 큰 변화가 일어남을 가리킨다. 뽕나무 뿌리가 바다물에 잠긴 다음 수많은 세월을 거치면 혹 그것이 산호로 변할 수 있을지 모른다. 만해는 이런 표현을 통해서 매우 아득한 시간, 절대적 의미의 경지를 표현하고자 한 것이다.

4) **님이여 당신은 의(義)가 무거웁고 황금(黃金)이 가벼운 것을 잘 아십니다**: 해탈, 견성의 경지에 이른 〈당신〉이므로 세속적인 이익을 초월해 있다. 그에 반하여 의(義)는 악을 깨치고 중생들에게 자유와 평화를 누리게 하려는 경우의 행동지표가 된다. 이런 의식을 가졌으므로 의가 무겁다고 한 것이다.

님이여 당신은 봄과 광명과 평화를 좋아 하십니다
약자의 가슴에 눈물을 뿌리는 자비의 보살이 되옵소서
님이여 사랑이여 얼음 바다에 봄바람이여

---

5) 옛 오동(梧桐)의 숨은 소리여: 한문의 대귀 중 하나에 〈동천년로항장곡(桐千年老恒藏曲)〉이라는 것이 있다. 그 뜻은 〈오동나무는 천년을 묵어 언제나 노래를 갈무리 한다〉이다. 이 말의 대가 되는 것이 〈매화는 추위에 시달리면서도 한 평생 향기를 팔지 않는다—매일생한불매향(梅一生寒不賣香)〉이다. 오동나무가 수 많은 세월을 거치면서도 품격과 멋을 갈무리하며 매화가 어려운 환경을 견디고 이겨내어 그 위의를 굳게 지킨다는 뜻이다. 여기서 유추되는 바 이 시의 화자는 〈님〉을 높은 품격, 굳은 지조를 지닌 존재로 받들며 기리고 있다.

논개(論介)의 애인이 되야서 그의 묘에[1]

날과 밤으로 흐르고 흐르는 남강(南江)은 가지 않습니다[2]

바람과 비에 우두커니 섰는 촉석루(矗石樓)는 살 같은 광음을 따러서 다름질칩니다

논개여 나에게 울음과 웃음을 동시에 주는 사랑하는 논개여

그대는 조선의 무덤 가운데 피었든 좋은 꽃의 하나이다 그레서 그 향기는 썩지 않는다

나는 시인으로 그대의 애인이 되얐노라

그대는 어데 있너뇨 죽지 안한 그대가 이 세상에는 없고나[3]

---

1) **논개(論介)**: 출생 연도 일시 미상. 선조 27년 진주에 쳐들어온 왜군을 유인하여 남강 절벽 위에서 그를 껴안고 몸을 던져 순국했다. 그가 투신한 바위를 의암(義巖)이라고 하며 투신, 순국한 바위 위에 그의 매운 절개를 기리는 사당이 서 있다. 논개를 소재로 한 시는 정다산(丁茶山), 황매천(黃梅泉), 장지연(張志淵) 등이 썼으며 변영로(卞榮魯)의 작품에도 「논개」라는 제목의 작품이 있다.

2) **날과 밤으로 흐르고 흐르는 남강(南江)은 가지 않습니다**: 남강은 강물이다. 강물이니까 밤과 낮을 가리지 않고 흘러간다. 그러나 가냘픈 여자의 손으로 적장의 목을 잡고 빠져죽은 논개의 죽음은 우리 가슴 속에 길이 마모되지 않는 비가 되어 서 있다. 이 기억이 우리 가슴에 살아 있는 한 남강물은 무심하게 흘러가는데 그치는 강물이 아니다.

3) **나는 시인(詩人)으로 그대의 애인(愛人)이 되얐노라/ 그대는 어데 있너뇨 죽지 안한 그대가 이 세상에는 없고나**: 한용운과 같이 민족사를 되새길 줄 아는 사람들에게 논개는 죽어 없어진 것이 아니라 가슴 속에 생생히 살아 있다. 그런데 살아있어 아침 저녁으로 만날 수 있어야 할 논개(論介)가 이 세상에는 없다. 한용운은 역설적인 상황을 이렇게 말하여 민족적 현실을 어기차한 것이다. 〈되얐노라〉→〈되었노라〉, 〈어데있너뇨〉→〈어디있느뇨〉,

나는 황금의 칼에 베혀진 꽃과 같이 향기롭고 애처로운 그대의 당년(當年)을 회상한다

술향기에 목마친[4] 고요한 노래는 옥(獄)에 묻힌 썩은 칼을 울렸다

춤추는 소매를 안고 도는 무서운 찬바람은 귀신나라의 꽃수풀을 거쳐서 떨어지는 해를 얼렸다[5]

가냘핀 그대의 마음은 비록 침착하얏지만 떨리는 것보다도 더욱 무서웠다

아름답고 무독(無毒)한 그대의 눈은 비록 웃었지만 우는 것보다도 더욱 슬펐다

붉은듯 하다가 푸르고 푸른듯 하다가 회어지며 가늘게 떨리는 그대의 입설은 웃음의 조운(朝雲)이냐 울음의 모우(暮雨)이냐[6] 새

〈죽지 안한〉→〈죽지 않은〉.

4) 술향기에 목마친: 〈목마친〉→〈목이 메인〉, 〈목이 막힌〉.

5) 춤추는 소매를 안고 도는 무서운 찬바람은 귀신(鬼神) 나라의 꽃수풀을 거쳐서 떨어지는 해를 얼렸다: 〈춤추는 소매〉는 적장을 유인하려고 함께 춘 춤을 형상화 한 것. 〈무서운 찬 바람〉은 적장을 죽이기로 결심한 논개의 처절한 마음이 일으킨 기운. 〈얼렸다〉는 〈얼게 하였다〉.

6) 입설은 웃음의 조운(朝雲)이냐 울음의 오무(暮雨)이냐: 〈입설〉→〈입술〉. 〈조운모우(朝雲暮雨)〉는 한자의 고사성어다. 남녀간 정을 나누는 것을 가리키는데 여기서는 그것을 두 자씩 분리하여 그 앞에 〈웃음〉과 〈울음〉을 붙였다. 논개가 적장을 안고 강물에 투신하기로 결심했을 때의 착잡한 마음을 이렇게 표현한 것이다.

벽달의 비밀이냐 이슬꽃의 상징이냐

　삐비같은[7] 그대의 손에 꺾기우지 못한 낙화대의 남은 꽃은 부끄럼에 취하야 얼골이 붉었다

　옥(玉)같은 그대의 발꿈치에 밟히운 강언덕의 묵은 이끼는 교긍(驕矜)에 넘쳐서 푸른 사롱(紗籠)으로 자기의 제명(題名)을 가리었다[8]

　아아 나는 그대도 없는 빈 무덤 같은 집을 그대의 집이라고 부릅니다

　만일 이름 뿐이나마 그대의 집도 없으면 그대의 이름을 불러 볼 기회가 없는 까닭입니다

　나는 꽃을 사랑합니다마는 그대의 집에 피어있는 꽃을 꺾을 수는 없습니다

　그대의 집에 피어있는 꽃을 꺾으랴면 나의 창자가 먼저 꺾어지

---

7) 삐비: 충남 · 전라도 지방의 삘기의 방언. 빼빼한 모양을 나타낸듯 생각되며 가냘프고 매마른 손을 형상한 것으로 보인다.

8) 옥(玉)같은 그대의 발꿈치에 밟히운 강(江)언덕의 묵은 이끼는 교긍(驕矜)에 넘쳐서 푸른 사롱(紗籠)으로 자기(自己)의 제명(題名)을 가리었다: 〈그대의 발꿈치〉는 논개의 발을 가리키며 〈교긍(驕矜)〉은 긍지로 마음 속에 간직된 자랑스러움을 뜻한다. 논개의 높은 절개가 워낙 자랑스러워서 이끼까지가 그의 발끝에 닿은 것을 보람으로 느낀다는 뜻. 〈사롱(紗籠)〉은 깁으로 둘러싼 등롱.

는 까닭입니다

　나는 꽃을 사랑합니다마는 그대의 집에 꽃을 심을 수는 없습니다

　그대의 집에 꽃을 심으랴면 나의 가슴에 가시가 먼저 심어지는

까닭입니다

　용서하여요 논개여 금석(金石)같은 굳은 언약을 저바린 것은 그

대가 아니요 나입니다

　용서하여요 논개여 쓸쓸하고 호젓한 잠자리에 외로히 누어서

끼친 한에 울고 있는 것은 내가 아니요 그대입니다

　나의 가슴에 「사랑」의 글자를 황금으로 새겨서 그대의 사당에

기념비를 세운들 그대에게 무슨 위로가 되오리까

　나의 노래에 「눈물」의 곡조를 낙인으로 찍어서 그대의 사당에

제종(祭鍾)을 울린대도 나에게 무슨 속죄가 되오리까

　나는 다만 그대의 유언대로 그대에게 다하지 못한 사랑을 영원

히 다른 여자에게 주지 아니할 뿐입니다 그것은 그대의 얼골과 같

이 잊을 수가 없는 맹서입니다

　용서하여요 논개여 그대가 용서하면 나의 죄는 신에게 참회를

아니한대도 사러지겠습니다[9)]

---

9) 용서하여요 논개여 그대가 용서하면 나의 죄는 신에게 참회를 아니한대

　도 사러지겠습니다: 앞 문장에서 한용운은 논개가 그에게 유일 절대의 여

천추에 죽지않는 논개여
하루도 살 수 없는 논개여
그대를 사랑하는 나의 마음이 얼마나 즐거우며 얼마나 슬프겠
는가
나는 웃음이 제워서[10] 눈물이 되고 눈물이 제워서 웃음이 됩니다
용서하여요 사랑하는 오오 논개여

성임을 밝혔다. 이어 이런 생각은 신앙의 차원으로 치달린다. 사람이 잘못
을 저지르면 그는 신에게 참회하고 용서를 구해야 한다. 그럼에도 여기서
화자인 한용운은 논개가 그를 용서하면 그럴 필요를 느끼지 않는다고 했
다. 이것은 그의 마음속에 새겨진 논개의 모습이 마침내는 지고의 애인이
기를 넘어 신격(神格)으로 군림하게 되었음을 뜻한다.
10) 제워서: 〈제워서〉→〈못 이겨서〉, 기본형 〈제우다〉→〈겹다〉. 이 작품은 논
개의 순국을 신앙의 차원에서 기린 노래다. 그를 통해서 만해 자신의 도저
한 항일 저항의식을 읽을 수 있다.

후회(後悔)

　당신이 계실 때에 알뜰한 사랑을[1] 못하얏습니다

　사랑보다 믿음이 많고 즐거움보다 조심이 더하얏습니다

　게다가 나의 성격이 냉담하고 더구나 가난에 쫓겨서 병들어 누운 당신에게 도로혀 소활(疎闊)하얏습니다[2]

　그러므로 당신이 가신 뒤에 떠난 근심보다 뉘우치는 눈물이 많습니다

---

1) **알뜰한 사랑**: 살뜰한 사랑. 〈알뜰하다〉는 사람에 대해서가 아니라 살림살이를 말할 때와 같이 물질적인 것을 가리킬 때 쓴다.

2) **소활(疎闊)**: 치밀하지 못하고 거침, 소홀함. 여성화자가 사무치게 사랑하는 사람에게 함께한 세월, 정성을 다해 받들지 못했음을 뉘우치는 정을 읊조리고 있는 시다.

사랑하는 까닭

내가 당신을 사랑하는 것은 까닭이 없는 것이 아닙니다
다른 사람들은 나의 홍안(紅顔)만을[1] 사랑하지마는 당신은 나의
백발도 사랑하는 까닭입니다[2]

내가 당신을 귀루어하는 것은[3] 까닭이 없는 것이 아닙니다
다른 사람들은 나의 미소만을 사랑하지마는 당신은 나의 눈물
도 사랑하는 까닭입니다

내가 당신을 기다리는 것은 까닭이 없는 것이 아닙니다
다른 사람들은 나의 건강만을 사랑하지마는 당신은 나의 주검
도 사랑하는 까닭입니다[4]

---

1) 홍안(紅顔): 젊어서 혈색이 좋고 아름답게 보이는 모양.
2) 당신은 나의 백발(白髮)도 사랑하는 까닭입니다: 여기서 〈백발〉은 나이가
   많아 늙어서 초췌해진 모습을 가리킨다. 〈백발을 사랑한다〉는 것은 겉모
   양이 아니라 마음 깊이 이루어지는 사랑을 뜻한다.
3) 기루어하는 것: 〈그리워 하는 것〉. 이 책의 첫머리 〈군말〉에 이미 사용례
   가 나와 있다.
4) 다른 사람들은 나의 건강만을 사랑하지마는 당신은 나의 주검도 사랑하
   는 까닭입니다: 불교에서는 죽음 곧 사(死)를 생(生), 로(老), 병(病)과 함께
   네 가지 고통의 하나로 본다. 주검은 이 세상에서의 목숨이 끊어지는 것임
   으로 중대한 일이 아닐 수 없다. 그러나 불교에서는 생과 사 자체를 인연이
   있어 사대(四大)가 모이고 흩어지는 것으로 본다. 그 나머지 정각(正覺)에
   이른 단계에서 주검은 하나의 현상으로 해석될 뿐이다. 여기서 우리는 화

자가 노래한 〈당신〉이 번뇌의 씨앗을 끊고 보살행의 큰 길에 들어섰음을
유추하게 된다. 그런 의미에서 이 시는 단순한 애정의 노래가 아닌 증도가
(證道歌)에 속한다.

당신의 편지

당신의 편지가 왔다기에 꽃밭 매든 호미를 놓고 떼어 보았습니다
그 편지는 글씨는 가늘고 글줄은 만하나 사연은 간단합니다[1]
만일 님이 쓰신 편지이면 글은 짜를지라도[2] 사연은 길터인데

당신의 편지가 왔다기에 바느질 그릇을 치어놓고[3] 떼어 보았습니다
그 편지는 나에게 잘 있너냐고만 묻고 언제 오신다는 말은 조금도 없습니다
만일 님이 쓰신 편지이면 나의 일은 묻지 않더래도 언제 오신다는 말을 먼저 썼을 터인데

당신의 편지가 왔다기에 약을 다리다 말고 떼어 보았습니다
그 편지는 당신의 주소는 다른 나라의 군함입니다
만일 님이 쓰신 편지이면 남의 군함에 있는 것이 사실이라 할지

---

1) 그 편지는 글씨는 가늘고 글줄은 만하나 사연은 간단합니다: 〈만하나〉〈많으나〉. 문면으로 보면 편지를 보낸 당신은 한 때 화자가 믿고 사랑한 사람이다. 그런데 그가 쓴 편지가 그 전에 쓴 것과 달리 내용이 공소한 것으로 되어 있다. 이것은 화자가 섬긴 〈당신〉의 마음이 그 동안 변질 되었음을 뜻한다.
2) 짜를지라도: 짧을지라도.
3) 치어놓고: 치워놓고.

라도 편지에는 군함에서 떠났다고 하얐을터인데[4]

---

4) 당신의 편지가 왔다기에 약을 다리다 말고 떼어 보았습니다/ 그 편지는
당신의 주소(住所)는 다른 나라의 군함(軍艦)입니다/ 만일 님이 쓰신 편
지이면 남의 군함에 있는 것이 사실이라 할지라도 편지에는 군함에서 떠
났다고 하얐을터인데: 여기서 화자는 편지를 보낸 〈당신〉을 다시 한 번 비
판했다. 그 이유가 되고 있는 것은 〈당신〉이 다른 나라의 군함에서 편지를
보냈기 때문이다. 여기서 다른 나라의 군함은 우리나라가 아닌 다른 나라
의 침략적 군사력을 상징한다. 만해는 그것을 화자를 통해 배제하고 있다.
이것으로 우리는 이 시가 그 의식의 한 가닥을 반제(反帝), 주권 회복에 두
고 있음을 알 수 있다.

거짓 이별¹⁾

당신과 나와 이별한 때가 언제인지 아십니까

가령 우리가 좋을대로 말하는 것과 같이 거짓 이별이라 할지라도
나의 입설이²⁾ 당신의 입설에 닿지 못하는 것은 사실입니다

이 거짓 이별은 언제나 우리에게서 떠날 것인가요

한해 두해 가는 것이 얼마 아니된다고 할 수가 없습니다

시들어가는 두 볼의 도화(桃花)가 무정한 봄바람에 몇 번이나
슬쳐서 낙화가 될가요³⁾

회색이 되어가는 두 귀밑의 푸른 구름이 쪼이는 가을볕에 얼마
나 바래서 백설이 될까요⁴⁾

---

1) 거짓 이별: 이별이란 두 사람이 함께 살지 못하고 떨어져 가는 일이다. 이
   별로 정마저가 멀어져 버리는 사이가 있다. 이에 반해서 이 시의 화자는
   육신이 헤어져 있어서도 마음속의 그리움은 더욱 농도가 짙게 되었음을 말
   하고 있는 것이다. 그런 까닭으로 그의 이별은 참이 아니라 〈거짓 이별〉이
   된 것이다.
2) 입설: 입술.
3) 시들어가는 두 볼의 도화(桃花)가 무정(無情)한 봄바람에 몇 번이나 슬쳐
   서 낙화(落花)가 될가요: 〈두 볼의 도화(桃花)〉는 젊어서 뺨이 붉은 여인의
   모습, 나이가 들어서 그 모양이 사라지는 것을 꽃이 떨어지는 것, 곧 〈낙화
   (落花)〉에 비유했다. 〈슬쳐서〉→〈스쳐서〉, 기본형 스치다.
4) 회색(灰色)이 되어가는 두 귀밑의 푸른 구름이 쪼이는 가을볕에 얼마나
   바래서 백설(白雪)이 될까요: 〈귀밑의 푸른 구름〉은 젊어서 푸른기 마저
   띤 검은 머리를 가리킨다. 그것이 화색이 되어간다는 것은 나이가 먹어감
   을 뜻하며 백설(白雪)로 화하는 것은 아주 늙어 흰 머리를 이게 됨을 가리
   킨다.

머리는 희어가도 마음은 붉어갑니다
피는 식어가도 눈물은 더워갑니다
사랑의 언덕엔 사태가 나도 희망의 바다엔 물결이 뛰놀어요

이른 바 거짓 이별이 언제든지 우리에게서 떠날 줄만은 알어요
그러나 한손으로 이별을 가지고 가는 날(日)은 또 한손으로 주검을 가지고 와요

꿈이라면[1]

사랑의 속박이[2] 꿈이라면
출세의 해설도 꿈입니다
웃음과 눈물이 꿈이라면
무심(無心)의 광명도 꿈입니다
일체만법(一切萬法)이 꿈이라면
사랑의 꿈에서 불멸(不滅)을 얻겠습니다[3]

---

1) 꿈이라면: 불교에서는 우주와 삼라만상이 변하지 않는 것이 없다고 본다.
   이런 생각을 바탕으로 하여 우주의 일체 만법(萬法)과 인생에서 벌어지는
   일을 꿈이며 환상으로 치는 것이다.
2) 사랑의 속박(束縛): 불교의 법리에 따르면 사랑에는 두 가지 종류가 있다.
   하나는 세속적 사랑이며 다른 하나가 보살행을 거친 가운데 이루어지는
   대자대비(大慈大悲)의 차원에 속하는 사랑이다. 앞의 사랑은 5욕을 빚어
   내서 갖가지 번뇌의 씨앗이 된다. 따라서 그것을 속박으로 본다.
3) 일체만법(一切萬法)이 꿈이라면/ 사랑의 꿈에서 불멸(不滅)을 얻겠습니다:
   불교의 법(法)이란 삼라만상을 생성변화하게 만드는 근본이치를 가리킨다.
   여기서 〈사랑〉은 이미 드러난 바와 같이 세속적 애정을 뜻한다. 화자는 그
   꿈을 통하여 영원무궁, 불멸의 차원에 이르겠다고 한다. 이것은 세속적 차
   원에 머문 채 미혹을 벗어날 수가 없는 경우다. 단 화자가 이렇게 말하고
   있는 이유는 어렵지 않게 유추가 가능하다. 이것으로 그는 그가 사무치게
   섬기는 사랑의 절대성을 강조하고 있는 것이다.

달을 보며

달은 밝고 당신이 하도 긔루었습니다[1]

자던 옷을 고쳐 입고 뜰에 나와 퍼지르고 앉아서[2] 달을 한참 보
았습니다

달은 차차차[3] 당신의 얼골이 되더니 넓은 이마, 둥근 코, 아름
다운 수염이[4] 역력히 보입니다

간 해에는 당신의 얼골이 달로 보이더니 오날 밤에는 달이 당신
의 얼골이 됩니다

당신의 얼골이 달이기에 나의 얼골도 달이 되얐습니다

나의 얼골은 그믐달이 된 줄을 당신이 아십니까[5]

아아 당신의 얼골이 달이기에 나의 얼골도 달이 되얐습니다

---

1) **긔루었습니다**: 〈그리웠습니다〉. 「군말」 주석란 참조.

2) **퍼지르고 앉아서**: 〈퍼질러 앉아서〉. 기본형, 〈퍼질러 앉다〉.

3) **차차차**: 차차의 오식 내지 오기.

4) **아름다운 수염**: 이 말로 당신이 비로소 남성임을 알 수 있다. 이것으로 이
   시는 여성화자가 남성의 사랑하는 사람을 그리는 애정시가 된다.

5) **나의 얼골은 그믐달이 된 줄을 당신이 아십니까**: 그믐밤에 달은 없다. 화
   자는 당신의 얼골이 달이기에 그도 그와 같이 달이 되었다고 말했다. 이것
   은 당신의 얼굴인 달에 내가 수렴되었음을 말한다. 화자가 당신에게 바치
   는 절대의 사랑을 이렇게 말한 것이다.

인과율(因果律)[1]

당신은 옛 맹서를 깨치고 가십니다

당신의 맹서는 얼마나 참되얐습니까 그 맹서를 깨치고 가는 이별은 믿을 수가 없습니다

참 맹서를 깨치고 가는 이별은 옛 맹서로 돌어올 줄을 압니다 그것은 엄숙한 인과율(因果律)입니다[2]

나는 당신과 떠날 때에 입맞춘 입설이 마르기 전에 당신이 돌어와서 다시 입맞추기를 기다립니다

---

1) 인과율(因果律): 사전에서 이 말은 인과법칙과 같다고 되어 있다. 이 세상의 모든 일은 원인에서 발생한 결과다. 원인이 없이는 아무 것도 일어나지 않는 것이라는 원리를 가리켜 인과율이라고 한다. 그러나 이 작품에서 이 말은 불교의 교리와 상관관계를 가진다. 불교의 현상론 가운데 하나에 윤회전생설(輪廻轉生說)이 있다. 윤회전생설에 따르면 전생에서 선행(善行)을 많이 한 사람은 이 세상에서 고귀한 신분으로 태어나며 종생토록 평화와 행복을 누릴 수가 있다. 그 역으로 이 세상에서 거짓말과 도적질을 일삼고 주색에 빠지며 살생을 삼가지 않는 자는 무간지옥에 떨어진다. 또는 다음 세상을 노예나 짐승으로 살게 된다. 이것을 불교에서는 선인선과(善因善果), 악인악과(惡因惡果)라고 한다.

2) 참 맹세(盟誓)를 깨치고 가는 이별은 옛 맹세로 돌어올 줄을 압니다 그것은 엄숙(嚴肅)한 인과율(因果律)입니다: 형식 논리상 맹세를 어기고 떠나가는 이별은 상대방을 배반한 것이다. 화자는 배반자인 당신이 반드시 옛 맹세로 돌어올 것을 믿는다. 그들 사이에 이루어진 옛 사랑은 진실했다. 그것이 원인이므로 결과도 맹세를 지키는 사랑이 될 것이라는 믿음이 있다. 〈엄숙한 인과율〉이란 표현은 그리하여 이루어진 것이다.

　그러나 당신의 가시는 것은 옛 맹서를 깨치려는 고의(故意)가 아닌 줄을 나는 압니다

　비겨[3] 당신이 지금의 이별을 영원히 깨치지 않는다 하야도 당신의 최후의 접촉을 받은 나의 입설을 다른 남자의 입설에 대일 수는 없습니다

---

3) 비겨: 이를테면.

잠꼬대[1]

「사랑이라는 것은 다 무엇이냐 진정한 사람에게는 눈물도 없고 웃음도 없는 것이다 사랑의 뒤웅박을[2] 발길로 차서 깨트려 버리고 눈물과 웃음을 띠끌 속에 합장하여라

　이지와 감정을 두디려[3] 깨쳐서 가루를 만들어 버려라

　그러고[4] 허무의 절정에 올러가서 어지럽게 춤추고 미치게 노래하여라

　그러고 애인과 악마를 똑 같이 술을 먹여라

　그러고 천치가 되던지 미치광이가 되던지 산송장이 되던지 하야버려라

　그레 너는 죽어도 사랑이라는 것은 버릴 수가 없단 말이냐

　그렇거든 사랑의 꽁무니에 도룽태를[5] 달어라

　그레서 네멋대로 끌고 돌어 다니다가 쉬고 싶으거든 쉬고 자고

---

1) **잠꼬대**: 잠꼬대는 잠을 자면서 자기도 모르게 하는 헛소리다. 여기서 잠꼬대를 하는 사람은 남성이다. 그는 애정문제에 고민하는 나머지 갖가지 망상을 하고 그에 곁들여 잠꼬대 같은 말을 한다. 한용운은 그를 통해서 세속적 사랑의 존재방식을 묻고 있다.

2) **뒤웅박**: 쪼개어 쓰지 않고 꼭지 쪽에 구멍만 파서 쓰는 바가지. 되어가는 모양에 안정감이 없고 위태위태한 것을 〈뒤웅박 신은 것 같다〉라고 한다.

3) **두디려**: 두드려.

4) **그러고**: 그리고.

5) **도룽태**: 도롱태. 사람이 밀거나 끌 수 있게 만든 간단한 수레.

싶으거든 자고 살고 싶으거든 살고 죽고 싶으거든 죽어라

　사랑의 발바닥에 말목을 쳐놓고 붙들고 서서 엉엉 우는 것은 우스운 일이다

　이 세상에는 이마빡에다 〈님〉이라고 새기고 다니는 사람은 하나도 없다

　연애는 절대자유요 정조는 유동(流動)이요[6] 결혼식장은 임간(林間)이다」[7]

　나는 잠결에 큰소리로 이렇게 부르짖었다

　아아 혹성 같이 빛나는 님의 미소는 흑암(黑闇)의 광선에서[8] 채 사러지지 아니하얐습니다

　잠의 나라에서 몸부림치든 사랑의 눈물은 어늬덧[9] 벼개를 적셨습니다

---

6) 정조(貞操)는 유동(流動)이요: 여자가 성적인 순결을 지키는 것이 정조다. 따라서 이 말에 〈유동〉을 붙인 것은 문자 그대로 잠꼬대다.

7) 결혼식장(結婚式場)은 임간(林間): 결혼식장은 초래청이나 전문예식장, 또는 교회나 절에서 치른다. 그것을 임간(林間), 곧 숲속이라고 한 것도 엉뚱한 말이다.

8) 흑암(黑闇)의 광선(光線): 광선(光線)이란 빛이며, 빛은 어둠의 반대다. 그것을 이렇게 말한 것도 역설이다.

9) 어늬덧: 어느덧.

용서하서요 님이여 아모리 잠이 지은 허물이라도 님이 벌을 주
신다면 그 벌을 잠을 주기는 싫습니다

계월향(桂月香)에게[1]

계월향이여 그대는 아리따웁고 무서운 최후의 미소를 거두지 아니한채로 대지의 침대에 잠들었습니다

나는 그대의 다정(多情)을 슬퍼하고 그대의 무정(無情)을 사랑합니다[2]

대동강에 낚시질하는 사람은 그대의 노래를 듣고 모란봉(牧丹峯)에 밤놀이 하는 사람은 그대의 얼골을 봅니다

아해들은 그대의 산 이름을 외우고 시인은 그대의 죽은 그림자를 노래합니다

사람은 반드시 다하지 못한 한을 끼치고 가게 되는 것이다

---

1) **계월향(桂月香)**: 이조 선조 때의 명기(名妓) (?~1592). 임진왜란 때 평안도로 북상한 왜군을 맞이하여 그 장수 가운데 하나를 계략을 써서 유인하였다. 그를 애인인 평안도 병마절도사 김응서(金應瑞) 장군에게 인계하여 목을 베도록 만들었다. 그와 때를 같이하여 목숨을 끊고 순국한 의로운 여인. 정사(正史)에 올라있는 그의 기록은 없고 『연려실기술』과 『평안지』에 이야기가 전한다.

2) **나는 그대의 다정(多情)을 슬퍼하고 그대의 무정(無情)을 사랑합니다**: 여기서 무정은 나라를 위해 몸을 던져 죽은 계월향의 죽음에 관계된다. 죽음을 슬퍼하지 않고 사랑한다는 것은 선뜻 이해가 되지 않는다. 이렇게 일어나는 의문은 다정을 슬퍼한다는 표현에 주목하는 것으로 풀린다. 다정하여 김응서 장군을 살뜰히 사랑했기 때문에 그를 도와서 적장의 목을 베었다. 이것은 다정이 빌미가 되어 계월향이 죽었음을 뜻한다. 따라서 화자가 계월향의 다정을 슬퍼하게 된 것이다.

그대는 남은 한이 있는가 없는가 있다면 그 한은 무엇인가
그대는 하고 싶은 말을 하지 않습니다

그대의 붉은 한은 현란(絢爛)한 저녁놀이 되야서 하늘길을 가로 막고 황량한 떨어지는 날을 도리키고자 합니다

그대의 푸른 근심은[3] 드리고 드린 버들실이 되야서 꽃다운 무리를 뒤에 두고 운명의 길을 떠나는 저문 봄을 잡어매랴 합니다

나는 황금의 소반에 아츰볕을 받치고 매화가지에 새봄을 걸어서 그대의 잠자는 곁에 가만히 놓아드리겄습니다[4]

자 그러면 속하면 하룻밤 더디면 한겨울 사랑하는 계월향이여

---

3) **푸른 근심:** 한자어로 나라나 임금을 향해 바치는 외곬의 마음을 단심(丹心)이라고 한다. 또한 근심, 곧 수(愁)에서 파생된 말에 애수나 우수와 같은 말이 있다. 그러나 청수(靑愁)나 남수(藍愁)등의 말은 없다. 그럼에도 한용운은 푸른 근심이란 말을 쓰고 있다. 이것은 계월향의 죽음을 강조하려는 한용운 나름의 수사다.

4) **나는 황금(黃金)의 소반에 아츰볕을 받치고 매화(梅花)가지에 새봄을 걸어서 그대의 잠자는 곁에 가만히 놓아드리겄습니다:** 〈아츰볕〉→〈아침볕〉→〈아침빛〉으로 읽어야 한다. 아침빛, 매화가지 등 말은 암흑과 억압을 뜻하는 어둠과 겨울을 물리치고 만물이 소생하는 때와 함께 해가 새로 솟는 국권회복, 민족해방을 상징한다. 그것을 길이 잠든 계월향 곁에 놓고자 하려는 마음은 식민지체제의 타파를 시도 하려는 의도를 내포한 것이다. 이것은 명백하게 만해가 지닌 민족해방 투쟁의 결의를 다진 부분이다.

만족(滿足)

세상에 만족이 있너냐[1] 인생에게 만족이 있너냐
있다면 나에게도 있으리라

세상에 만족이 있기는 있지마는 사람의 앞에만 있다[2]
거리(距離)는 사람의 팔길이와 같고 속력은 사람의 걸음과 비례
가 된다
만족은 잡을래야 잡을 수도 없고 버릴래야 버릴 수도 없다

만족을 얻고 보면 얻은 것은 불만족이요 만족은 의연히 앞에
있다
만족은 우자(愚者)나 성자(聖者)의 주관적 소유가 아니면 약자
의 기대뿐이다
만족은 언제든지 인생과 수적평행(竪的平行)이다[3]

---

1) 있너냐: 있느냐.
2) 세상에 만족(滿足)이 있기는 있지마는 사람의 앞에만 있다: 만족이란 우
   리가 지닌 욕망이 채워졌을 때 느끼는 감정이다. 우리는 일단 욕망이 달성
   되면 항상 그 이상, 그 다음 것을 바란다. 만해는 이것을 이렇게 말했다.
3) 만족(滿足)은 언제든지 인생과 수적평행(竪的平行)이다: 수(竪)자의 뜻은
   곧다, 바르다 이다. 수적평행(竪的平行)이란 직립평행(直立平行)과 같은 말
   이다. 이 말뜻은 두개의 물체 또는 현상이 직각으로 선 채 끝내 합치되지
   않은 상태로 마주섰음을 뜻한다. 인간에게 절대 만족이 있을 수 없음을 이
   렇게 말한 것이다.

나는 차라리 발꿈치를 돌려서 만족의 묵은 자최를 밟을까 하노라

아아 나는 만족을 얻었노라
아즈랑이 같은 꿈과 금실 같은 환상이 님 기신 꽃동산에 둘릴 때
에 아아 나는 만족을 얻었노라[4]

반비례(反比例)[1]

당신의 소리는 「침묵」인가요

당신이 노래를 부르지 아니하는 때에 당신의 노래가락은 역력
히 들립니다 그려

당신의 소리는 침묵이여요[2]

당신의 얼골은 「흑암(黑闇)」[3]인가요

내가 눈을 감은 때에 당신의 얼골은 분명히 보입니다 그려

당신의 얼골은 흑암이여요

당신의 그림자는 「광명」인가요[4]

---

1) **반비례(反比例):** 비례(比例)의 반대어로 역비례라고도 한다. 두개의 양 x와
   y가 서로 관계를 가지며 변화하는 가운데 한쪽이 2배, 3배 되는 데 따라 다
   른 쪽이 1/2, 1/3으로 비례하는 것. 그러나 여기서 만해는 이 말을 모순관
   계로 잡고 있다.

2) **당신의 소리는 침묵(沈默):** 당신이 노래를 부르지 않을 때 노래 가락이 들
   리기 때문에 이렇게 말했다.

3) **흑암(黑闇):** 검고 어두운 것. 어둡고 캄캄하여 전혀 사물이 보이지 않는 상
   태. 이런 자리에서 얼굴이 보일 리가 없다. 그럼에도 당신의 얼굴은 눈을
   감으면 보이니까 〈얼굴〉=〈흑암〉으로 일체화를 시켰다.

4) **당신의 그림자는 광명(光明):** 그림자는 빛의 반대다. 그럼에도 밤에 물체
   를 비추는 달이 넘어간 다음에야 당신의 그림자가 창에 나타나니까 이런
   표현을 쓴 것이다. 이것은 모두 심안(心眼)으로 듣고, 보고, 느낀 것을 제
   시했으므로 우리가 일상생활에서 갖게 된 체험과는 일치되지 않는다. 이
   와 같은 사실은 모두 우리가 겪는 일상적 체험과 반대가 된다. 만해는 이

당신의 그림자는 달이 넘어간 뒤에 어두운 창에 비칩니다 그려
당신의 그림자는 광명이여요

것을 〈반비례〉라고 본 것이다.

눈 물[1]

내가 본 사람 가온대는 눈물을 진주(眞珠)라고 하는 사람처럼 미친 사람은 없습니다

그 사람은 피를 홍보석(紅寶石)이라고 하는 사람보다도 더 미친 사람입니다[2]

그것은 연애에 실패하고 흑암(黑闇)의 기로에서 헤매는 늙은 처녀가 아니면 신경이 기형적으로 된 시인의 말입니다

만일 눈물이 진주라면 님이 신물(信物)로 주신 반지를[3] 내놓고는 세상의 진주라는 진주는 다 띠끌 속에 묻어 버리겠습니다

나는 눈물로 장식한 옥패(玉佩)를[4] 보지 못하얏습니다

나는 평화의 잔치에 눈물의 술을 마시는 것을 보지 못하얏습니다

내가 본 사람 가운데는 눈물을 진주라고 하는 사람처럼 어리석

---

1) **눈물**: 이 작품에서 눈물은 마음의 아픔을 뜻한다. 또한 이때의 마음은 애정에서 빚어지는 것이다. 화자는 그것을 잘 안다. 그러면서도 사랑을 지키려는 나머지 아픔을 말도하지 않는다.

2) **피를 홍보석(紅寶石)이라고 하는 사람**: 피는 신체의 훼손에 따른 것이다. 홍보석(紅寶石)은 값진 보석의 하나며 부귀를 상징한다. 이 두가지를 혼돈하는 사람은 정신착란에 걸린 것이다.

3) **신물(信物)로 주신 반지**: 〈신물(信物)〉→〈신표(信標)〉. 훗날 믿음의 표적으로 삼기 위해 주고 받는 물건. 옛날에는 거울이, 그 후에는 반지가 가장 많이 쓰였다.

4) **옥패(玉佩)**: 옥으로 만든 노리개.

은 사람은 없습니다

아니여요 님의 주신 눈물은 진주 눈물이여요

나는 나의 그림자가 나의 몸을 떠날 때까지[5] 님을 위하야 진주 눈물을 흘리겠습니다

아아 나는 날마다 날마다 눈물의 선경에서 한숨의 옥적(玉笛)를 듣습니다

나의 눈물은 백천(百千)줄기라도 방울방울이 창조입니다[6]

눈물의 구슬이여 한숨의 봄바람이여 사랑의 성전을 장엄(莊嚴)하는 무등등(無等等)의 보물이여

아아 언제나 공간과 시간을 눈물로 채워서 사랑의 세계를 완성할까요

---

5) 나는 나의 그림자가 나의 몸을 떠날 때까지: 불교에서 육체는 가화(假化)이며 그 변형인 그림자도 참이 아니다. 그것이 우리 몸을 떠나는 것은 해탈지견(解脫知見)의 차원에 이르게 되어 육신의 마지막이 오는 것을 뜻한다.

6) 나의 눈물은 백천(百千) 줄기라도 방울방울이 창조(創造)입니다: 화자는 사랑을 최고, 절대로 믿는 사람이다. 그의 눈물은 사랑의 고통에서 온다. 사랑의 절대를 믿으니까 그에게 눈물은 고통을 넘어 끊임없이 새 차원을 개척해주는 창조의 촉매제가 되는 것이다.

어데라도[1]

아침에 일어나서 세수하랴고 대야에 물을 떠다 놓으면 당신은 대야 안의 가는 물ㅅ결이 되야서 나의 얼골 그림자를 불상한 아기처럼 얼려줍니다[2]

근심을 잊을가 하고 꽃동산에 거닐 때에 당신은 꽃 새이를 슬쳐오는 봄바람이 되야서[3] 시름 없는 나의 마음에 꽃향기를 묻혀주고 갑니다

당신을 기다리다 못하야 잠자리에 누었더니 당신은 고요한 어둔 빛이 되야서 나의 잔 부끄럼을 살뜰이도 덮어 줍니다

어데라도 눈에 보이는데마다 당신이 계시기에 눈을 감고 구름 위와 바다 밑을 찾어보았습니다

당신은 미소가 되어서 나의 마음에 숨었다가 나의 감은 눈에 입맞추고 「네가 나를 보느냐」고 조롱합니다

---

1) 어데라도: 〈어디에라도〉. 사바세상의 고통을 벗어나 널리 중생을 제도하는 것을 불교에서는 불성(佛性)이라고 한다. 부처님의 가르침에 따르면 그런 힘은 인간에게만 있는 것이 아니라 짐승과 미술, 나무나 돌도 가진다. 이 시의 제목은 그것을 말하고 있다.
2) 얼려줍니다: 〈얼러줍니다〉. 기본형→어르다. 구슬르고 달래다.
3) 꽃 새이를 슬쳐오는 봄바람이 되야서: 꽃 사이를 스쳐오는 봄바람이 되어서.

떠날 때의 님의 얼골

꽃은 떨어지는 향기가 아름답습니다
해는 지는 빛이 곱습니다
노래는 목마친 가락이[1] 묘합니다
님은 떠날 때의 얼골이 더욱 어여쁩니다

떠나신 뒤에 나의 환상의 눈에 비치는 님의 얼골은[2] 눈물이 없
는 눈으로는 바로 볼 수가 없을만치 어여쁠 것입니다
　님의 떠날 때의 어여쁜 얼골을 나의 눈에 새기겠습니다[3]
　님의 얼골은 나를 울리기에는 너머도 야속한듯 하지마는 님을
사랑하기 위하야는 나의 마음을 질거웁게 할 수가 없습니다[4]
　만일 그 어여쁜 얼골이 영원히 나의 눈을 떠난다면 그때의 슬픔
은 우는 것보다도 아프겠습니다

---

1) 목마친 가락: 〈목마친〉→〈목메인〉. 「논개의 애인이 되어서 그의 묘(廟)에」
　에 나왔음. 목이 메인 듯 애달프게 생각되는 가락.
2) 떠나신 뒤에 나의 환상(幻想)의 눈에 비치는 님의 얼골: 떠나보내고 난
　다음 화자가 그리운 나머지 환영으로 그려보는 님의 얼골. 여기서 〈환상의
　눈〉을 독립시켜 가화(假化) 의식으로 본 예가 있으나 핵심에 벗어난 작품
　해석이 되어버린다.
3) 나의 눈에 새기겠습니다: 〈새기겠습니다〉→〈새기겠습니다〉. 마음 속에 깊
　이 간직하겠다의 뜻.
4) 님을 사랑하기 위하야는 나의 마음을 질거웁게 할 수가 없습니다: 〈사랑하
　기 위하야〉는 〈사랑하기 때문에〉로 보는 것이 좋다. 떠날 때 님의 표정은 쌀
　쌀맞으나 그래도 그를 사무치게 사랑하기 때문에 나의 마음이 슬픈 것이다.

최초(最初)의 님

맨츰에 만난 님과 님은 누구이며 어늬 때인가요

맨츰에 이별한 님과 님은 누구이며 어늬 때인가요

맨츰에 만난 님과 님이 맨첨으로 이별하였읍니까 다른 님과 님
이 맨츰으로 이별하였읍니까[1]

나는 맨츰에 만난 님과 맨첨으로 이별한 줄로 압니다

만나고 이별이 없는 것은 님이 아니라 나입니다[2]

이별하고 만나지 않은 것은 님이 아니라 길가는 사람입니다

우리들은 님에 대하야 만날 때에 이별을 염려하고 이별할 때에
만남을 기약합니다[3]

그것은 맨츰에 만난 님과 님이 다시 이별한 유전성(遺傳性)의
흔적입니다

---

1) 맨츰에 만난 님과 님이 맨첨으로 이별하였읍니까 다른 님과 님이 맨첨으
  로 이별하였읍니까:〈맨츰〉→〈맨첨〉.〈맨첨〉에서〈맨〉은 강조로 제일의 뜻
  을 가진다.〈맨첨〉은 따라서 처음=최초(最初). 이 부분으로 이 시의〈님〉이
  하나가 아니라 둘임이 드러난다. 처음 만남을 앞세운 것은 상대적으로 이
  별을 강조하기 위한 것이다. 처음 님과 다른 님을 내세운 것도 같은 맥락
  으로 파악될 수 있다.
2) 만나고 이별이 없는 것은 님이 아니라 나입니다: 육신이 비록 헤어져도
  마음 속으로는 끝내〈님〉을 간직하리라는 화자의 마음을 강조한 것이다.
3) 만날 때에 이별을 염려하고 이별하 때에 만남을 기약합니다: 이와 거의
  같은 말이「님의 침묵」의 끝자리에 이미 나왔다. 불법의 한 부분인〈회자
  필리(會者必離)〉와 그 반대어의 우리말 판이다.

그러므로 만나지 않는 것도 님이 아니요 이별이 없는 것도 님이 아닙니다

님은 만날 때에 웃음을 주고 떠날 때에 눈물을 줍니다

만날 때의 웃음보다 떠날 때의 눈물이 좋고 떠날 때의 눈물보다 다시 만나는 웃음이 좋습니다[4]

아아 님이여 우리의 다시 만나는 웃음은 어늬 때에 있습니까

---

4) 만날 때의 웃음보다 떠날 때의 눈물이 좋고 떠날 때의 눈물보다 다시 만나는 웃음이 좋습니다: 전반부 웃음보다 눈물이 좋다는 것은 선뜻 납득이 되지 않는다. 그러나 이런 말법은 후반부와 대를 이루는 것으로 해석되어야 한다. 〈떠날 때 눈물보다 다시 만나는 웃음〉이 좋다. 이것은 다시 만날 때의 웃음이 절대적임을 뜻한다. 그 웃음의 전제가 되기 때문에 〈떠날 때의 눈물〉도 반드시 나쁘지만은 않은 것이다.

두견새[1]

두견새는 실컷 운다
울다가 못다 울면
피를 흘려 운다

이별한 한이야 너뿐이랴마는
울래야 울지도 못하는 나는
두견새 못된 한을 또 다시 어찌하리[2]

야속한 두견새는
돌어갈 곳도 없는 나를 보고도
「불여귀불여귀(不如歸不如歸)」

---

1) 두견새: 접동새, 소쩍새. 한자로 두견(杜鵑)이라고 쓰며 두우(杜宇), 불여귀(不如歸) 등의 별칭이 있다. 여름철 깊은 밤 그 우는 소리가 구슬퍼서 흔히 한 맺힌 배경설화와 함께 이야기 된다.

2) 울래야 울지도 못하는 나는/ 두견새 못된 한(恨)을 또 다시 어찌하리: 화자는 한을 가졌으나 울음조차를 마음대로 울지 못한다. 이것은 일제치하에서 주권 상실의 통한을 마음대로 터뜨리면서 울 자유조차 갖지 못한 만해 한용운의 의식에 일치된다. 이런 시각에서 보면 이 시는 항일 저항시의 단면을 내포한다.

나의 꿈[1]

　당신이 맑은 새벽에 나무 그늘 새이에서 산보할 때에 나의 꿈은 적은 별이[2] 되야서 당신의 머리 위에 지키고 있겠습니다

　당신이 여름날에 더위를 못이기어 낮잠을 자거든 나의 꿈은 맑은 바람이 되야서 당신의 주위(周圍)에 떠돌겠습니다[3]

　당신이 고요한 가을밤에 그윽히 앉아서 글을 볼 때에 나의 꿈은 귀따라미가 되야서 책상 밑에서 「귀똘귀똘」 울겠습니다

---

1) 나의 꿈: 이 작품에서 꿈이란 우리가 이루어가고 싶은 일들을 적은 것이다. 세속적인 사람들은 욕망으로 재물이나 지위, 명예 등을 바란다. 그러나 여기서 화자는 범신론적(汎神論的) 입장에 서 있다. 그는 자연의 일부인 별, 바람, 또는 귀뜨라미가 되어 〈당신〉을 지키거나 울고 싶다고 하는 것이다. 이것은 불교 이전에 속하는 브라만교식 영성(靈性)의 세계를 노래한 것이다. 만해의 작품 가운데는 손쉽게 읽히는 것이며 정서의 함량이 상당한 작품이다.

2) 적은 별: 작은 별.

3) 맑은 바람이 되야서 당신의 주위(周圍)에 떠돌겠습니다: 〈되야서〉→〈되어서〉, 〈떠돌겠습니다〉→〈떠돌겠습니다〉.

우는 때

꽃 핀 아침 달 밝은 저녁[1] 비오는 밤 그때가 가장 님 긔루은[2] 때라고 남들은 말합니다
　나도 같은 고요한 때로는 그때에 많이 울었습니다

　그러나 나는 여러 사람이 모혀서[3] 말하고 노는 때에 더 울게 됩니다
　님 있는 여러 사람들은 나를 위로하야 좋은 말을 합니다마는 나는 그들의 위로하는 말을 조소로[4] 듣습니다
　그때에는 울음을 삼켜서 눈물을 속으로 창자를 향하야 흘립니다.[5]

---

1) **꽃 핀 아침 달 밝은 저녁**: 한문의 고사성어 가운데 하나인 화조월석(花朝月夕)을 우리말로 옮겨 놓은것.
2) **긔루은**: 기본형 〈긔루다〉. 이미 「군말」, 「님의 침묵」, 「길이 막혀」 등에 나왔음.
3) **모혀서**: 모여서.
4) **조소(嘲笑)**: 비웃음.
5) **눈물을 속으로 창자를 향하야 흘립니다**: 본래 눈물은 눈에서 흘러내려 얼굴을 적시는 것이다. 그러나 슬픔이 사무치면 눈물은 목줄기를 타고 흐르며 그 도가 넘으면 창자를 적실 것이다. 만해의 이런 표현은 〈님〉을 이별한 그의 슬픔이 엄청나게 큰 것임을 가리킨다.

타골의 시(The GARDENISTO)를 읽고[1]

벗이여, 나의 벗이여, 애인의 무덤 위의 피여 있는 꽃처럼 나를 울리는 벗이여.

적은 새의 자최도 없는 사막의 밤에, 문득 만난 님처럼 나를 기쁘게 하는 벗이여.

그대는 옛 무덤을 깨치고 하늘까지 사모치는 백골의 향기[2] 입니다.

그대는 화환을 만들랴고 떨어진 꽃을 줏다가, 다른 가지에 걸려서 줏은 꽃을 헤치고 부르는 절망인 희망의 노래입니다.

벗이여, 깨어진 사랑에 우는 벗이여.

눈물이 능히 떨어진 꽃을 옛 가지에 도로 피게 할 수는 없습니다.

눈물을 떨어진 꽃에 뿌리지 말고, 꽃나무 밑의 띠끌에 뿌리서요.

벗이여, 나의 벗이여.

---

1) 타골(Rabindranath Tagore, 1861~1941): 인도의 시인이며 사상가. 1877년 영국에 유학, W. B. 예이츠와 교유. 벵골어로 작품을 썼고 그것을 영문으로 번역하여 1913년 동양인으로는 최초로 노벨 문학상을 수상하였다. 대표 시집으로 『기탄자리』, 『원정(園丁)』, 『초승달』 등이 있는 바 일찌기 김억(金億)이 이들 세 시집을 모두 번역 소개했다. 이 작품의 제목이 된 GARDENISTO의 표기도 김억이 『원정』 번역 때 내표지에서 쓴 것이다.

2) 하늘까지 사모치는 백골(白骨)의 향기(香氣): 백골은 죽음을 상징한다. 백골에 향기가 날리 없는데 그것이 하늘까지 사무친다고 했다. 화자가 지닌 〈님〉에 대한 믿음과 사랑을 이렇게 표현한 것이다.

주검의 향기가 아모리 좋다하야도, 백골의 입설에 입맞출 수는 없습니다.

그의 무덤을 황금의 노래로 그물치지 마서요. 무덤 위에 피 묻은 기ㅅ대를 세우서요.[3]

그러나 죽은 대지가 시인의 노래를 거쳐서 움직이는 것을 봄바람은 말합니다.

벗이여 부끄럽습니다. 나는 그대의 노래를 들을 때에, 어떻게 부끄럽고 떨리는지 모르겠습니다.

그것은 내가 나의 님을 떠나서, 홀로 그 노래를 듣는 까닭입니다.[4]

---

3) 그의 무덤을 황금(黃金)의 노래로 그물치지 마서요. 무덤 위에 피 묻은 기ㅅ대를 세우서요: 〈그의 무덤〉은 죽음의 주인공이 묻힌 장소다. 그것을 〈황금(黃金)의 노래로 그물친다〉함은 우리가 겪는 일상사에서 벗어나 생사(生死)를 초극한 해탈의 경지에 도달하고자 함을 뜻한다. 그것을 화자는 부정했다. 그 대신 그는 이 세상의 고통을 회피하지 않는 생활을 지향한다. 그것이 〈피묻은 기(旗)〉로 은유화 된 것이다.

4) 벗이여 부끄럽습니다. (……) 그것은 내가 나의 님을 떠나서, 홀로 그 노래를 듣는 까닭입니다: 여기서 그대는 타골을 가리킨다. 타골은 불교도가 아닌 브라만으로 그가 노래한 것은 해탈과 허무적정(虛無寂靜)의 세계가 아닌 번민하고 고통, 방황하는 인간의 경지다. 만해는 그런 타골의 작품 세계에 매료되어 그를 벗이라고 부른다. 그러나 한편 그는 불교도이기도 하다. 불교도로서 한용운이 해탈과 다른 차원에 끌린다는 것은 떳떳한 일일 수가 없다. 바로 여기에 그가 〈그대의 노래〉를 들을 때 〈부끄럽고 떨리는〉 이유가 있다.

수(繡)의 비밀[1]

나는 당신의 옷을 다 지어 놓았습니다.

심의(深衣)도[2] 짓고 도포도 짓고, 자리옷도 지었습니다.

짓지 아니한 것은 적은 주머니에 수놓는 것 뿐입니다.

그주머니는 나의 손때가 많이 묻었습니다.

짓다가 놓아두고 짓다가 놓아두고 한 까닭입니다.

다른 사람들은 나의 바느질 솜씨가 없는 줄로 알지마는, 그러한 비밀은 나밖에는 아는 사람이 없습니다.

나의 마음이 아프고 쓰린 때에 주머니에, 수를 놓으랴면, 나의 마음은 수놓는 금실을 따러서 바늘 구녕으로 들어가고, 주머니 속

---

1) 수(繡)의 비밀(秘密): 불교에서는 해탈, 견성(見性)의 경지에 이르기 위해 도를 닦는 수도승들을 납자(衲子)라고 한다. 이때의 납(衲)은 누더기 같은 옷을 가리킨다. 불도에 정진하는 모든 사람들은 남루한 옷에 만족해야 하며 일체 장식적 복식은 금제가 되어 있다. 그러나 일단 도를 깨쳐 진여(眞如)의 경지에 이르면 이런 한계가 철폐된다. 우리가 불당에 들어서 대불을 보면 황금빛이 찬란한 법의(法衣)를 걸치고 있다. 이것은 대오정각(大悟正覺)의 경지에 이르게 된 대불이 보석과 황금으로 장실될 수 있음을 뜻한다. 이 작품의 제목에 나오는 수(繡)도 그런 맥락에서 이해될 수 있다. 화자는 〈당신〉을 위해 갖가지 복식을 마련했다. 그 가운데 주머니도 있다. 주머니를 다 만든 단계에서 수 놓는 것을 유보하고 있다. 그 사유를 가락에 실어 편 것이 이 작품이다.

2) 심의(深衣): 저고리와 치마가 이어진 모양을 한 옷. 조정에서 대부나 사족이 조례나 제의(祭儀)때 차복(次服)으로 입었다. 서민들도 길사가 있으면 입는 예복.

에서 맑은 노래가 나와서, 나의 마음이 됩니다.[3]

　그러고 아즉 이 세상에는, 그 주머니에 널만한 무슨 보물이 없습니다.

　이 적은 주머니는 짓기 싫어서 짓지 못하는 것이 아니라, 짓고 싶어서 다 짓지 않는 것입니다.

---

3) 나의 마음이 아프고 쓰린 때에 주머니에, 수를 놓으랴면, 나의 마음은 수 놓는 금실을 따러서 바늘 구녕으로 들어가고, 주머니 속에서 맑은 노래가 나와서, 나의 마음이 됩니다: 〈수를 놓으랴면〉→〈수를 놓으려면〉, 〈수를 놓게 될 것 같으면〉, 〈바늘 구녕〉→〈바늘 구멍〉. 여기서 우리는 세 가지 사실에 주목해야 한다. 첫째 화자가 수를 놓을 때의 마음이다. 그것은 아프고 쓰릴 때도 나타난다. 다음 수를 놓기 시작하면 화자의 마음이 금실을 따러서(금실은 절대자를 상징한다) 바늘 구멍으로 들어간다. 세번째 화자가 수를 놓아가면 주머니 속에서 맑은 노래가 나오며 그것이 곧 나의 마음이 된다. 이것은 수놓기로 비유된 신앙을 통해 화자가 견성(見性), 진여(眞如)의 경지에 이르렀음을 뜻한다.

사랑의 불

산천초목에 붙는 불은 수인씨(燧人氏)[1]가 내셨습니다.

청춘의 음악(淫樂)에 무도(舞蹈)하는 나의 가슴을 태우는 불은 가는 님이 내셨습니다.

촉석루를 안고 돌며, 푸른 물결의 그윽한 품에, 논개(論介)의[2] 청춘을 잠재우는 남강의 흐르는 물아.

모란봉의 키쓰를 받고 계월향의[3] 무정을 저주하면서 능라도를 감돌아 흐르는 실연자(失戀者)인 대동강아.

그대들의 권위로도 애태우는 불은 끄지 못할 줄을 번연히 아지마는, 입버릇으로 불러보았다.

만일 그대네가 쓰리고 아픈 슬픔으로 졸이다가 폭발되는 가슴 가운데의 불을 끌 수가 있다면,[4] 그대들이 님 괴루운 사람을 위하

---

1) 수인씨(燧人氏): 중국 고대의 전설에 등장하는 황제 가운데 하나. 태호복희씨(太昊伏羲氏)가 팔괘를 만들고 염제신농씨(炎帝神農氏)가 농사 짓는 법을 가르친데 대해 불을 발명하여 모든 사람에게 두루 이용하게 할 수 있도록 했다.

2) 촉석루(矗石樓), 논개(論介): 이 책「논개의 애인이 되야서 그의 묘에」주석란 참조.

3) 계월향(桂月香): 이 책「계월향에게」주석란 참조.

4) 그대네가 쓰리고 아픈 슬픔으로 졸이다가 폭발(爆發)되는 가슴 가운데의 불을 끌 수가 있다면: 여기서 그대네는 남강(南江)과 대동강(大同江)을 가리킨다. 이들은 물의 흐름임으로 슬픔과 고통으로 가슴 졸이다가 붙는 불을 끌 수가 있다. 그러나 화자는 그것을 평서문으로 말하지 않고 가정법이

야 노래를 부를 때에, 이따감 이따감 목이 메어 소리를 이르지 못함은 무슨 까닭인가.[5]

남들이 볼 수 없는 그대네의 가슴 속에도, 애태우는 불꽃이 거꾸로 타들어가는 것을 나는 본다.[6]

오오 님의 정열(情熱)의 눈물과 나의 감격(感激)의 눈물이 마조 다서 합류(合流)가 되는 때에, 그 눈물의 첫방울로 나의 가슴의 불을 끄고, 그 다음 방울을 그대네의 가슴에 뿌려주리라.

되게 했다.

5) 그대들이 님 긔루운 사람을 위하야 노래를 부를 때에, 이따감 이따감 목이 메어 소리를 이르지 못함은 무슨 까닭인가: 그대들, 곧 남강과 대동강이 목이 메어 소리를 이르지 못한다. 그 까닭으로 추정되는 것은 님에게 그리운 사람이 있기 때문이다. 여기서 그들은 논개나, 계월향과 같은 왜적과 겨루어 순국한 사람들이다. 그들을 위해 노래를 부른다는 것은 화자가 가슴 가득 왜적에게 나라를 빼앗긴 현실을 아파하기 때문이다. 〈이따감〉→ 〈이따금〉, 〈때때로〉. 〈이르지 못함〉→〈이루지 못함〉.

6) 그대네의 가슴 속에도, 애태우는 불꽃이 거꾸로 타들어가는 것을 나는 본다: 다시 한번 이 시에서 〈그대네〉는 강물이다. 강물은 물리적 차원에서 불꽃으로 탈 수가 없다. 그러나 워낙 나라 빼앗긴 아픔에 가슴이 타오르면 그 열기로 물도 불이 되어 타오를 수 있을 것이다. 이렇게 보면 이 부분은 주권 상실의 아픔을 역설로 표현한 것이다.

「사랑」을 사랑하야요[1]

당신의 얼골은 봄하늘의 고요한 별이여요.

그러나 찢어진 구름 새이로 돋어 오는, 반달 같은 얼골이 없는 것이 아닙니다.

만일 어여쁜 얼골만을 사랑한다면, 왜 나의 벼갯모에 달을 수놓지 않고, 별을 수놓아요.[2]

당신의 마음은 티 없는 숫옥(玉)이여요. 그러나 곱기도 밝기도 굳기도, 보석 같은 마음이 없는 것이 아닙니다.

만일 아름다운 마음만을 사랑한다면, 왜 나의 반지를 보석으로 아니하고, 옥으로 만들어요.[3]

---

1) **사랑을 사랑하야요**: 우리가 흔히 말하는 사랑에는 두 종류가 있다. 하나는 상대방의 지위나, 재력, 다른 여건들을 살핀 나머지 이루어지는 사랑이다. 이것을 우리는 이기적인 사랑이라고 한다. 이에 반해서 상대방을 순수하게 아끼고 보살피려는 마음과 함께 갖는 사랑이 있다. 전자를 에로스의 사랑이라고 한다면 후자는 자기희생을 전제로 하는 아가페의 사랑이다. 이 시에서 화자가 갖고자 한 사랑이 이런 유의 순수한 사랑이다.

2) **만일 어여쁜 얼골만을 사랑한다면, 왜 나의 벼갯모에 달을 수놓지 않고, 별을 수놓아요**: 여기서 달은 미인가운데 매우 아름다운 경우를 가리키며 별은 그 보다 덜 아름다운 예로 든 것이다. 화자는 이것으로 그의 사랑이 외모에 치우친 것이 아니라 마음을 더 사는 것임을 밝히려 했다.

3) **만일 아름다운 마음만을 사랑한다면, 왜 나의 반지를 보석으로 아니하고, 옥으로 만들어요**: 바로 앞 연에서 화자의 사랑은 외모가 아니라 마음에 비중이 놓여 있었다. 이 연에서는 그에 대한 의문이 제기되어 있다. 보석은 굳은 마음, 아름다운 마음의 비유이며 옥은 강도나 아름다움으로 보면 그

당신의 시는 봄비에 새로 눈트는 금결 같은 버들이여요.[4]

그러나 기름같은 검은 바다에 피어 오르는, 백합꽃 같은 시가 없는 것은 아닙니다.

만일 좋은 문장만을 사랑한다면, 왜 내가 꽃을 노래하지 않고, 버들을 찬미하여요.

왼세상 사람이 나를 사랑하지 아니할 때에, 당신만이 나를 사랑하얏습니다.

나는 당신을 사랑하야요. 나는 당신의 「사랑」을 사랑하야요.

질이 보석보다 떨어진다. 그럼에도 당신은 나에게 보내는 선물로 옥을 택했다. 이에 대한 의문의 제기로 화자는 〈사랑〉을 〈사랑〉하는 그의 마음을 밝히려 들었다.

4) 당신의 시(詩)는 봄비에 새로 눈트는 금(金)결 같은 버들이여요: 화자는 〈당신〉의 시를 봄비에 눈트는 버들에 비유했다. 또한 그것이 검은 바다에 피어오르는 백합(白合)보다도 아름답다고 했다. 이 역시 밖으로 나타나는 미보다 생명력을 간직한 차원에 화자의 사랑이 쏠리고 있음을 가리킨다.

버리지 아니하면

나는 잠자리에 누어서 자다가 깨고 깨다가 잘 때에, 외로운 등 잔불은 각근(恪勤)한 파수군처럼[1] 왼 밤을 지킵니다.당신이 나를 버리지 아니하면, 나는 일생의 등잔불이 되야서, 당신의 백년(百 年)을 지키겠습니다.

나는 책상 앞에 앉어서 여러 가지 글을 볼 때에, 내가 요구만 하 면, 글은 좋은 이야기도 하고, 맑은 노래도 부르고, 엄숙한 교훈도 줍니다.
당신이 나를 버리지 아니하면, 나는 복종의 백과전서가[2] 되야서, 당신의 요구를 수응하겠습니다.

나는 거울을 대하야 당신의 키쓰를 기다리는 입설을 볼 때에, 속임 없는 거울은 내가 웃으면 거울도 웃고, 내가 찡그리면 거울 도 찡그립니다.
당신이 나를 버리지 아니하면, 나는 마음의 거울이 되야서, 속

---

1) 각근(恪勤)한 파수꾼(把守軍): 〈각근(恪勤)〉→〈삼가면서 부지런히 일하는 것〉. 근무에 충직한 파수꾼을 이렇게 말했다.
2) 복종(服從)의 백과전서(百科全書): 지식의 모든 분야를 두루 망라한 책이 백과전서다. 〈복종의 백과전서〉란 몸과 마음이 미치는 곳이면 어느 곳이 나 달려가 복종을 하는 행동양태를 가리킨다.

임없이 당신의 고락을 같이 하겠습니다.[3]

---

3) 마음의 거울이 되야서, 속임없이 당신의 고락을 같이 하겠습니다: 거울은
   피사체를 무조건 복사한다. 이것을 절대 추종의 상징으로 보고 화자가 당
   신을 그 처럼 섬기겠다고 마음속으로 다짐한 것이다.

당신 가신 때

당신이 가실 때에 나는 다른 시골에 병들어 누어서 이별의 키쓰도 못하얏습니다.

그때는 가을 바람이 츰으로 나서[1] 단풍이 한가지에 두서너 잎이 붉었습니다.

나는 영원의 시간에서 당신 가신 때를 끊어 내겠습니다.[2] 그러면 시간은 두 도막이 납니다.

시간의 한 끝은 당신이 가지고, 한 끝은 내가 가졌다가 당신의 손과 나의 손과 마조잡을 때에 가만히 이어 놓겠습니다.

그러면 붓대를 잡고 남의 불행한 일만을 쓰랴고 기다리는 사람들도 당신의 가신 때는 쓰지 못할 것입니다.[3]

나는 영원의 시간에서 당신 가신 때를 끊어 내겠습니다.

---

1) 가을바람이 츰으로 나서: 가을 바람이 처음 일어나서. 〈츰〉→〈처음〉.
2) 나는 영원(永遠)의 시간(時間)에서 당신 가신 때를 끊어 내겠습니다: 시간은 관념상으로 이루어진 것이어서 끊거나 이어낼 수가 없다. 그러나 상상력을 바탕으로 한 시에서는 그것이 가능하다. 화자가 이렇게 말한 이유는 다음에 밝혀진다.
3) 남의 불행(不幸)한 일만을 쓰랴고 기다리는 사람들도 당신의 가신 때는 쓰지 못할 것입니다: 여기서 화자가 이별한 님과 그 자신 사이에 흐르는 시간을 끊어야겠다는 까닭이 드러난다. 사람들은 남의 불행한 일만을 쓰려고 한다. 나와 〈당신〉 사이의 시간을 끊어버리면 그것이 불가능하게 됨으로 그렇게 하려는 것이다.

요술(妖術)[1]

　가을 홍수가 적은 시내의 쌓인 낙엽을 휩쓸어 가듯이, 당신은 나의 환락의 마음을[2] 빼앗어 갔습니다. 나에게 남은 마음은 고통뿐입니다.

　그러나 나는 당신을 원망할 수는 없습니다. 당신이 가기 전에는, 나의 고통의 마음을 빼앗어간 까닭입니다.

　만일 당신이 환락의 마음과 고통의 마음을 동시에 빼앗어간다 하면, 나에게는 아모 마음도 없었습니다.[3]

　나는 하늘의 별이 되야서, 구름의 면사(面紗)로 낯을 가리고 숨

---

1) **요술(妖術)**: 만해의 애정시는 두 개의 유형으로 나누어 볼 수 있다. 하나는 단순 애정시에 속하는 것이며 다른 하나가 화자의 애정을 해탈, 견성(見性)의 차원으로 승화시키려는 의도를 내포한 것이다. 이 작품은 전자에 속한다. 이 작품에서도 화자의 애정은 고통과 번민에 싸여 있다. 그러나 화자는 그것을 그 자체로 받아들이고 〈당신〉을 향한 그리움과 믿음을 지키며 다져가려고 한다. 그것을 형이상의 차원으로 승화시키려는 의도가 내포되지 않은 점으로 보아 이 시는 단순 애정시에 속하는 것이다.

2) **나의 환락(歡樂)의 마음**: 〈환락〉은 기뻐하고 즐거워하는 것이며 오락의 뜻이 강하다. 그러나 여기서는 고통에 대가 됨으로써 그것이 마음의 평화나 행복과 함께하는 즐거움의 뜻을 가진다.

3) **만일 당신이 환락(歡樂)의 마음과 고통(苦痛)의 마음을 동시(同時)에 빼앗어간다면, 나에게는 아모 마음도 없었습니다**: 화자에게 〈당신〉은 일체다. 그러니까 그를 사랑하면서 빚어진 〈환락의 마음〉과 〈고통의 마음〉을 빼앗아버리면 아무런 마음도 남지 않는다. 〈아모〉→〈아무〉, 〈없었습니다〉→〈없겠습니다〉.

어 있겠습니다.

　나는 바다의 진주가 되얏다가, 당신의 구두에 단추가 되겠습니다.

　당신이 만일 별과 진주를 따서 게다가 마음을 너서, 다시 당신의 님을 만든다면, 그 때에는 환락의 마음을 너주서요.

　부득이 고통의 마음도 너야 하겠거든, 당신의 고통을 빼어다가 너주서요.[4]

　그리고 마음을 빼앗아가는 요술(妖術)은 나에게는 가리쳐 주지 마서요.

　그러면 지금의 이별이 사랑의 최후는 아닙니다.

---

　4) 부득이 고통(苦痛)의 마음도 너야 하겠거든, 당신의 고통을 빼어다가 너주서요: 이 바로 앞에서 화자는 〈당신〉에게 〈환락의 마음〉을 달라고 했다. 이별에서 오는 고통이 그에게 쓰라리고 싫기 때문이다. 그러면서 여기서는 당신이 선물하는 주머니에 〈고통의 마음〉을 넣을 경우를 설정했다. 그 때 화자는 그 자신의 고통 뿐 아니라 〈당신의 고통〉까지를 거기에 넣어달라고 했다. 이것은 쓰라리고 아픈 마음을 감내하며 〈당신〉으로 부터는 떼어내고자 하려는 생각에서다. 매우 철저한 자기희생의 사랑이다. 〈너야 하겠거든〉→〈넣어야 하겠거든〉.

당신의 마음

나는 당신의 눈썹이 검고, 귀가 갸름한 것도 보았습니다.

그러나 당신의 마음을 보지 못하얐습니다.

당신이 사과를 따서 나를 주랴고, 크고 붉은 사과를 따로 쌀 때에, 당신의 마음이 그 사과 속으로 들어가는 것을 분명히 보았습니다.[1]

나는 당신의 둥근 배와 잔나비 같은 허리와를 보았습니다.

그러나 당신의 마음은 보지 못하얐습니다.

당신이 나의 사진과 어뜬 여자의 사진을 같이 들고 볼 때에, 당신의 마음이 두 사진의 새이에서 초록빛이 되는 것을 분명히 보았습니다.[2]

---

[1] 당신이 사과를 따서 나를 주랴고 (······) 당신의 마음이 그 사과 속으로 들어가는 것을 분명히 보았습니다: 이 부분 바로 앞자리에 〈당신의 마음을 보지 못하였습니다〉가 있음을 주의해야 한다. 마음은 의식의 문제이기 때문에 볼 수가 없다. 그러나 우리가 마음의 정표로 선물을 하면 거기에 마음이 담긴다고 한다. 여기서는 그 정표로 사과가 쓰이고 있다. 사과는 과일의 일종이므로 우리가 그것을 보고 만질수도 있다. 이것으로 만해는 의식의 범주에 드는 마음을 감각적 실체로 바꾸어 낸 것이다.

[2] 당신이 나의 사진과 어뜬 여자의 사진을 같이 들고 볼 때에, 당신의 마음이 두 사진의 새이에서 초록빛이 되는 것을 분명히 보았습니다: 여기서 화자는 그의 사진 뿐만 아니라 다른 여자의 사진(어떤 여자의 것)을 함께 보는 당신에 대해 질투를 하고 있다. 초록빛 마음은 영어의 초록빛 눈, 곧 green eye를 연상 시킨다. 그것은 질투를 뜻한다. 질투 역시 의식상의

나는 당신의 발톱이 희고, 발꿈치가 둥근 것도 보았습니다.

그러나 당신의 마음을 보지 못하얏습니다.

당신이 떠나시랴고, 나의 큰 보석반지를 주머니에 너실 때에, 당신의 마음이 보석 반지 너머로 얼골을 가리고 숨는 것을 분명히 보았습니다.[3]

문제이므로 우리가 보거나 만질 수가 없다. 그것을 만해는 초록빛으로 전이시켜 선명한 심상이 되도록 했다. 〈어든〉→〈어떤〉, 〈새이에서〉→〈사이에서〉.

3) 당신의 마음이 보석 반지 너머로 얼골을 가리고 숨는 것을 분명히 보았습니다: 선물 내용이 다를 뿐 구문이 앞 연들과 꼭 같다. 또한 마음을 객관적 상관물을 통해서 감각적 실체로 전이시킨 기법 역시 다른 연과 다르지 않다. 이 작품은 산문 형식으로 되어 있으나 그 첫줄과 마지막 줄을 〈보았습니다〉로 통일되어 있다. 이것은 줄글 형식에서 오는 평면성을 최대한 막아보려는 시적 전략의 결과로 생각된다.

여름밤이 길어요

당신이 기실 때에는 겨울밤이 쩌르더니,[1] 당신이 가신 뒤에는 여름밤이 길어요.

책력의[2] 내용이 그릇되었나 하얐더니, 개똥불이[3] 흐르고 버레가 웁니다.

긴밤은 어데서 오고, 어데로 가는 줄을 분명히 알았습니다.

긴밤은 근심 바다의 첫 물결에서 나와서, 슬픈 음악이 되고 아득한 사막이 되더니, 필경 절망의 성(城) 너머로 가서, 악마의 웃음 속으로 들어갑니다.[4]

그러나 당신이 오시면, 나는 사랑의 칼을 가지고 긴 밤을 베어서, 일천(一千) 도막을 내겠습니다.

당신이 기실 때는 겨울밤이 쩌르더니, 당신이 가신 뒤는 여름밤이 길어요.

---

1) 쩌르더니: 짧더니. 쩌르더니는 경상도와 충청도 일부지방의 방언.
2) 책력(册曆): 〈역(曆)〉은 달과 계절을 뜻한다. 전체를 관측하여 해와 달의 운행 및 절기 따위를 적어 놓은 책을 〈책력〉이라고 한다.
3) 개똥불: 반디불이.
4) 긴밤은 근심 바다의 첫 물결에서 나와서, 슬픈 음악(音樂)이 되고 아득한 사막(沙漠)이 되더니, 필경 절망(絶望)의 성(城) 너머로 가서, 악마(惡魔)의 웃음 속으로 들어갑니다.: 여름밤은 겨울밤에 비해서 짧다. 그 밤을 길다고 한 것은 화자가 이별한 님을 사무치게 생각하는 시간이 그 때이기 때문이다. 〈근심바다〉 이하 〈악마의 웃음〉까지는 화자가 그런 시간에 님 생각으로 겪은 마음의 고통을 뜻한다.

명상(冥想)[1]

　아득한 명상의 적은 배는 갓이 없이 출렁거리는[2] 달빛의 물ㅅ결에 표류(漂流)되야, 멀고먼 별나라를 넘고 또 넘어서, 이름도 모르는 나라에 이르렀습니다.

　이나라에는 어린 아기의 미소와 봄 아츰과 바다소리가 합하여 사람이 되얐습니다.[3]

　이나라 사람은 옥새(玉璽)의 귀한 줄도 모르고, 황금을 밟고 다니고, 미인의 청춘을 사랑할 줄도 모릅니다.[4]

　이나라 사람은 웃음을 좋아하고, 푸른 하늘을 좋아합니다.

　명상의 배를 이나라의 궁전에 매었더니, 이나라 사람들은 나의 손을 잡고 같이 살자고 합니다.

---

1) **명상(冥想)**: 명상의 사전적 의미는 눈을 감고 깊이 사물과 사실들을 생각하는 것이다. 불교에서는 해탈, 견성(見性)의 경지에 이르기 위한 방법으로 명상법이 많이 이용되었다. 수도자들이 미혹을 끊어버리고 마음을 고요히 가라앉히어 인생과 삼라만상의 참모습을 파악하는 길을 불교는 선정(禪定)이라고 한다. 여기서 명상은 그 내포와 외연히 거의 그에 수렴되는 듯 보인다.

2) **갓이 없이 출렁거리는**: 가이 없이 출렁거리는.

3) **어린 아기의 미소(微笑)와 봄아츰과 바다소리가 합(合)하여 사람이 되얐습니다**: 〈봄아츰〉→〈봄아침〉. 아름답고 순수무구하며 넓고 아득한 마음 바탕을 두루 포괄한 경지를 가리킨다.

4) **미인(美人)의 청춘(靑春)을 사랑할 줄도 모릅니다**: 해탈, 지견(知見)의 차원이 아닌 현상계의 아름다움에 큰 비중을 두지 않는 경지를 말한 것이다.

그러나 나는 님이 오시면, 그의 가슴에 천국을 꾸미랴고 돌아왔습니다.[5]

달빛의 물결은 흰 구슬을 머리에 이고, 춤추는 어린 풀의 장단을 맞추어 우줄거립니다.

---

5) 그러나 나는 님이 오시면, 그의 가슴에 **천국을 꾸미랴고 돌아왔습니다**: 화자가 꿈꾸어 온 것은 진리의 나라다. 문맥으로 보아 그곳은 영생의 나라, 곧 극락이며 천당이다. 그 나라 사람에게 함께 살자는 제의를 받았으나 화자는 세속적 사랑과 이별이 있는 세상으로 돌아왔다. 님이 그에게로 돌아올 것을 믿은 나머지다. 이것으로 우리는 화자에게 님과 함께 하는 사랑이 천국이나 극락왕생의 차원을 넘어선 것이며 절대적인 의미를 지니고 있음을 알게 된다.

칠석(七夕)[1]

「차라리 님이 없이 스스로 님이 되고 살지언정, 하늘 위의 직녀성(織女星)은 되지않겠어요, 녜 녜.」 나는 언제인지 님의 눈을 쳐다보며 조금 아양스런 소리로 이렇게 말하얐습니다.

이 말은 견우(牽牛)의 님을 그리우는 직녀(織女)가 일년에 한번씩 만나는 칠석을 어찌 기다리나 하는 동정의 저주(咀呪)였습니다.[2]

이말에는 나는 모란꽃에 취한 나비처럼, 일생을 님의 키쓰에 바쁘게 지나겠다는,[3] 교만한 맹서가 숨어 있습니다.

아아 알 수 없는 것은 운명이요 지키기 어려운 것은 맹서입니다.

나의 머리가 당신의 팔 위에 도리질을 한지가 칠석을 열번이나

---

1) **칠석(七夕)**: 음력으로 7월 7일, 민간 전설에 따르면 이날 하늘나라의 견우와 직녀가 은하수를 건너서 만난다고 한다. 견우는 은하수의 서쪽에 그리고 직녀는 동쪽에 있다. 이 날이 되면 하늘의 까치들이 모여 은하수에 다리를 놓아 견우와 직녀를 만나게 해준다. 그 이름이 오작교이다.

2) **동정(同情)의 저주(咀呪)**: 여기서 화자가 동정과 저주를 함께 보내는 대상은 견우 직녀. 그들은 살뜰하게 사랑하는데도 은하수를 두고 한 해에 한 번 밖에 만나지 못한다. 그런 처지에 화자는 동정을 보낸다. 그러나 달리 생각하면 견우와 직녀는 사랑하는데도 한해에 한번 밖에 만나지 못하고 이별하며 살아야 하는 나쁜 선례를 남겼다. 이것이 화자가 그들에게 저주스럽다는 감정을 품지 않을 수 없는 이유다.

3) **나는 모란꽃에 취한 나비처럼, 일생(一生)을 님의 키쓰에 바쁘게 지나겠다는**: 꽃과 나비를 의인화시키면, 꽃은 한 사람의 입술이 되고 나비는 또 다른 사람의 입이 된다. 그리하여 모란꽃 위에 앉는 나비가 남녀간의 입맞춤을 뜻하는 그림이 되는 것이다.

지나고 또 몇 번을 지내었습니다.

그러나 그들은 나를 용서하고 불쌍히 여길 뿐이요, 무슨 복수적 저주(復讐的 咀呪)를 아니하얏습니다. [4]

그들은 밤마다 밤마다 은하수를 새에 두고, 마주 건너다 보며 이야기하고 놉니다.

그들은 해쭉해쭉 웃는 은하수의 강안(江岸)에서, 물을 한줌씩 쥐어서 서로 던지고 다시 뉘우쳐 합니다.

그들은 물에다 발을 잠그고 반비식이 누워서, [5] 서로 안보는체 하고 무슨 노래를 부릅니다.

그들은 갈잎으로 배를 만들고, 그 배에다 무슨 글을 써서 물에 띄우고, 입김으로 불어서 서로 보냅니다. 그러고 서로 글을 보고, 이해하지 못하는 것처럼 잠자코 있습니다.

그들은 돌어갈 때에는 서로 보고 웃기만 하고 아모 말도 아니

---

4) 그러나 그들은 나를 용서하고 불쌍히 여길 뿐이요, 무슨 복수적 저주(復讐的 咀呪)를 아니하얏습니다: 여기서 그들은 견우, 직녀를 가리킨다. 그들은 1년에 한번 밖에 만나지 못한다. 그럼에도 그들 자신의 운명에 한탄만을 한다든가 칠석(七夕)을 열 번이나 지나는 동안 님의 팔 위에서 도리질을 하며 즐기는 나를 저주하지 않는다. 이 작품의 화자는 그런 견우와 직녀를 마음 깊은 곳에서 기리고 있다.

5) 반비식이 누워서: 반쯤 비스듬히 누워서.

합니다.

지금은 칠월칠석날 밤입니다.

그들은 난초실로 주름을 접은 연꽃의 위ㅅ옷을[6] 입었습니다.

그들은 한 구슬에 일곱빛 나는 계수(桂樹)나무 열매의 노르개를 찼습니다.

키쓰의 술에 취(醉)할 것을 상상하는 그들의 뺨은, 먼저 기쁨을 못이기는 자기의 열정에 취하야, 반이나 붉었습니다.

그들은 오작교를 건너갈 때에, 걸음을 멈추고 위ㅅ옷의 뒷자락을 검사합니다.

그들은 오작교를 건너서 서로 포옹하는 동안에, 눈물과 웃음의 순서를 잃더니, 다시금 공경하는 얼골을 보입니다.

아아 알 수 없는 것은 운명이요, 지키기 어려운 것은 맹서입니다.

나는 그들의 사랑이 표현인 것을 보았습니다.

진정한 사랑은 표현할 수가 없습니다.[7]

---

6) 난초(蘭草) 실로 주름을 접은 연(蓮)꽃의 위ㅅ옷: 난초 실은 이승의 재봉용이 아니라 하늘나라의 옷을 짓는데 쓰는 것이다. 연꽃의 옷, 이미 나온 바와 같이 연잎은 비에 젖지 않는다. 따라서 그것으로 지어 입은 옷도 이승의 것이 아닌 천국이나 극락의 복식이다.

그들은 나의 사랑을 볼 수는 없습니다.

사랑의 신성은 표현에 있지 않고 비밀에 있습니다.

그들이 나를 하늘로 오라고 손짓을 한대도, 나는 가지 않겠습니다.

지금은 칠월칠석날 밤입니다.

---

7) 나는 그들의 사랑이 표현(表現)인 것을 보았습니다./ 진정한 사랑은 표현(表現)할 수가 없습니다: 여기서 표현이란 마음이 형태로 나타남을 뜻한다. 불교의 구경이 되는 사랑은 말이나 글, 그 어떤 몸짓으로도 표현해 낼 수가 없다. 따라서 이 부분은 견우, 직녀의 사랑까지를 극복되어야 할 과제로 잡은 것으로 만해의 정신적 경지가 철저하게 무아(無我), 묘공의 차원에 이르렀음을 가리킨다.

생의 예술(藝術)

몰란결에[1] 쉬어지는 한숨은 봄바람이 되어서, 야윈 얼골을 비치는 거울에 이슬꽃을 핍니다.

나의 주위에는 화기라고는 한숨의 봄바람 밖에는 아모 것도 없습니다.[2]

하염없이 흐르는 눈물은 수정이 되야서, 깨끗한 슬픔의 성경(聖境)을 비칩니다.

나는 눈물의 수정이 아니면, 이 세상에 보물이라고는 하나도 없습니다.[3]

한숨의 봄바람과 눈물의 수정은, 떠난 님을 기루어하는 정(情)의 추수(秋收)입니다.

저리고 쓰린 슬픔은 힘이 되고 열(熱)이 되야서, 어린 양과 같은 적은 목숨을 살어 움직이게 합니다.

---

1) 몰란결: 모르는 사이.
2) 화기(和氣)라고는 한숨의 봄바람 밖에는 아모 것도 없습니다: 한숨의 봄바람이란 행복한 마음의 비유가 아니라 괴로운 심경을 드러낸다. 그것 밖에 화기가 없다고 한 것은 화자가 매우 불행한 처지에 놓여 있음을 가리킨다.
3) 나는 눈물의 수정(水晶)이 아니면, 이 세상에 보물(寶物)이라고는 하나도 없습니다: 〈눈물의 수정〉이란 슬픔의 상징일 뿐이다. 그것 밖에 보물이 없다는 것은 앞서 경우와 같이 화자의 처지가 매우 불우한 지경에 놓여 있음을 뜻한다.

님이 주시는 한숨과 눈물은 아름다운 생의 예술(藝術)입니다.[4]

---

4) 님이 주시는 한숨과 눈물은 아름다운 생(生)의 예술(藝術)입니다: 이 작품
   의 앞자리에 한숨이 봄바람으로 그리고 눈물이 수정으로 일체화가 되었
   다. 이것은 아프고 괴로운 마음이 제3의 객체로 표현된 것이다. 모든 예술
   은 소재를 제3의 실체로 표현해내는 작업이다. 만해가 이 작품 제목을 〈생
   의 예술〉이라고 붙인것은 이런데에 그 근거가 있다.

꽃싸움[1]

　당신은 두견화를 심으실 때에, 「꽃이 피거든 꽃싸움하자」고 나에게 말하얐습니다.

　꽃은 피어서 시들어 가는데, 당신은 옛 맹서를 잊으시고 아니 오십니까.

　나는 한손에 붉은 꽃수염을 가지고 한손에 흰 꽃수염을 가지고, 꽃싸움을 하야서 이기는 것은 당신이라 하고, 지는 것은 내가 됩니다.

　그러나 정말로 당신을 만나서 꽃싸움을 하게 되면, 나는 붉은 꽃수염을 가지고 당신은 흰 꽃수염을 가지게 합니다.

　그러면 당신은 나에게 번번히 지십니다.

　그것은 내가 이기기를 좋아하는 것이 아니라, 당신이 나에게 지기를 기뻐하는 까닭입니다.

　번번히 이긴 나는 당신에게 우승의 상을 달라고 조르겠습니다.[2]

---

1) 꽃싸움: 〈꽃싸움〉은 〈꽃쌈〉으로 표기해야 한다. 한자어로 화전(花戰)이라고 하며 우리나라의 민속놀이 가운데 하나로 놀이 방법에 두 가지가 있다. 하나는 꽃가지에서 꽃을 꺾어내어 그 수효가 많고 적음을 세어 승부를 결정하는 경우다. 그리고 다른 하나가 꽃이나 꽃술을 가지고 맞걸어 당겨 끊어지는 쪽이 지고 그 상대방이 이기기로 하는 내기다. 그 내용으로 보아 이 시는 후자에 속하는 놀이를 한 것으로 생각된다. 다만 이 작품은 소재를 꽃쌈에서 빌렸을 뿐이다. 이 시의 속뜻은 〈나〉와 그가 사랑하는 〈당신〉 사이의 애정을 노래한데 있다.

그러면 당신은 빙긋이 웃으며, 나의 뺨에 입맞추었습니다.

꽃은 피어서 시들어 가는데, 당신은 옛맹서를 잊으시고 아니오
십니까.

---

2) **조르겄습니다**: 조르겠습니다.

거문고 탈 때[1]

달 아래에서 거문고를 타기는 근심을 잊을까 함이러니, 츰 곡조가[2] 끝나기 전에 눈물이 앞을 가려서, 밤은 바다가 되고 거문곳줄은 무지개가 됩니다.

거문고 소리가 높었다가 가늘고 가늘다가 높을 때에, 당신은 거문곳줄에서 그늬를[3] 뜁니다.

마즈막 소리가 바람을 따러서[4] 느투나무[5] 그늘로 사러질 때에, 당신은 나를 힘 없이 보면서 아득한 눈을 감습니다.

아아 당신은 사러지는 거문고 소리를 따러서 아득한 눈을 감습니다.

---

1) **거문고 탈 때**: 이 시의 화자는 거문고를 타면서 님을 그려본다. 거문고 가락과 함께 사무치는 님 생각으로 화자는 환영까지를 본다. 〈당신은 거문곳줄에서 그늬를 뜁니다〉가 그 단적인 표상이다. 그런데 그 님은 살아서 이별한 것이 아니라 이승에 없는 사람이다. 거문고 소리가 〈느투나무 그늘로 사라질때에, 당신은 나를 힘없이 보면서 아득한 눈을 감습니다〉에 그런 심상이 드러난다. 이제까지 만해의 몇 개의 이별가는 생이별의 노래였다. 그러나 이 작품은 사별가(死別歌)에 속한다.

2) **츰곡조**: 처음 곡조.

3) **그늬**: 그네.

4) **따러서**: 따라서.

5) **느투나무**: 느티나무.

오서요

오서요, 당신은 오실 때가 되얏어요, 어서 오서요.

당신은 당신의 오실 때가 언제인지 아십니까, 당신의 오실 때는
나의 기다리는 때 입니다.[1]

당신은 나의 꽃밭으로 오서요, 나의 꽃밭에는 꽃들이 피어 있습
니다.

만일 당신을 좇어오는 사람이 있으면, 당신은 꽃속으로 들어가
서 숨오십시오.

나는 나비가 도야서 당신 숨은 꽃 위에 가서 앉겠습니다.

그러면 좇어오는 사람이 당신을 찾을 수 는 없습니다.[2]

---

1) 오서요, 당신은 오실 때가 되얏어요, 어서 오서요./ 당신은 당신의 오실
   때가 언제인지 아십니까, 당신의 오실 때는 나의 기다리는 때입니다: 여
   기서 당신은 한용운이 평생을 걸어 분투한 국권회복을 상징한다. 〈오서요〉,
   〈어서오서요〉를 되풀이한 것은 그의 주권회복을 갈망하는 마음속의 열기
   를 나타낸다. 또한 광복의 시기를 〈나의 기다리는 때〉로 잡은 것도 그와 같
   은 생각이다.

2) 당신은 나의 꽃밭으로 오서요, 나의 꽃밭에는 꽃들이 피어 있습니다.
   (……) 나는 나비가 도야서 당신 숨은 꽃 위에 가서 앉겠습니다. 그러면
   좇어오는 사람이 당신을 찾을 수 는 없습니다: 여기 나타나는 바 조국광
   복의 상징인 〈당신〉은 〈좇아오는 사람〉을 강하게 의식한다. 그리고 〈좇아
   오는 사람〉은 우리 민족의 주권을 강탈해 간 일제. 무력탄압, 철권정치의
   주체인 일제를 피하는 당신은 꽃밭으로 와서 숨으라는 것은 모순이다. 이
   에 대한 해석은 꽃밭이 여느 물리적 공간이 아니라 불법(佛法)이 가리키는
   바 묘유(妙有), 진여(眞如)의 세계임을 밝혀내는 것으로 그 해답이 나온다.

오서요, 당신은 오실 때가 되얏습니다, 어서오서요.

당신은 나의 품으로 오서요, 나의 품에는 보드러운 가슴이 있습
니다.

만일 당신을 좇어오는 사람이 있으면, 당신은 머리를 숙여서 나
의 가슴에 대입시요.

나의 가슴은 당신이 만질 때에는 물 같이 보드러웁지마는, 당신
의 위험(危險)을 위하야는 황금의 칼도 되고, 강철의 방패도 됩
니다.[3]

나의 가슴은 말ㅅ굽에 밟힌 낙화가 될지언정, 당신의 머리가 나
의 가슴에서 떨어질 수는 없습니다.

그러면 좇어오는 사람이 당신에게 손을 대일 수는 없습니다.

---

3) 당신은 나의 품으로 오서요, 나의 품에는 보드러운 가슴이 있습니다. (……)
나의 가슴은 당신이 만질 때에는 물 같이 보드러웁지마는, 당신의 위험
(危險)을 위하야는 황금(黃金)의 칼도 되고, 강철(鋼鐵)의 방패도 됩니다:
여기서 〈나〉는 〈당신〉을 적의 추적과 위협으로부터 구출, 보호하고자 하
는 사람이다. 그는 보살행의 경지를 유추하게 만드는 부드러운 가슴을 가
지고 있다. 그런데 그 가슴이 때로는 황금의 칼이 되고, 강철의 방패로 변
할 수 있다. 불교에서는 번뇌를 끊고 그 원인을 이루는 마장(魔障)을 물리
치기 위해서는 금강불굴(金剛不屈)의 투지가 필요하다. 그 상징이 황금의
칼이며 강철의 방패다. 이렇게 읽으면 만해 한용운의 반제의식이 불법의
강마성도(降魔成道)사상과 습합되어 있음을 알 수가 있다.

오서요, 당신은 오실 때가 되얐습니다, 어서 오서요.

당신은 나의 주검 속으로 오서요, 주검은 당신을 위하야의 준비가 언제든지 되야있습니다.

만일 당신을 좇어오는 사람이 있으면, 당신은 나의 주검의 뒤에 서십시요.

주검은 허무와 만능이 하나입니다.

주검의 사랑은 무한인 동시에 무궁입니다.

주검의 앞에는 군함과 포대가 띠끌이 됩니다.

주검의 앞에는 강자와 약자가 벗이 됩니다.

그러면 좇어오는 사람이 당신을 잡을 수는 없습니다.[4]

---

4) 당신은 나의 주검 속으로 오서요, 주검은 당신을 위하야의 준비가 언제든지 되야있습니다. (……) 주검은 허무(虛無)와 만능(萬能)이 하나입니다./ 주검의 사랑은 무한(無限)인 동시에 무궁(無窮)입니다./ 주검의 앞에는 군함(軍艦)과 포대(砲臺)가 띠끌이 됩니다. (……) 그러면 좇어오는 사람이 당신을 잡을 수는 없습니다: 얼핏보면 이 부분에서 만해는 상당한 논리의 혼란을 일으킨다. 여기서 〈주검〉은 〈죽음〉의 다른 표현이다. 그것은 소멸(消滅), 사거(死去)를 뜻할 뿐이다. 그럼에도 만해가 광복의 상징인 〈당신〉을 그곳으로 오라고 했다. 단순 논리에 따르면 이것으로 만해는 민족운동자가 아니라 조국의 이름을 들어 망각과 허무의 심연에 파묻으려는 반역자가 된다. 이때 생기는 논리의 한계는 불법의 기능적 이해를 통하여 그 돌파구가 열린다. 불교에서는 해탈, 지견(知見)의 경지에 이르면 이승과 저승이 다른 자리가 아니며 생과 사 다른 이름이 아니다. 그것을 생사일여(生死一如), 만법구적(萬法俱寂)이라고 한다. 이것을 〈죽음의 사랑〉이라고 한 것이 만해다. 또한 이런 차원에 이르면 〈군함과 포대가 티끌〉로 화

오서요, 당신은 오실 때가 되얏습니다, 어서 오서요.

할 수 밖에 없다. 이때에 우리가 얻을 수 있는 논리도 명백한 것이 된다. 여기서 만해는 반제(反帝)와 구국, 광복의 길을 불법의 행동철학과 큰 슬기를 통해 얻고자 한 것이다.

쾌락(快樂)[1]

님이여, 당신은 나를 당신 기신 때처럼 잘 있는 줄로 아십니까.
그러면 당신은 나를 아신다고 할 수가 없습니다.

당신이 나를 두고 멀리 가신 뒤로는, 나는 기쁨이라고는 달도
없는 가을 하늘에 외기러기의 발자최만치도 없습니다.[2]

거울을 볼 때에 절로 오든 웃음도 오지 않습니다.
꽃나무를 심으고 물 주고 붓돋우든 일도 아닙니다.
고요한 달그림자가 소리없이 걸어와서, 엷은 창에 소근거리는
소리도 듣기 싫습니다.
가물고 더운 여름 하늘에 소낙비가 지나간 뒤에, 산모롱이의 적
은 숲에서 나는 서늘한 맛도 달지 않습니다.
동무도 없고 노르개도[3] 없습니다.

---

1) **쾌락(快樂)**: 쾌락이란 유쾌한 것, 즐거움을 가리킨다. 이 작품 내용은 그와
   반대로 살뜰하게 좋아하는 사람을 이별한 것으로 빚어진 슬픔과 괴로움을
   바탕으로 한 것이다. 화자는 그런 감정 속에서 〈쾌락〉이라고 할 수 있는
   것이 〈싫것 우는 것〉이라고 했다. 반어를 통해서 자신의 괴로운 마음을 토
   로한 셈이다.
2) **기쁨이라고는 달도 없는 가을 하늘에 외기러기의 발자최만치도 없습니다**:
   〈발자최〉→〈발자취〉. 달도 없는 가을 하늘에 기러기가 난다고 보일 리가
   없다. 또한 하늘에 기러기가 난다고 그 발자취가 남을 리도 없다. 두 경우
   모두 있을 수 없는 일을 다시 없다고 하여 그 뜻을 강조한 것이다.

나는 당신 가신 뒤에, 이 세상에서 얻기 어려운 쾌락이 있습니다.
그것은 다른 것이 아니라, 이따금 실컷 우는 것입니다.

3) 노르개: 〈노르개〉→〈노리개〉.

고대(苦待)[1]

　당신은 나로 하야금 날마다 날마다 당신을 기다리게 합니다.

　해가 저물어 산그림자가 촌집을 덮을 때에, 나는 기약 없는 기대를 가지고 마을 숲 밖에 가서 기다리고 있습니다.

　소를 몰고 오는 아해들의 풀잎피리는 제소리에 목마칩니다.[2]

　먼 나무로 돌어가는 새들은 저녁 연기에 헤염칩니다.[3]

　숲들은 바람과의 유희(遊戱)를 그치고 잠잠히 섰습니다. 그것은 나에게 동정하는 표상입니다.

　시내를 따러 구비친 모랫길이 어둠의 품에 안겨서 잠들 때에, 나는 고요하고 아득한 하늘에 긴 한숨의 사라진 자최를 남기고, 게으른 걸음으로 돌어옵니다.

　당신은 나로 하여금 날마다 날마다 당신을 기다리게 합니다.

　어둠의 입이 황혼의 엷은 빛을 삼킬 때에, 나는 시름 없이 문밖에 서서 당신을 기다립니다.

---

　1) **고대(苦待)**: 매우 애타하면서 하는 기다림. 여기서 화자가 기다리는 사람은 일단 이성의 애인, 곧 사랑하는 사람이다. 그러나 그 의식의 한가닥에는 불교의 감각이 적지않게 깃들어 있다. 따라서 이 시는 단순 애정시가 아닌 종교적 사랑 노래다.

　2) **풀잎피리는 제소리에 목마칩니다**: ⟨목마칩니다⟩→⟨목이 메입니다⟩. 풀잎 소리를 의인화 시켰다.

　3) **새들은 저녁 연기에 헤염칩니다**: 공중에 피어오른 연기를 물결로 대비시키고 있다.

다시 오는 별들은 고운 눈으로 반가운 표정을 빛내면서, 머리를 조아 다투어 인사합니다.

풀 새이의 버레들은 이상한 노래로, 백주(白晝)의 모든 생명의 전쟁을 쉬게하는 평화의 밤을 공양합니다.[4]

네모진 적은 못의 연잎 위에 발자최 소리를 내는 실 없는 바람이 나를 조롱할 때에 나는 아득한 생각이 날카로운 원망으로 화합니다.

당신은 나로 하야금 날마다 날마다 당신을 기다리게 합니다.

일정한 보조로 걸어가는 사정(私情)없는 시간이, 모든 희망을 채찍질하야 밤과 함께 몰어 갈 때에, 나는 쓸쓸한 잠자리에 누워서 당신을 기다립니다.

가슴 가온데의 저기압은 인생의 해안에 폭풍우를 지어서, 삼천세계(三千世界)는[5] 유실되얐습니다.

벗을 잃고 견디지 못하는 가엾은 잔나비는 정의 삼림(森林)에서

___

4) 풀 새이의 버레들은 이상한 노래로 (……) 평화(平和)의 밤을 공양(供養)합니다: 〈풀새이〉→〈풀사이〉. 〈공양(供養)〉 일발적으로는 모시고 받드는 것을 말하나 여기서는 부처님에게 음식, 꽃, 향기 따위를 바치는 것을 가리킨다. 벌레들의 노래가 만상을 편안하도록 쉬게 한다고 생각하여 이런 표현이 이루어졌다.

5) 삼천세계(三千世界): 삼천대천세계(三千大天世界)의 준말이다. 고대 인도

저의 숨에 질식되얏습니다.

우주와 인생의 근본문제(根本問題)를 해결하는 대철학(大哲學)
은 눈물의 삼매에 입정되얏습니다.[6]

나의 「기다림」은 나를 찾다가 못찾고, 저의 자신까지 잃어버렸
습니다.

의 우주관에 따르면 한 세계는 구산팔해(九山八海)로 이루어진다. 이러한
세계의 천배가 소천세계(小天世界)이며 그 천배를 중천세계(中天世界), 다
시 그 천배를 대천세계(大天世界)라고 한다.

6) 우주(宇宙)와 인생(人生)의 근본문제(根本問題)를 해결(解決)하는 대철학
(大哲學)은 눈물의 삼매(三昧)에 입정(入定)되얏습니다: 〈삼매(三昧)〉는 불
교용어로 정(定), 등대(等待)라고도 하며 마음이 들뜨거나 침울하지 않고
평온한 상태를 가리킨다. 불교가 흔히 쓰는 수도의 방법으로 무념, 무상,
무아의 경지에 이르는 것을 뜻한다. 그렇다면 〈눈물의 삼매〉는 애초에 성
립이 되지 않는 두 말이 쓰인 경우다. 이에 대한 미래는 만해가 즐겨 쓴 문
장기법에 사상, 관념상의 내용을 특히 강조한 예를 살피는 것으로 가능하
다. 이미 나온 예로 「비밀」에 쓰인 〈소리없는 메아리〉가 있었다. 또한 위
의 작품에도 〈달도 없는 가을 하늘에 외기러기의 발자최〉가 나왔다. 만해
는 이런 표현을 통해 그가 작품에서 표현하고자 한 의도를 특히 강조했다.
위의 표현은 〈우주, 인생의 근본문제를 해결하는 대철학〉을 강조하기 위
한 것으로 읽어야 한다.

사랑의 끝판[1]

네 네 가요, 지금 곧 가요.

에그 등불을 켜랴다가 초를 거꾸로 꽂었습니다 그려. 저를 어쩌
나, 저사람들이 숭보겄네.

님이여, 나는 이렇게 바쁩니다. 님은 나를 게으르다고 꾸짖습니
다. 에그 저것 좀 보아, 「바쁜 것이 게으른 것이다」[2] 하시네.

내가 님의 꾸지럼을 듣기로 무엇이 싫겄읍니까. 다만 님의 거문
곳줄이 완급을 잃을까 저퍼합니다.[3]

---

1) **사랑의 끝판**: 그 말씨로 미루어 볼 때 이 시의 화자는 여성이다. 그는 〈님〉
을 의식하는 가운데 매우 뒤설레는 마음을 가지고 있다. 이런 점으로만 보
면 이 시는 애정물 가운데 하나다. 다만 그 의식 속에는 은연 중 불교식 사
유를 느끼게 하는 부분이 포함되어 있다. 따라서 이 시는 단순한 사랑노래
가 아닌 성문(聲門) 정도의 여성이 부른 님에게 바치는 노래다. 그렇다면
이 시에서 「님」이 뜻하는 바가 무엇인지가 궁금하다. 그것이 이 시가 지니
는 바 속뜻을 드러낼 것이기 때문이다.

2) **바쁜 것이 게으른 것이다**: 『님의 침묵』여기저기에 나오는 것과 같은 수사
법으로 한용운 시의 특징이 되는 반어(反語)다. 화자가 살뜰하게 받드는
〈님〉의 심상을 부각시키기 위해 쓴 표현 가운데 하나다.

3) **내가 님의 꾸지럼을 듣기로 무엇이 싫겄읍니까. 다만 님의 거문곳줄이 완
급(緩急)을 잃을까 저퍼합니다**: 〈꾸지럼〉→〈꾸지람〉, 〈저퍼합니다〉→〈두
려워합니다〉. 우리말에 사이가 좋은 부부관계를 금슬(琴瑟)이 좋다고 한
다. 이때의 금(琴)을 우리말로 거문고라고 한다. 그 거문고가 완급(緩急)을
잃는다. 곧 가락에 혼란이 일어난다는 것은 남녀의 관계에 금이 가는 것을
뜻한다. 그런 사태가 일어나지 않을까 화자는 매우 두려워한다. 이것으로
〈님〉을 향한 그의 마음이 매우 절실함이 드러난다.

　님이여, 하늘도 없는 바다를 거쳐서, 느릅나무 그늘을 지어버리
는 것은 달빛이 아니라 새는 빛입니다.[4]
　홰를 탄 닭은 날개를 움직입니다.
　마구에 매인 말은 굽을 칩니다.
　네 네 가요, 이제 곧 가요.

---

4) 하늘도 없는 바다를 거쳐서, 느릅나무 그늘을 지어버리는 것은 달빛이
　아니라 새는 빛입니다: 여기서 주어부가 되는 것은 새는 빛, 곧 새벽이다.
　〈하늘도 없는 바다〉, 〈느릅나무 그늘을 지어버리는 (……) 달빛〉 등은 그
　것을 강조하기 위한 수식어 구실을 한다. 그런데 이들 말은 모두 반어(反
　語)들이다. 특히 여기서 느릅나무는 해가 지는 곳을 상징하며 그에 대해
　달빛이 아닌 새벽 빛을 이끌어들인 것은 역설이다. 만해가 이런 말들을 한
　이유가 궁금하다. 다음 구절 곧 〈홰를 탄 닭은 날개를 움직입니다〉가 그
　열쇠 구실을 한다. 이것은 화자가 〈님〉과 만날 새벽을 애타게 갈망했음을
　드러내고 있다. 이때의 〈님〉은 만해의 평생을 지배한 행동 철학으로 미루
　어보아 우리나라, 곧 조국이다. 이 시는 그러므로 민족해방, 광복을 애타
　게 바란 의식을 바탕에 깐 시다.

讀者에게[1]

  독자여, 나는 시인으로 여러분의 앞에 보이는 것을 부끄러합니다.

  여러분이 나의 시를 읽을 때에, 나를 슬퍼하고 스스로 슬퍼할 줄을 압니다.

  나는 나의 시를 독자의 자손에게까지 읽히고 싶은 마음은 없습니다.[2]

---

1) 독자(讀者)에게: 이 작품은 그 내용이 타골의 『원정』 마지막 작품에 대비된다. 만해의 이 작품 제목이 「독자에게」임에 대해 타골의 시도 〈독자여〉로 시작한다. 또한 타골의 시에 꽃의 이미지가 나오는 부분이 있는데 위에 보인 만해의 작품에 〈국화〉가 있다. 참고로 김억이 번역한 『원정』 마지막 작품을 적어보면 다음과 같다.

    讀者여, 이로부터 멧 백년 뒤에 詩를 읽을 그대들은 누구십니까?
    나는 그들에게 봄철의 財産에서 꽃 한 송이를 드리지 못했습니다.
    그리고 저 구름 속에서 한 줄기의 黃金을 드리지도 못했습니다.
    그대들의 門을 열어 놓고 먼 곳을 보십시오.
    그대들의 꽃핀 동산에서 百年前에 스러진 꽃들의 향기롭은 記憶을 모아 봅시오.
    그대들의 맘의 즐겁음에 그대들은 어떤 봄날 아츰에 몇 百年의 세월을 거처서 즐겁은 노래를 보내면서, 노래한 사람이 있는 기쁨을 느끼게 될런지 모르겠습니다.

2) 나는 나의 시(詩)를 독자(讀者)의 자손(子孫)에게까지 읽히고 싶은 마음은 없습니다: 여기서 뚜렷이 나타나는 것이 그의 시를 부차적인 것으로 돌린 만해의 겸손이다. 이에 반해 타골은 그의 시의 독자를 100년 뒤 까지 기대하고 있다. 타골이 보여주고 있는 긍지는 그 자신의 예술이 지닌 바 격조나 위상은 믿는데서 빚어진 것이다. 그에 반해 만해에게 생의 궁극적 목표

그때에는 나의 시를 읽는 것이 늦인 봄의 꽃수풀에 앉어서, 마른 국화를 비벼서 코에 대이는 것과 같을른지 모르겠습니다.

밤은 얼마나 되얏는지 모르겠습니다.
설악산(雪嶽山)의 무거운 그림자는 옅어갑니다.[3]
새벽종을 기다리면서 붓을 던집니다

                    (을축 밤 끝 8월 29일)

는 진여(眞如), 묘유(妙有)의 차원을 구축해내는 것이었다. 두 시인의 차이는 결국 의식의 차이에서 빚어진 것이다.

3) **밤은 얼마나 되얏는지 모르겠습니다./ 설악산(雪嶽山)의 무거운 그림자는 옅어갑니다**: 〈되얏는지 모르겠습니다〉→〈되었는지 모르겠습니다〉. 설악산(雪嶽山): 강원도 인제와 양양군 사이에 있는 산. 주봉 높이 1,708m. 인제군 쪽 계곡에 백담사(百潭寺)가 있는바 한용운이 이 절에서 머리를 깎고 출가(出家)했으며 『님의 침묵』도 여기서 탈고했다. 지금 그 입구에 만해문학 기념관이 서 있다. 〈옅어갑니다〉는 날이 새어 새벽에 가까워 옴을 뜻한다.

부록

해설 · 이 작업의 시각과 방향

만해 한용운 연보

이 작업의 시각과 방향
-『님의 침묵』, 주석 · 교정본을 내면서-

김 용 직

I. 현대시의 고전

　만해 한용운(萬海 韓龍雲)이 살아 생전에 낸 유일한 시집『님의 침묵』은 한국 근대시의 물굽이를 바꾼 사화집이다. 이 시집이 나오기 직전까지 우리 시단은 서구 추수주의에 지배되어 있었다. 『창조』, 『폐허』, 『백조』 출신의 시인들 대부분은 세기말적 경향이나 후기 낭만파 작품의 어설픈 모조품을 시의 이름으로 발표했다. 같은 시기에 주요한과 김억, 그리고 김소월이 한국적 정조를 담은 작품을 선보이기는 했다. 특히 민요조 서정시로 지칭이 가능한 김소월 시의 심미적 차원 구축은 당시 우리 시단의 신선한 풍경일 수 있었다. 적어도 거기에는 좋은 시가 지니는 바 말의 맛과 결이 담겨 있는 것이다. 그러나 이런 긍정적인 면과 함께 그의 시에는 옥의 티라고 할 부분이 없지 않았다. 그것이 대가(大家)의 시에 요구되는 의식의 폭과 깊이가 결여된 점이다. 『님의 침묵』에는 이런 빈터를 극복하고 남을 만한 상상력의 넓이가 확보 된 작품이 있다. 오늘 우리가 이 시집을 한국 현대시의 고전으로 평가하는 이유가 바로 여기에 있는 것이다.

2. 본문 교정의 문제

『님의 침묵』의 초판본은 1926년 5월 도서출판 회동서관(匯東書館)에서 발행되었다. 서문에 해당되는 「군말」이 허두에 실린 이 시집에는 작품 「님의 침묵」 이하 89편의 작품이 수록되어 있다. 이 시집이 초판이 발행되기 까지 조선어학회의 한글 맞춤법 통일안의 사정은 이루어지지 않았다(1차 시안 1933년 발표). 또한 표준어 사정도 미처 이루어지지 않은 상태였다. 여기에 빌미가 있는 것으로 이 시집은 전편에 걸쳐 구식 철자법이 사용되어 있다. 만해 한용운이 출신지인 충청도 홍성 지방의 방언 또한 여기저기에 나타난다. 이를 교정하기 위해 이 작업에서는 조선어학회의 맞춤법 표준안과 함께 작품 존중원칙을 아울러 적용하기로 한다.

(1) 음가가 같은데 표기가 구식인 경우—교정원칙 Ⅰ.

널리 알려진대로 운문(韻文)과 시가는 말의 뜻과 함께 그 음성과 음운적인 요소를 이용한다. 이에서 빚어지는 것으로 말에 따라서는 뜻이 같다고 하더라도 그 음성 효과가 다른 경우가 있다. 이에 유의하여 이 작업에서는 뜻이 같아도 음운상 느낌이 다른 표기들은 구식 표기를 살려 쓰도록 했다. 다만 그 표기가 구형인 경우에는 현행 철자법으로 본문을 고치지 않을 수 없었다. 보기로「님의 침묵」첫 머리를 들면 다음과 같다.

> 님은 갓슴니다 아々 사랑하는 나의 님은 갓슴니다
> 푸른 산빗을 깨치고 단풍나무 숩을 향하야 난
> 적은 길을 거러서 참어 썰치고 갓슴니다.

여기서 감탄사〈아々〉는〈아아〉로 고친다. 그것으로 음성구조나 의미구조에 아무런 차이가 나지 않기 때문이다. 같은 이유로〈깨치고〉도〈깨치고〉로 교정한다. 이와 아울러 다음에 나오는〈썰치고〉도〈떨치고〉로 한다. 다음〈산빗〉,〈숩〉등은〈산빛〉,〈숲〉과 같이 현행 철자법에 맞추어 고치는 원칙에 의거한다.〈ㅅ〉→〈ㅊ〉이나〈ㅂ〉→〈ㅍ〉사이에는 미묘한 음운상의 차이가 없는 바 아니다. 그러나 작품의 가락을 생각할 때 후자에 의거하는 것이 시의 형태, 구조를 살리는 길로 생각된다. 이것은 이 작업이 뜻과 음성 효과에서 큰 차이가 생기지 않으면 표기를 원형에 준하게 고침을 뜻한다.

(2) 교정원칙 Ⅱ. 구식표현을 그대로 둔 것들

『님의 침묵』에는 음절 단위가 아니라 단어나 어귀로 보아도 현행 표기법과 맞지 않는 것이 있다.「군말」을 보면〈나를 사랑하나니라〉,〈이름조은〉,〈밧지 않너냐〉,〈님이 잇너냐〉등의 표현을 볼 수 있다. 여기서 〈하나니라〉, 〈잇너냐〉 등은 분명히 구식 표기법에 의한 것이다. 〈조은〉도 〈좋은〉이 되어야 철자법 통일안과 일치한다. 그러나 전자와 같은 표현을 현행으로 고치는 경우 그 말투는 만해가 처음 쓴 시의 맛에서 적지 않게 다른 것이 된다. 이런 이유에서 위와 같은 표현을 교정하지 않고 그대로 둔다.

3. 방언의 문제

『님의 침묵』을 내기 까지 한용운은 문단과는 거의 몰교섭 상태로 지냈다. 1920년대 중반기에 이르러 우리 시단은 일단 육당(六堂)과 고주(孤舟)의 활동 시기에 시문체(時文體), 신문장운동의 세계를 받은 터였다. 그 다음을 이은 것이 창조, 폐허, 백조 등의 동인들이다. 이들은 조선어학회의 표준어 사정이 있기 전에 이미 중앙 문단에서 유통된 문화어를 쓰기 시작했다. 그리하여 당시의 시와 소설에는 일종의 공용어 문장이 형성되었던 것이다. 만해는 이들과 거리를 두었으므로 그 작품에 방언이 출몰하는 빌미가 되었다. 「군말」은 〈어린 양(羊)이 긔루어서 이 시(詩)를 쓴다.〉로 끝맺는다. 여기서 〈긔루어서〉는 〈그리워서〉의 충청도 방언이다. 「하나가 되어 주서요」의 첫째행에는 〈마음을 가진 나한지 가저가서요〉라는 부분이 있다. 여기서 〈나한지〉의 〈-한지〉역시 〈-함께〉의 뜻을 가진 충청도 방언이다.

이 밖에도 「님의 침묵」에는 〈토막〉이 〈도막〉으로 〈아즈랑이〉가 〈아즈량이〉로, 〈기신〉→〈계신〉, 〈자최〉→〈자취〉 등 사투리식 표기가 적지 않게 나타난다. 비록 사투리이기는 하지만 그 동안 이런 표기가 엄연하게 한용운 시의 형태로 자리를 잡아 왔다. 뜻이 같다고 해도 작품의 어조와 가락을 생각하면 사투리가 표준어로 대체될 수 없는 것이다. 이런 이유로 『님의 침묵』의 시에서는 방언이 반드시 배제되지 않을 수 있다는 원칙을 세웠다.

4. 한자 표기와 '난해 어구'

한용운은 지방 유림의 후예였다. 당시 이 계층 출신은 어려서부터 한학을 위한 기초교육을 받았다. 거기서 얻은 소양에 힘입어 한용운은 한문서적을 널리 구해서 읽고 한문으로 된 시문(詩文)들을 짓는 기능도 보유하고 있었다. 그의 신앙 강론에는 한자와 고사성어들이 여기저기에 나타난다. 그에 반해서 『님의 침묵』에는 그런 한용운의 한자사용 습관이 상당히 거세되어 있다. 그럼에도 「가지마서요」와 같은 작품에는 다음과 같은 부분이 나온다.

> 그것은 慈悲의 白毫光明이 아니라 번득거리는 惡魔의 눈(眼) 빗입니다.
> 冕旒冠과 黃金의 누리와 죽엄과를 본체도 아니하고 몸과 마음을 돌돌 뭉쳐서 사랑의 바다에 풍당 너라는 칼의 우슴입니다.

한글 세대들은 여기 나오는 백호(白毫)나 악마(惡魔)를 읽는데 한자 자전의 도움이 필요할 것이다. 물론 이것은 한자문맹현상이다. 이 지양, 극복을 위해서는 제 나름대로의 훈련이 요구된다. 그러나 그 전 단계에 대한 조치로 우리는 만해의 시에 나오는 한자어들에 음을 달고 필요한 경우 그 뜻풀이를 하지 않을 수 없었다. 이 작업에서는 그를 위한 대책으로 모든 한자에 앞에 한글로 음을 달았다. 또한 별도로 주석란을 마련하여 뜻풀이를 붙이기로 했다.

5. 낱말과 구절해석 넘어서기, 형이상시의 이해

『님의 침묵』에 담긴 정신세계는「군말」의 허두가 그 일반을 드러낸다. 〈「님」만이 님이 아니라 긔룬 것은 다 님이다. 중생(衆生)이 석가(釋迦)의 님이라면 철학(哲學)은 칸트의 님이다. 장미화(薔薇花)의 님이 봄비라면 마시니의 님은 이태리(伊太利)다.〉이런 그의 말로 짐작되는 바와 같이 한용운은 제도중생(濟度衆生)의 불교적 세계에서 일반적인 의미의 사상, 관렴과 국가, 민족에 대한 사랑까지를 모두 그의 시의 소재로 삼았다. 이런 한용운의 시를 이제까지 우리 주변에서는 단순 애정시로 읽은 예가 있다.

1960년대에 나온 어느 사화집에서는「알 수 없어요」가 사랑 노래의 하나로 분류되어 있다. 그러나 이 작품은 그 실에 있어서 서구의 형이상파 시인들 작품을 능가하고 남을 정도로 도저하게 제일원리의 세계를 노래한 것이다. 이와 비슷한 오류를 범한 예가 본격 연구를 지향한 강단비평가의 것에서도 발견된다. 구체적 예로 『님의 침묵』에 수록된 한 작품에 「포도주」가 있다. 이 작품의 허두는 〈가을 바람과 아침 볕에 마치맞게 익은 향기로운 포도를 따서 술을 빚었습니다. 그 술고이는 향기는 가을 하늘을 물들입니다〉로 시작한다. 고 송욱(宋稶) 교수는 여기 나오는 포도주를 아무런 중간과정을 거치지 않은 채 깨달음의 경지를 뜻한다고 보았다. 이어 그것을 보살행의 중심개념인 대자대비와 일체화 시켰다. 이 작품의 마지막에 〈한밤을 지나면 포두주가 눈물이 되지마는 또 한밤을 지나면 나의 눈물이 또 다른 포두주가 됩니다〉가 나오기는 한다. 이 부분의 소재 가운데 나오는 눈물을 송욱 교수는 불교적 사랑의 완성 형태인 대자대비로 본 것이다.

이런 송욱 교수식 해석에는 아무리 범박하게 잡아도 지나쳐 버릴 수가 없는 오류가 나타난다. 우선 의식화 되기 이전의 포도나 포도주는 그저 자연의 일부일 뿐이다. 이것을 느닷없이, 정각(正覺) 해탈의 경지로 본 것은 명백하게 물리적 차원과 고도로 수련을 거쳐서 확보되는 불교적 세계의 해탈, 지견(知見)의 차원을 혼동해 버린 일이다. 본래 보살행의 중심개념이 되는 대자대비는 〈상구보리, 하화중생(上求菩提, 下化衆生)〉의 단계를 거쳐서야 실현이 가능한 불교적 사랑의 구현 형태다. 그것을 아무나 흘릴 수 있는 눈물과의 등식관계로 파악하는 것은 상식 이전의 일이다. 이런 사례를 통하여 우리가 얻어낼 수 있는 교훈도 명백하다. 즉 『님의 침묵』의 의미와 가락을 올바로 이해, 파악하기 위해서 우리는 이 시집에 담긴 여러 시편들을 표기법에서 부터 의미내용의 기

능적인 이해, 파악에 이르기까지 총체적 시각에서 접근, 해석하지
않을 수 없다. 이 모두가 이 작업에 임한 우리 나름의 입장이며
각오다.

만해 한용운 연보

1879년(1)   2월 29일 충청 홍성군 결성면 성곡리(結成面 城谷里) 491번지
에서 한응준(韓應俊)과 모 온양방씨(溫陽方氏)의 둘
째 아들로 태어나다. 을묘(乙卯), 음 7월 12일.
본관은 청주, 자는 정옥(貞玉), 속명은 유천(裕天)이
며, 득도(得度) 때의 계명은 봉완(奉玩), 법명이 용운
(龍雲), 법호는 만해(萬[卍]海).

1884년(6)   향리의 사숙에서 한문 수학.

1887년(9)   『서상기(西廂記)』를 읽고, 『통감』, 『서경』을 익혔다.

1892년(14)   향리에서 천안 전씨(全氏) 정숙(貞淑)과 결혼.

1904년(26) 12월 21일 맏아들 보국(輔國) 출생.(보국 내외 6·25때 월북.
북한에서 사망, 다섯 딸을 두었음)

1905년(27) 1월 26일 1896년, 의병에 참가하여 군자금 마련을 위해 홍성
호방을 습격한 일이 빌미가 되어 도피생활, 1899년
경 고향을 떠남.(19세, 25세설도 있음) 강원도 오대
산 월정사, 설악산 백담사 등지를 전전하다가 마침
내 1월 26일 백담사에서 김연곡(金蓮谷) 스승에게
사사. 머리를 깎고 중이 되다.
백담사에서 전영제(全泳濟) 스승 밑에 들어가 정지,
수계(受戒).
백담사에서 이학암(李鶴庵) 스승에게 『대승기신론』,
『능엄경』, 『원각경』을 을 배워 통달.

1907년(29) 4월 15일 강원도 건봉사에서 수선안거, 곧 선수업을 시작하여
성취, 또한 같은 시기에 만화 선사로부터 법을 받고
법호로 만해(萬海)를 쓰기 시작.
이때를 전후해서 세계여행을 뜻하고 백담사에서 하
산. 러시아 블라디보스톡으로 건너갔으나 일진회 첩
자로 오해를 받아 추방을 당함. 되돌아와 안변 석왕
사 등 여기저기를 정처 없이 전전함.

1908년(30) 강원도 유점사에서 서월화(徐月華) 스승에게 「화엄
경」 수학.
일본의 마관·궁도·경도·동경·일광 등지를 시찰
하고 신문물을 받아들임. 동경 조동종 대학(현 고마
자와(駒澤) 대학)에서 아사다(淺田) 교수의 주선으로
불교와 서양철학을 익힘. 유학 중이던 최린(崔麟)과
교의를 가지고 10월 귀국.
건봉사 이학암(李鶴庵) 스승에게 「반야경」과 「화엄
경」을 배워 익힘.

12월 서울에 경성 영진(永進) 측량강습소를 개설, 소장에
취임(국토는 일제에 빼앗길지라도 개인 소유 및 사
찰 소유의 토지를 수호하자는 이념으로 시작함).

1909년(31) 7월 강원도 표훈사(表訓寺) 불교강사로 취임.

1910년(32) 3월 충주원에 승려·비구니들의 '결혼허가 청원서'를 제
출함.

9월 경기도 장단군 소재, 화산강숙 강사로 취임. 『조선불
교유신론(朝鮮佛敎維新論)』을 탈고.

1911년(33) 1월 박한영·진진응·김종래·장금봉 등과 순천 송광사
에서 승려 궐기대회를 개최하고 이회광이 일본 조동

종과 체결한 한일불교동맹 조약을 한국불교 말살로 선언하고 규탄.

3월 일제의 한국 불교 잠식 정책에 대항하여 송광사(松廣寺)에서 조선 임제종 종무원을 설치하여 서무부장 취임.

조선임제종 관장에 취임.

5월 5일 조선임제종 종무원을 동래 범어사(梵魚寺)로 옮김.

가을 국권이 상실되자 국경선을 넘어 중국 동북 삼성에 가다. 독립군의 정세를 살피던 중 통화현 굴라재에서 일본 첩자로 오인 되어 총격을 당함. 이때 총상치료에 마취없이 총알을 제거하는 수술을 받고 귀국함.

1913년(35) 5월 통도사(通度寺) 불교강사에 취임.

『조선불교 유신론』을 불교서관에서 발행.

12월 경전을 대중화하기 위해 『불교대전』 편찬을 계획하고 경남 양산 통도사의 대장경 1천여 부(1,511부, 6,802권)를 열람하는 초인적 정력을 발휘하여 원고를 완성.

1914년(36) 4월 불교강구회(佛敎講究會) 총재에 취임.

범어사에서 『불교대전』을 발행.

8월 조선불교회 회장으로 취임.

1915년(37) 영남 · 호남 지방의 사찰(내장사 · 화엄사 · 해인사 · 통도사 · 송광사 · 범어사 · 쌍계사 · 백양사 · 선암사 등)을 순례하며 곳곳에서 강연회를 열어 열변으로써 청중들을 감동시키다.

10월 조선선종 중앙포교당 포교사에 취임.

1917년(39) 4월 6일 『정선강의 채근담(精選講義 採根譚)』을 신문관에서 발행.

12월 3일   밤 10시경 오세암(五歲庵)에서 좌선하던 중 바람에
물건이 떨어지는 소리를 듣고 그 동안의 의심스러운
생각을 한 순간에 깨쳐 7언 절구로 된 오동송(悟道
頌)을 남김.

1918년(40) 9월   월간지 『유심(惟心)』을 창간하여 편집 겸 발행인이
되다(12월까지 3권을 발행하고 중단). 동지 창간호
에 논설 「조선청년과 수양」·「전로(前路)를 택하여
나아가라」·「고통과 쾌락」·「고학생」 등을 집필, 발
표. 또한 자유형식을 취한 「심(心)」을 발표하다.

10월   『유심』지에 「마(魔)는 자조물(自造物)이다」를 발표
하다.

12월   『유심』지에 「자아를 해탈하라」·「천연(遷延)의 해
(害)」·「훼예(毁譽)」·「무용(無用)의 노심(勞心)」, 수
필 「전가(前家)의 오동(梧桐)」 등을 발표. 중앙학림
(中央學林, 동국대학 전신) 강사에 취임.

1919년(41) 1~2월   윌슨의 민족자결주의 제창에 자극을 받고 최린·오
세창 등과 민족자존의 길을 모색, 이것이 거족적 만
세 시위의 기폭제가 됨. 독립선언서 작성에 임해서
는 최남선의 본문과 함께 공약 3장을 추가하여 그
한부분에 최후의 1인까지 최후의 1각까지의 구절을
포함시키다.

3월 1일   경성 명월관 지점 태화관에서 민족을 대표하여 독립
선언 연설을 하고 일제에게 체포됨. 투옥될 때에는
민족대표들과 결의하여 변호사·사식·보석을 거부
할 것 등 투쟁 3대 원칙을 결정하여 실천키로 함.

7월 10일　서대문 감옥에서 일본 검사의 심문에 대한 답변으로 「조선독립에 대한 감상의 개요」를 기초하여 제출(상해 임시정부 기관지, 독립신문 52호 1919. 11. 4일자에 전문이 게재됨).

8월 7일　경성고등법원에서 소위 내란피고사건에 대한 예심판사 임명.

1920년(42) 7월 12일　3 · 1 만세 시위 주동자 공판 시작.

7월 16일　변호사 허헌(許憲)이 공소불수리 신립(이의제기)으로 3 · 1운동 주모자 공판 성립여건 미비라는 단서가 붙게되어 민족대표 공판 연기.

7월 17일　민족대표에 대한 공판중지.

8월 9일　일제의 법정이 '공소불수리 사유에 해당하지 않는다.' 판결.

9월 20일　민족대표에 대한 공판 다시 시작.

9월 24일　공판 4일째 한용운 사실 심문. 이 자리에서 만해는 "독립은 민족의 자존심"이라고 당당하게 주장.

10월 30일　경성복심법원 손병희 등 민족대표 48인에 판결선고. 한용운, 손병희, 최린, 권동진, 오세창, 이종일, 이승훈, 함태영 등 8인이 최고형인 3년형을 언도 받다. 서대문 형무소에서 수감되어 복역 중 일제가 3 · 1운동을 회개하는 참회서를 써내면 사면해주겠다고 회유했으나 단호하게 이를 거부.

1921년(43) 12월　만해를 포함한 민족대표 가출옥, 최린, 함태영, 오세창, 권동진, 이종일, 김창준 등과 함께 경성감옥에서 석방 됨. 음력 11월 24일.

1922년(44) 3월　불교의 대중화를 위하여 법보회를 발기함(팔만대장경 번역과 2천 년간 조선불교 역사에서 고승대덕의 업적들을 수집 · 출판하기 위한 것이었음).

	4월	조선불교청년회 주최로 「철창철학」이라는 제목의 강연.
	10월	조선학생회 주최로 천도교 회관에서 「육바라밀」이라는 주제로 독립사상을 고취한 강연.
1923년(45)	2월	조선물산장려운동을 적극 지원.
	4월 18일	종로 청년회관에서 민립대학 설립 운동을 지원하는 강연에서 「자조(自助)」라는 연제로 열변을 토하여 청중을 감동시킴.
1924년(46)	10월	장편소설『죽음』을 탈고함(미발표). 이때를 전후하여 민중계몽과 불교대중화를 위해 일간신문의 발행을 구상한 바 있음. 마침 시대일보가 운영난에 빠지자 이를 인수하려 했으나 재정적 한계로 뜻을 이루지는 못하였다.
	11월	한국불교운동의 활성화를 위한 청년조직 대한불교 청년회 초대 총재에 추대됨.
1925년(47)	6월	오세암에서『십현담주해(十玄談註解)』를 탈고.
	8 월	훗날 한국현대시의 고전이 된 사화집 「님의 침묵(沈默)」 탈고.
1926년(48)	5월	『십현담주해』를 법보회에서 발행. 시집『님의 침묵』을 회동서관에서 발행.
	6월	선학원에서 6 · 10만세운동에 연루된 혐의로 예비검속을 당함.
	12월 7일	동아일보에 「가갸날에 대하여」를 발표.
1927년(49)	1월	민족단일전선 신간회 발기인으로 참여.

	6월	신간회 경성지회장에 취임.
	7월	동아일보에 「여성의 자각이 인류해방요소」을 발표.
	8월	『별건곤(別乾坤)』지에 「죽었다가 살아난 이야기」를 발표.
	12월	조선불교청년회를 발전적으로 해체하고 조선불교총동맹으로 개편, 휘하 제자들인 김상호 · 김법린 등과 일제의 불교 탄압에 맞서서 한국 불교의 대중화 시도.
1928년(50)	1월	『별건곤』지에 수필 「천하명기 황진이」를 발표.
	6월	『별건곤』지에 논설 「전문지식을 갖추자」를 발표.
	7월 26일	『건봉사 및 건봉사 본말사 사적』을 편찬, 건봉사에서 발행.
	8월	한용운 아들 보국 신간회 홍성지회 간사로 활동.
1929년(51)	11월	광주학생의거에 즈음하여 조병옥 · 김병로 · 송진우 · 이인 · 이원혁 · 이관용 · 서정희 등과 전국적인 지원활동을 펴기로 결의. 그 전략의 한 방편으로 민중대회 개최를 시도하다.
1930년(52)	1월	『조선농민』지에 논설 「소작농민의 각오」를 발표. 수필 「남 모르는 나의 아들」을 『별건곤』지에 발표.
	5월	김법린, 김상호, 이용조, 최범술 등이 조직한 승려비밀결사 만당(卍黨)에 참여, 그 영수로 추대되다.
1931년(53)	5월 16일	민족단일전선인 신간회 해소(해체), 만해는 끝내 해소에 반대함.
	6월	권상로(權相老)가 주재한 『불교』가 경영난에 빠지자 이를 인수하여 불교사 사장으로 취임하고 많은 논설을 발표(6 · 7월로 합집 84 · 85호 부터).
	7월	전북 전주 안심사(安心寺)에 보관된 한글 경판 원본

(금강경, 원각경, 은중경, 유합, 천자문)을 발견 조사하다. 「만화(漫話)」를 7월부터 9월까지 『불교』지에 발표.

9월	논설 「정·교를 분립하라」·「인도 불교운동의 편신(片信)」·「국보적 한글 경판의 발견 경로」를 『불교』지에 발표.
9월 24일	윤치호·신흥우 등과 나병 구제연구회를 조직하고 여수, 대구, 부산 등지에 간이수용소 설치를 결의하다.
10월	『불교』지에 시론 「한갈등」(閒葛藤)을 발표하기 시작하다(다음해 9월에 끝냄). 논설 「중국불교의 현상」·「조선불교의 개혁안」·「불교개신에 대하여」 등을 발표.
11월	「섬라(타이)의 불교」를 『불교』지에 발표.
12월	『불교』지에 「중국혁명과 종교의 수난」 및 「우주의 인과율」 등을 발표. 『혜성(彗星)』지에 수필 「겨울 밤 나의 생활」을 발표.
1932년(54)	불교계의 대표인물 투표에서 최고득점으로 압도적인 지지를 받다(한용운 422표, 방한암 18표, 박한영 13표, 김태흡 8표, 이혼성 6표, 백용성 4표, 송종헌 3표, 백성욱 3표, 3표 이하는 생략. 『불교』지 93호에 발표됨).
1월	조선일보에 수필 「평생 못 잊을 상처」를 발표. 「원숭이와 불교」를 『불교』지에 발표.
2월	「선(禪)과 인생」을 『불교』지에 발표.
3월	『불교』지에 「사법개정에 대하여」·「세계종교계의 회고」 등을 발표.

4월   「신도의 불교사업은 어떠할까」를 『불교』지에 발표.

5월   『불교』지에 「불교 신임간부에게」를 발표.

8월   『불교』지에 「조선불교의 해외발전을 요망함」을 발표.

9월   『불교』지에 「신앙에 대하여」·「교단의 권위를 확립
       하라」 등을 발표.

10월   『불교』지에 「불교청년 운동에 대하여」, 기행문 「해인
       사 순례기」 등을 발표. 「월명야에 일수시(月明夜에
       一首詩)」를 『삼천리(三千里)』지에 발표.

12월   전주 안심사(安心寺)에서 발견한 한글 경판을 보각
       (補刻) 인출(印出)하다. 총독부에 발행을 요청했으나
       거절 당하고, 유지 고재현 등이 출연한 돈으로 간행.
       이때를 전후하여 총독부의 민족지도자 회유책으로
       식산은행이 작용하여 조선 유명 인사에게 일대의 국
       유지를 불하하여 주겠다고 했으나 결연하게 거절하
       고 받지 않음.

1933년(55) 1월   유숙원과 재혼.
       『불교』지에 논설 「불교사업의 개정방침을 실행하라」,
       「한글경 인출을 마치고」를 발표.

3월   『불교』지에 「현대 아메리카의 종교」·「교정(敎政)연
       구회 창립에 대하여」 등을 발표.

6월   『불교』지에 「선과 자아」·「신러시아의 종교운동」 등
       을 발표.

7월   『불교』지 휴간.

9월   수필 「시베리아 거쳐 서울로」를 『삼천리』지에 발표.

10월   「신흥조선(新興朝鮮)」지 창간호에 「자립력행의 정신
       을 보급시키라」는 논설을 발표. 이때를 전후하여 「유

마힐소설경(維摩詰小說經)」을 번역하기 시작. 이 해 벽산 스님이 집터를 기증하고, 방응모, 박광 등 몇 분이 성금을 갹출하여 성북동에 〈심우장(尋牛莊)〉을 짓다. 총독부돌집을 마주보기 싫다고 하여 북향으로 짓도록 한 것은 만해가 평생 품은 항일저항의 정신을 단적으로 드러낸 일이다.

1934년(56) 9월 1일   재혼한 유숙원과의 사이에 딸 영숙(英淑) 태어나다.

1935년(57) 3월 8~13일 조선일보(38-13)에 회고담「북대륙의 하룻밤」을 발표.

　　　　　　4월 9일   장편소설「흑풍」을 조선일보에 연재하기 시작(1936년 2월 4일 종결). 이때를 전후하여 대종교 교주 나철(羅喆)의 유고집 간행을 추진, 미제로 끝남.

1936년(58)　　　　　조선중앙일보에 장편소설「후회」를 연재하기 시작했으나 이 신문의 폐간으로 50회 중단. 단재 신채호(丹齋 申采浩)의 묘비를 세우다(글씨 오세창). 비용은 조선일보 에서 받은 원고료로 충당.

　　　　　　7월 16일 정인보, 안재홍 등과 경성 공평동 태서관에서 다산 정약용의 서세(逝世) 백년기념회를 개최.

　　　　　　10월   『조광(朝光)』에「모종신범무아경(暮鐘晨梵無我境)」을 발표.

1937년(59) 3월   재정난으로 휴간 된『불교』지를 속간, 제목을 고쳐『신불교』제1집을 냄. 소설「철혈미인」을 연재하기 시작(2호를 연재하고 중단됨).

　　　　　　3월 3일   만주지역 독립 운동의 총수, 민족운동의 선구자 일송 김동삼이 옥사하자 유해를 심우장에 모셔다 5일장을 지냄.

　　　　　　4월   『신불교』지에「조선불교 통제안」을 발표.

	5월	「역경(譯經)의 급무」를 『신불교』에 발표.
	6월	「주지(住持) 선거에 대하여」, 「심우장설(尋牛莊說)」 등을 『신불교』에 발표.
	7월	「선외선(禪外禪)」을 발표.
	8월	「정진(精進)」을 『신불교』에 발표.
	10월	『신불교』에 「산장촌묵(山莊寸墨)」을 연재하기 시작 (이듬해 9월까지).
	11월	「제논의 비시부동론(飛矢不動論)과 승조(僧肇)의 「물불천론(物不遷論)」을 『신불교』에 발표.
	12월	「조선불교에 대한 과거 1년의 회고와 신년의 전망」을 『신불교』에 발표.
1938년(60)	2월	『불교』 신집에 논설 「불교청년 운동을 부활하라」를 발표.
	3월	『불교』 신집에 「공산주의적 반종교이상(反宗敎理想)」을 발표.
	5월 18일	조선일보에 장편소설 「박명(薄命)」을 연재하기 시작 (이듬해 3월 12일까지 연재).
	5월	『신불교』에 논설 「반종교 운동의 비판」·「불교와 효행」·「나찌스 독일의 종교」를 발표.
	7월	『신불교』에 「인내」를 발표.
	9월	『신불교』에 「31본산회의를 전망함」을 발표.
	11월	『신불교』에 「총본산 창설에 대한 재인식」을 발표. 항일 저항 불교조직인 만단(卍黨) 당원들이 일제에 피검되자 더욱 총독부 경찰의 감시가 심해지다. 이때를 전후하여 조선불교사를 정리하려는 구상을 가짐. 그 일단으로 「불교와 고려제왕」이란 제명으로 연대

별 고려불교사의 자료 정리를 시작하다(미완성).

1939년(61) 8월 26일   회갑을 맞아 박광 · 이원혁 · 장도환 · 김관호가 중심이 되어 서울 동대문 밖 청량사에서 회갑연을 베풀다. 그 자리에는 오세창 · 권동진 · 홍명희 · 이병우 · 안종원 등 20여 명이 참석함(음, 7월 12일).

8월 29일   사흘 뒤 민족독립운동의 비밀집회장소 구실을 한 경남 사천시 곤양면 다솔사에서 김법린 · 최범술 등 몇 명의 동지와 후학들이 베푼 회갑 축하연에 참석하여 기념식수를 함.

11월 1일   조선일보에 『삼국지』를 번역하여 연재하기 시작함(이듬해 8월 11일 중단됨).

1940년(62) 2월   『불교』 신집에 논설 「〈불교〉의 과거와 미래」를 발표.

5월 30일   수필 「명사십리」가 김동환이 주재한 『반도산하(半島山河)』에 수록되다. 창씨개명에 대하여 박광 · 이동하 등과 반대운동을 벌이다. 「통도사사적」을 편찬하기 위하여 수백 매의 자료를 수집(미완성).

1942년(64)   신백우 · 박광 · 최범술 등과 단재 신채호의 유고집을 간행하기로 결정하고 원고를 수집. 이때를 전후하여 『태교(胎敎)』를 번역 강의함(프린트 본으로 간행하였으나 현재 전하지 않음).

1943년(65)   일제 침략전쟁 수행 정책으로 실시된 조선인 학병의 출정제에 반대. 찬조강연 거부.

1944년(66) 6월 29일(5. 9)   심우장에서 영양실조로 입적. 유해는 제자 박광, 김관호 등이 미아리 화장장에서 다비에 붙인 다음 망우리 공동 묘지에 안장함. 세수 66. 법랍 39. 만해의 친필 원고 등은 남정 박광이 보관.

1948년	5월	최범술 · 박광 · 박영희 · 박근섭 · 김법린 · 김적음 · 장도환 · 김관호 · 박윤진 · 김용담 등이 만해 한용운 전집 간행을 뜻하고 자료를 수집하기 시작함.
1950년	6월	6 · 25 사변이 일어나자 전집간행 사업이 중단됨.
1957년		박광이 소장하고 있던 만해의 친필 원고 등을 최범술에게 인계.
1958년	7월	만해 한용운 전집 간행위원으로서 조지훈 · 문영빈이 새로 참가하여 제2차 간행사업이 시작되다.
1959년	2	고대문학회가 주축이 되어 한용운 전집의 간행을 위한 원고정리 시작.
1960년	9	박노준(朴魯埻), 인권환(印權煥)이『한용운연구』(통문관)을 출간.
1962년	3. 1	만해가 평생 나라, 겨레를 위해 헌신한 공적이 인정되어 대한민국 건국공로훈장 대한민국장(훈기번호 제25호) 수여 됨.
1965년	5	망우리 묘지 이장과 묘비건립을 논의(선학원)하였으나 실천에 옮기지 못함.
1967년	10	「용운당 만해 대선사비 건립추진회」에서『용운당 대선사비』를 제작함.
1970년	3. 1	『용운당 대선사비』를 탑골 공원에 세움.
1971년		『만해한용운전집』이 구체화 됨. 신구문화사(新丘文化社)는 전집 간행위원회에서 수집 보관중인 원고를 인수하고, 김영호의 적극적인 활동으로 누락된 원고를 다수 수집하였으며, 최범술 · 조명기 · 박종홍 · 서경보 · 백철 · 홍이섭 · 정병욱 · 천관우 · 신동문 등을 위원으로 한 편찬위원회를 구성함. 최범술 · 민동선 ·

김관호 · 문후근 · 이화형 · 조위규 등이 제3차 간행
위원회 조직.

1973년	7	『한용운전집』 전 6권 (신구문화사) 간행.
1977년		한보국 북한에서 사망.
1979년	6	김관호, 전보삼 등이 중심이 되어 신구문화사에서 '만해사상연구회'를 결성.
	9	신구문화사에서 『증보 한용운전집』 간행.
	12	망우리 만해묘소에 만해사상연구회 주도로 비석과 상석을 세움. 다음해 3월 1일 묘비 제막식 거행.
1980년	6월	만해사상연구회에서 『만해사상연구』 제1집 간행. 〈만해 탄생 100주년 기념강연회〉를 조계사에서 개최.
1981년	10월	성북동 심우장에 만해기념관(관장 전보삼)이 개관됨.
1985년		만해 동상이 홍성군 남장리 언덕에 건립됨.
		북한에서도 김일성의 지시로 한용운의 작품을 발굴 소개하기 시작함.
1988년		대한불교청년회가 주도하여 독립기념관에 한용운 대선사 어록비(語錄碑) 건립.
		만해 한용운의 문화지도(서울권, 홍성권, 설악권) 제작.
1990년		성북동 심우장의 만해기념관을 남한산성 내로 이전 개관함.
1991년		『만해학회』(한계전 주도) 결성.
1992년		만해 「오도송」과 「나룻배와 행인」을 새긴 시비가 백담사에 세워짐.홍성군 결성면 성곡리 박철 부락에 만해 생가가 복원됨.
1993년		『만해학보』 제1집 간행.

1995년		제1회 '만해제'가 만해학회 및 홍성문화원 주최로 홍성에서 열리고 생가터 옆자리에 만해 추모 사당 '만해사(萬海祠)'가 건립됨.
1996년		만해사상실천선양회(회장, 조오현 신흥사 회주)가 결성됨.
	8월 15일	대한불교청년회 주최로 독립기념관에 만해어록비 다시 세움.
1997년	11월	설악산 백담사에 만해 기념관이 세워짐
1999년	8월 13~16일	설악산 백담사에서 제1회 만해축전 〈만해학 국제학술대회〉가 개최됨. 이후 이 학술대회는 해마다 열리고 있다.
2003년	9월 23일	백담사 입구에 백담사 만해마을 개관.
2007년	10월 19일	홍성군 만해생가 앞에 만해체험관 개관.

원본 한용운 시집

2009년 6월 29일 초판발행
2020년 12월 1일 2쇄발행

주 해 김 용 직
펴낸이 박 현 숙

주소 서울특별시 용산구 원효로80길 5-15 2층
TEL. 02-764-3018~9   FAX. 02-764-3011
E-mail : kpsm80@hanmail.net

펴낸곳 도서출판 **깊 은 샘**

등록번호 / 제2-69. 등록연월일/1980년 2월6일

ISBN 978-89-7416-217-7 03810

값 20,000원